I0831249

Léonie d'Aunet
Viaje de una mujer a Spitzberg

Rita Rodríguez Varela

Léonie d'Aunet
Viaje de una mujer a Spitzberg

PETER LANG
Lausanne • Berlin • Bruxelles • Chennai • New York • Oxford

Catalogación en publicación de la Biblioteca del Congreso
Para este libro ha sido solicitado un registro en el catálogo CIP de la Biblioteca del Congreso.

Información bibliográfica publicada por la Deutsche Nationalbibliothek
La Deutsche Nationalbibliothek recoge esta publicación en la Deutsche Nationalbibliografie; los datos bibliográficos detallados están disponibles en Internet en http://dnb.d-nb.de.

ISBN 978-3-631-90085-7 (Print)
E-ISBN 978-3-631-90086-4 (E-PDF)
E-ISBN 978-3-631-90087-1 (E-PUB)
10.3726/b20751

Publicado por Peter Lang GmbH, Berlín, Alemania

info@peterlang.com - www.peterlang.com

Esta publicación ha sido revisada por pares.

A Duccio De Biase,
por todas las vueltas al mundo.

Índice

ESTUDIO INTRODUCTORIO

Léonie d'Aunet, vida y obra de una intrépida viajera

Léonie d'Aunet nace en 1820 en la calle Chaillot de París y las incógnitas relativas a su nacimiento parecen ya inaugurar el signo novelesco que tendrá su vida y profesión. Su madre, Heriette Joséphine d'Orémieulx, realiza dos partidas diferentes. Según la primera, d'Aunet habría nacido el uno de enero de 1820 y sería hija de Claude-Denis-Hippolite Boynest; según la segunda, Auguste-François Michel Thévenot d'Aunet sería su padre. La autora opta por confiar en la paternidad del segundo documento, pero no parece conforme con la fecha pues, según sus investigaciones, es más probable que haya nacido el 2 de julio de 1820.

Cursa sus estudios en la reputada institución Fauvel, adquiriendo una gran educación y un vasto saber. Pronto se convierte en una joven cultivada, instruida en literatura, música, arte e inglés, lo que le será muy útil y le dará gran libertad durante su futura expedición hacia el Polo Norte. A la edad de aproximadamente 16 años conoce a François-Auguste Biard, un pintor de retratos de la corte de Louis-Philippe, veinte años mayor que ella. En seguida comienzan a vivir juntos y pasa a ser considerada como su esposa, si bien no se casan hasta años más tarde. La pareja realiza frecuentes encuentros en su casa, situada en la Place Vendôme, a los que acuden intelectuales, artistas y damas de la buena sociedad parisina. Es en una de esas veladas donde d'Aunet conoce a Paul Gaimard, un botánico al mando de la Comisión Científica del Norte, que estaba a punto de emprender una nueva expedición que cambiará su vida.

En el campo de la exploración, encontrar una vía de acceso por el Noroeste es uno de los grandes objetivos de la época. Diversas expediciones son enviadas con la ilusión de alcanzar esta codiciada quimera y, entre ellas, el grupo de La Recherche que dirige Gaimard emprende diversos intentos. En 1835, la presencia de glaciares flotantes les impide llegar a Groenlandia y deben esperar al año siguiente para conseguirlo. En 1838, alcanzan Spitzberg, nombre genérico con el que se refieren en aquel entonces al conjunto de las islas Svalbarg, pero su conquista queda frustrada por las adversas condiciones climatológicas ocasionadas por un precoz invierno. En 1839, la Recherche parte de nuevo con una tripulación bien consolidada. En el equipo se encuentran físicos, químicos, botánicos y geógrafos que deben realizar avances en el estudio de la electricidad de la atmósfera, la intensidad magnética, las auroras boreales, el clima, la flora y la fauna. De hecho, los estudios derivados de la expedición gozaran de gran reconocimiento internacional. Asimismo, se encuentran artistas encargados de dejar pruebas visuales y de plasmar los nuevos horizontes que están a punto de abrir. Finalmente, entre estos integrantes, se encuentra una presencia insólita para la época, una mujer intrépida con ganas de empaparse de cultura y de ampliar sus horizontes, la futura escritora, Léonie d'Aunet.

En su primera carta relativa al viaje, desvela que consigue participar en la expedición gracias a un astuto chantaje a Gaimard. El presidente de la comisión está interesado en que François-Auguste Biard se embarque ocupando el puesto de pintor oficial y la autora pone como condición para convencerlo que ella sea también incluida. Desde el inicio de su testimonio, D'Aunet se muestra como una persona valiente y curiosa que anhela una vida llena de aventuras y rechaza las formales y aburridas actividades que la sociedad le tenía destinadas. Ante el estupor y las advertencias de sus amistades y seres queridos que no comprenden que desee participar en tales hazañas, responde irónicamente y se reafirma en su decisión. Sin embargo, convencer al señor Gaimard para que permita la presencia de una mujer entre su tripulación no es el asunto más complejo, pues en esa época, en Francia, no está autorizada la embarcación de mujeres en la flota de la Marina Nacional. Dispuestos a superar cualquier impedimento, se valen de la astucia para esquivar la ley. D'Aunet y su marido viajan primero a los Países Bajos y el 17 de julio, en Hammerfest, se unen sin mayor inconveniente al equipo de La Recherche.

Como era fácil de prever, su presencia en el barco levanta todo tipo de pasiones y, en sus cartas, la escritora narra las reticencias de algunos marineros por que se haya permitido la entrada a una mujer pequeña, delgada, de aspecto frágil y delicado a la que no le dan la menor oportunidad de supervivencia ante el frío. Sin embargo, es justamente esta falta de apoyo la que inflige coraje a D'Aunet, quien encuentra en el egoísmo expresado por sus compañeros toda la energía necesaria para sobrevivir. Lo cierto es que se muestra bastante irónica ante el trato que recibe de los hombres, ya sea por los egoístas comentarios de los marineros que cuestionan su valía o por el paternalismo de Gaimard, quien modifica su camarote para acogerla, convirtiéndolo en algo más semejante a un nido que a una habitación.

La expedición para explorar el océano Glacial tenía prevista una ruta que recorría diferentes países a la ida y a la vuelta, lo que les aporta el descubrimiento de un amplio e interesante abanico de culturas, costumbres y paisajes. Rumbo a Spitzberg pasan por Bélgica, diferentes ciudades de Holanda, como Rotterdam, Saardam o Ámsterdam, después se detienen en la ciudad alemana de Hamburgo, continúan por Dinamarca, Suecia occidental y, en Noruega, recorren ciudades como Oslo, Trondheim o el Cabo Norte hasta, finalmente, llegar a Spitzberg. A la vuelta, pasan por Finlandia, deteniéndose en puntos como Laponia o Tornio, continúan por la parte oriental de Suecia, pasan por la entonces Prusia y por Alemania.

Para facilitar sus movimientos y su nueva vida como aventurera, D'Aunet realiza una suerte de travestimiento que será impactante para la época: se corta el pelo, pues habría sido imposible lidiar con una melena tan larga en tales condiciones, y se viste con pantalones de hombre, camisa, corbata de lana, cinturón de cuero, botas y un gorro de marinero. Su peculiar apariencia da lugar a un curioso episodio en Laponia cuando las mujeres del lugar, que la toman por un hombre, huyen escandalizadas al verla desnudarse.

Como viajera, se muestra curiosa, observadora y dispuesta a ampliar su conocimiento del mundo, más allá de los límites de Francia. Las cartas que la autora publica están dotadas de una pluralidad de perspectivas que permiten que el lector conozca los diferentes países a través de su arte, historia, sociología, geografía, etc., enriqueciendo la narración. En su camino, D'Aunet realza la singularidad de cada pueblo, reflexiona sobre sus costumbres y, por supuesto, se cuestiona aquello que no alcanza a comprender.

La elección del género epistolar para contar su aventura es una acertada estrategia literaria, pues el artificio de un destinatario familiar – supuestamente las cartas están dirigidas a su hermano Léon de Boynest – le permite hablarle al lector adoptando un estilo cercano y sincero.

En cada parada del trayecto, aprovecha para visitar los museos, hablar con las gentes del lugar y conocer sus modos de vida. Así, por ejemplo, en Ámsterdam, se queda maravillada contemplando la maestría en el manejo de la luz y el cuidadoso realismo de obras como *Lección de Anatomía* o *Ronda nocturna* de Rembrandt; y la completa colección del museo dedicada a China y Japón le hacen sentir que hubiera viajado a esos países, con la importancia que ello tiene en un momento en el que los desplazamientos son costosos y poco comunes.

Las cartas están dotadas de un profundo bagaje literario con referencias a Shakespeare, Racine, Howitt, Victor Hugo y la interesante inclusión de la poesía popular finlandesa. Esta inserción de referencias artísticas e históricas en sus minuciosas descripciones son una ayuda inestimable para el lector al permitirle visualizar mejor las peculiaridades de cada nuevo lugar. Con el ánimo de conservar esa experiencia visual y didáctica, en la presente traducción se han añadido notas a pie de página para explicar o profundizar en algunos elementos clave a los que se hace referencia.

D'Aunet plasma las formas de vida de los habitantes, su forma de concebir la cultura, pero también los aspectos cotidianos: el ingenio con el que los lapones construyen cunas transportables para sus bebés, la pulcritud elevada a arte de los holandeses, la jerarquía de los diferentes elementos que componen las ciudades, la vida en los mercados, los trajes tradicionales, etc. La autora deja una reflexión propia sobre cada detalle con el que se encuentra. Sus observaciones reflejan que no se trata de una intelectual burguesa que ignora al conjunto de la sociedad, sino que, al contrario, tiene en cuenta a las diferentes capas sociales que componen cada región. Prueba de ello es la sensibilidad ante las duras condiciones de los trabajadores, concretamente ante el medio de subsistencia de los mineros y su calidad de vida. Se toma su tiempo para hablar de su atmósfera de trabajo como de un infierno húmedo, en el que, encerrados durante la mayor parte de su existencia en la oscuridad, arriesgan su salud por la exposición a los vapores y por la dureza de la actividad. Asimismo, subraya que este inhumano trabajo no se produce en un país lejano, ni poco desarrollado, sino que se encuentra en Europa, a plena vista, y se compadece de ellos, mártires de la pobreza. En este sentido, la obra *Viaje de una mujer a Spitzberg* ofrece un profundo testimonio y un emocionante viaje por los países del norte de Europa, vistos a través de la mirada de una curiosa y cultivada mujer del siglo XIX.

Tras esta trepidante expedición, ya de vuelta a París, D'Aunet descubre que está embarazada y se casa formalmente con François Biard el 3 de julio de 1840. En noviembre de ese mismo año, nace su hija Marie-Henriette, la cual en el futuro escribirá artículos para el famoso periódico Le Figaro bajo el pseudónimo de Étincelle.

Léonie D'Aunet, quien en ese momento usaba el apellido De Biard, se convierte en una mujer muy famosa y todos están interesados en conocer las aventuras, anécdotas y altercados vividos durante la expedición hacia esos países tan lejanos e inexplorados. En su día a día, disfruta asistiendo a tertulias literarias y es probable que sea en 1843, en uno de los encuentros organizados por Fortunée Hamelin, donde conoce a Victor Hugo. El poeta se queda encantado al verla como lo atestiguan la gran cantidad de poemas y cartas que le dirige y se convierten en amantes. Lo cierto es que el matrimonio con su marido, al que se suele describir como un hombre posesivo, celoso, de gran fealdad y con pocas dotes artísticas a pesar de contar con el apoyo del rey, no funciona bien y ella desea separarse. En 1845, tiene lugar un suceso que cambia su vida, es descubierta junto a Victor Hugo en un hotel del Pasaje Saint-Roch, situado en el distrito Palais-Royal de París. Gracias a su calidad de Par de Francia que le otorga la inviolabilidad, Hugo no sufre ninguna consecuencia. Léonie, al contrario, es encerrada durante dos meses en la prisión de Saint-Lazare, se enfrenta a un proceso judicial acusada del delito de adulterio por el que pierde la custodia de sus dos hijos y la ayuda financiera, y permanece encerrada en el Convento de las Damas de San Miguel hasta marzo de 1846. Tras su salida del convento, colabora con diversas revistas para poder ganarse la vida, escribiendo artículos de moda hasta que consigue publicar las cartas relativas a su viaje en la conocida Revista de París, lo que marca su inicio en el campo de la escritura. Posteriormente, en 1854, dichas entregas son recogidas y publicadas por la editorial Hachette en un libro titulado *Viaje de una mujer a Spitzberg*. A partir de esta publicación sigue su carrera en el mundo de las letras llegando a adquirir bastante fama, como lo atestiguan las alabanzas y buenas críticas de Gustave Flaubert, así como el gran número de reediciones de sus obras. Su trabajo se compone de novelas, *Un mariage en province* (1857), *Une vengeance* (1857), *L'Héritage d'Elvigny* (1863); de cuentos, *Étiennette, Silvère, Le Secret* (1859); y de obras de teatro, *Une place à la cour* (1854), *Jane Osborn* (1855) y *Silvère* (1877).

En lo referente a su carrera literaria, es imprescindible señalar que la relación entre Léonie D'Aunet y Victor Hugo está envuelta en polémicas y conjeturas que perviven todavía en la actualidad. La ayuda que el poeta le aporta, la importancia de su influencia en los círculos literarios o, al contrario, si es D'Aunet la que realmente lo influye a él, son algunas de las hipótesis que se barajan. En la época, los comentarios hacia la escritora se mueven desde la negación de la autoría de sus obras, llegando a afirmar que, en realidad, es Victor Hugo quien las crea, hasta el desprecio a su calidad literaria negando que un talento como el del poeta pueda estar detrás de esos deplorables libros[1]. En cualquier caso, el denominador común es la utilización de la figura de un hombre para quitarle valor a una mujer y, de hecho, a pesar de que sus novelas y piezas teatrales gozan de gran éxito, pasa a la historia principalmente como una de las amantes de Victor Hugo. No obstante, a pesar de los ataques hacia su figura y del olvido de la historia, es innegable que sus obras gustan al público como lo demuestran las diversas reediciones. El *Viaje de una mujer a Spitzberg* cuenta con siete ediciones; su obra de teatro *Une place à la cour* es publicada en 1854 y después reeditada en 1861, 1870 y 1885; y su novela *Une vengeance*, que aparece por primera vez en 1857, llega a contar con cuatro ediciones. D'Aunet es una autora con una obra muy variada en la que destaca como novelista, dramaturga y cronista de viaje. Su escritura pone en escena a mujeres muy diversas, reflejo de diferentes aspectos de la psicología femenina, a menudo desgraciadas por las imposiciones de la época y por maridos carentes de escrúpulos y sensibilidad que las someten a todo tipo de tormentos. Si bien es cierto que hay que esperar hasta el siglo XX

1 Ver De Manne, E.D. (1868) *Nouveau Dictionnaire des ouvrages anonymes et pseudonymes*, Lyon: Blaizot, s.pág. y Guimbaud, L. (1927) *Larousse du XIXème siècle*, Paris: Blaizot, pág. 33.

para que la mujer empiece a gozar de verdaderas libertades como, por ejemplo, disponer libremente de su salario; cabe tener en cuenta que ya en el siglo XIX se empieza a producir una diversificación de los modelos de mujer, la homogeneidad comienza a difuminarse, y en el arte surge la aparición de nuevos roles, como la mujer casada, soltera, viajera, trabajadora o estudiosa a la que obras como las de Léonie d'Aunet contribuyen. Justamente, en el caso del *Viaje de una mujer a Spitzberg*, el éxito responde a las inquietudes de un siglo caracterizado por las grandes transformaciones, no solo sociales, económicas y políticas, sino también tecnológicas que tienen una gran repercusión en el campo del transporte. Los avances abren nuevas posibilidades de desplazamiento, por lo que crece el interés de la sociedad por partir en busca de nuevos horizontes. Se trata de la época del conocido como *Grand Tour* en el que los jóvenes se embarcan hacia diferentes destinos con el deseo de llenarse de nuevos conocimientos y culturas. En este contexto, los libros de viajes poseen un gran atractivo para aquellos que buscan destinos, pero también para aquellos que no pueden permitirse costear este tipo de aventuras. Gracias a la literatura, encuentran una forma de suplir sus carencias y de enriquecer su saber. En el caso de las mujeres, se trata de una ocasión para escapar de los límites de la esfera privada que las constriñe y fija al espacio y a la actividad del hogar. La mujer, en tanto lectora y escritora, conquista un nuevo género que le abre muchas puertas al tener cabida en él todo tipo de conocimientos. En este sentido, la contribución de Léonie d'Aunet es inestimable para su época, pero también para la actualidad, por aportar su curiosidad, formación y sensibilidad literaria al tiempo que deja un reflejo de las grandes transformaciones sociales que se produjeron.

Índice de lugares referidos durante la expedición

Para la traducción de los países, ciudades, pueblos, pequeñas aldeas, ríos, lagos y diferentes accidentes geográficos a los que se hace referencia, se han mantenido los nombres utilizados por la autora, para mostrar cómo buscaba reproducir el sonido de los nuevos lugares que iba descubriendo. Asimismo, se han dejado los nombres que tenían algunas regiones durante el siglo XIX.

A continuación, se muestra una lista de los lugares referidos durante la expedición, los nombres que emplea la autora y los nombres actuales.

Abo – ciudad de Turku (Finlandia).

Alten – Sapriokki – D'Aunet se refiere con el nombre de Alten al río Altaelva y a la ciudad de Noruega llamada Alta. Asimismo, la autora señala que al río también se le llama Sapriokki.

Altona – ciudad perteneciente a Hamburgo desde 1938, anteriormente pertenecía a Dinamarca.

Alster – río situado en el norte de Alemania.

Amsterdam (Países Bajos).

Augustembourg – Augustenborg, localidad danesa.

Avasaxa – actualmente recibe el nombre de monte Aavasksa o Avasaksa (Finlandia).

Bahía Magdalena-Bay (Noruega).

Bellsun – bahía la Cloche.

Berlín (Alemania).

Bodoë – Bodø (Noruega).

Bohus – Borås (Suecia).

Briel – llamada Brielle o Den Briel (Países Bajos).

Broek – Brouk (Países Bajos).

Calix – Hace referencia con el nombre de Calix a la ciudad Kalix y al río Kalixälven (Suecia).

Carsel – Kassel (Alemania).

Cherry – Beeren-Eiland – isla del Oso (Noruega).

Christiania – Entre 1624 y 1925, se usaba el nombre de Christiania para referirse a la ciudad noruega de Oslo (Suecia).

Christianopel – Kristianopel (Suecia).

Christiansand – Kristiansand (Suecia).

Christianstad – Kristianstad (Suecia).

Copenhague (Dinamarca).

Dalécarlie – Provincia de Dalarna (Suecia).

Delft (Países Bajos).

Dofrines – los Alpes escandinavos están divididos en tres grupos, el grupo Kjølen, que separa Suecia de Noruega, los montes Dofrines, que dividen Noruega, y los Tulianos, situados en la región meridional.

Dortrecht – Dordrecht (Países Bajos).

Dovre (Noruega).

Dovre-Field – Dovrefjell, se encuentra en el centro de Noruega y es una cadena montañosa que separa de forma natural el este de Noruega y Trøndelag.

Dresde (Alemania).

Drontheim – Trondheim (Noruega).

Elba – río que nace en el norte de la República Checa y desemboca cerca de Hamburgo en el mar del Norte.

Estocolmo (Suecia).

Elseneur – Elsinor (Dinamarca).

Falkemberg – Falkenberg (Suecia).

Fahlun – Falun (Suecia).

Finmark – Finnmark (Noruega).

Fogstuen – Fokstua (Noruega).

Gèfle / Yèvle – Gävle (Suecia).

Gestrikland – provincia histórica de Gästrikland, en la parte centro-oriental de Suecia.

Greiswal – Greifswald (Alemania).

Gotemburgo (Suecia).

Guldbransdal – Gudbrandsdal, distrito tradicional de Noruega.

(La) Haya (Países Bajos).

Hamburgo (Alemania).

Hammerfest (Noruega).

Haparanda (Suecia).

Havesund – Havøysund (Noruega).

Havre (Francia).

Helsingborg (Suecia).

Helvoëtsluys – Helvoetsluis (Países Bajos).

Hougen – Haugen – Haugesund (Noruega).

Hund – Hunder (Noruega).

Jerking – Hjerkinn (Noruega).

Kaafford / Kaafiord – Kåfjord, puebloo en el municipio de Alta (Noruega).

Kalanitoe – Galanito (Noruega).

Kalkemberg – Probablemente la autora se refiere a la ciudad de Falkenberg (Suecia).

Karesuando – localidad más septentrional de Suecia.

Kautokeino (Noruega).

Kélangi – Khilanki (Finlandia).

Kengisbruck – Kengis, comunidad rural en el municipio de Pajala (Suecia).

Kiel (Alemania).

Kormovara – montaña.

Kongsbacka – Kungsbacka (Suecia).

Kongswold – Kongsvoll (Noruega).

Kroneberg – la autora visita el castillo de Kronberg.

Laurgaard (Noruega).

Leerfoss – cascadas noruegas.

Leipzig – Alemania.

Lille-Hammer Lillehammer (Noruega).

Linkoping – Linköping (Suecia).

Loffoden – islas Lofoten, situadas en la provincia de Nordland, por encima del círculo polar ártico.

Lougen – el río Gudbrandsdalslågen, Lågen o Lagan discurre a través del valle noruego de Gudbrandsdal.

Luleä – Luléo – Luleå (Suecia).

Mageroë – isla Magerøya (Noruega).

Mayence (Alemania).

Moën – los acantilados de Møn (Dinamarca).

Monkhoulm / Monkholm – Munkholmen, es un islote de 13 000 metros cuadrados que se encuentra en el municipio de Trondheim y que ha sido utilizado para diversas funciones: lugar de ejecución, monasterio, fortaleza, prisión, cañón antiaéreo durante la Segunda Guerra Mundial, estación y, actualmente, atracción turística.

Mosa – río que nace en Francia, fluye por Bélgica y los Países Bajos y desemboca en el delta común del Rin-Mosa-Escalda.

Mulhouse (Francia).

Muonioniska – Muonio (Finlandia).

Nordland (Noruega).

Norkoping – Norrköping (Suecia).

Nykoping – Nyköping (Suecia).

Ottenzen – la antigua ciudad alemana de Ottensen, actualmente es un barrio de Hamburgo.

Piteä – Piteå (Suecia).

Príncipe Carlos – Prins Karls Forland – La Isla Príncipe Carlos Forland se encuentra en el océano Ártico y forma parte del archipiélago de Svalbard.

Prusia.

Rosenbourg – la autora visita el castillo de Rosenborg que se encuentra en Dinamarca.

Rotterdam (Países Bajos).

Saardam – Zaandam (Países Bajos).

Sandwolden – Sundvollen (Noruega).

Scanie – Skåne – provincia de Escania (Suecia).

Sockness – Soknedal, localidad de la provincia de Trøndelag (Noruega).

Snähatten – montaña Snøhetta, la más alta de la cordillera de Dovrefjell, con 2.286 metros.

Spitzberg – archipiélago de las islas Svalbard, cuya isla más grande se llama Spizbergen.

Sudermanie – Södermanland (Suecia).

Sund – el estrecho de Øresund o Sund separa la isla danesa de Selandia de la provincia Sueca de Escania.

Sundswall – Sundsvall (Suecia).

Suvajervi – Lago Profundo – lago Syväjärvi (Finlandia).

Talwig – Talvik, provincia de Finmark, Noruega.

Torneä – d'Aunet se refiere con el nombre de Torneä al río Torne, río europeo que fluye por el norte de Suecia y desemboca en el golfo de Botnia, y también a la ciudad de Tornio, municipio de Finlandia.

Tromsoë – Tromses – Tromsø (Noruega).

Turtula – Turtola (Finlandia).

Umeä – Umeå (Suecia).

Warberg – Varberg (Suecia).

Weter – Lago Vättern (Suecia).

Ystad (Suecia).

Zuiderzée – Zuiderzee, cuyo significado en neerlandés es «mar del sur» era una bahía que se internaba en la zona noroeste de los Países Bajos. En el siglo XX, la mayor parte se cerró a causa de la construcción del Afsluitdijk.

Referencias bibliográficas de interés

Como se anunciaba en la presentación de la vida y obra de la autora, a pesar del éxito del que gozó durante su época, con el paso del tiempo fue quedando en el olvido y difuminándose tras la sombra de Víctor Hugo. En este sentido, Léonie d'Aunet todavía no cuenta con una amplia bibliografía dedicada a su obra. Sin embargo, es posible que con el actual auge de los estudios de género, esta situación cambie y se empiece a rescatar del olvido. En este sentido, esta primera traducción al español de una de sus obras espera contribuir a la difusión de una autora muy valiosa y ser el detonante de posteriores traducciones y estudios.

Si bien no es posible encontrar bibliografía en español, se aportan algunos estudios de referencia en otros idiomas para aquellos lectores interesados.

Obras de Léonie d'Aunet:

(1854) *Voyage d'une femme au Spitzberg*. Paris, Hachette.

(1854) *Une place à la cour : comédie en un acte*. Paris, Hachette.

(1855) *Jane Osborn*, drame en quatre actes. Paris, Hachette.

(1857) *Un Mariage en province*. Paris, Hachette.

(1857) *Une vengeance*. Paris, Hachette.

(1859) *Étiennette, Silvère, le Secret, nouvelles*. Paris, Hachette.

(1863) *L'Héritage du marquis d'Elvigny. Les deux Légendes d'Hardenstein*. Paris, Hachette.

(1877) *Silvère*. Paris: Hachette.

Estudios sobre su obra:

Cassanello, Almicare (2008) « La Commission scientifique du Nord et les relations de voyage de Xavier Marmier et de Léonie d'Aunet » en *Le(s) Nord(s) imaginaire(s)*, Montréal, Imaginaire. Nord, coll. « Droit au pôle ».

Chevalier, A (1888) *Les voyageuses au dix-neuvième siècle*. Tours, Alfred Mame et fils.

Claustre, Daniel (2007) "Voyager, aimer, écrire: la vie d'une femme du XIXème siècle (Léonie d'Aunet, 1820–1879)", en *Ull crític*, 11, pp. 93–126.

De Luca, Ylenia (2021) « Una parigina al Polo: il viaggio, l'amore e l'opera di una donna del XIX secolo. Léonie D'Aunet (1820–1879) » en *Testo e Senso* nº23, pp. 235–244.

Dronsart M. (1894) *Les grandes voyageuses.* Paris, Hachette.

Gautier, Clément () « Regards croisés sur le Spitzberg : Léonie d'Aunet et Xavier Marmier de La Recherche à l'écriture » en *L'écriture du Nord du Nord. Construction d'images, confrontation au réel et positionnement dans le champ littéraire.* Frank & Timme, Verlag für wissenschaftliche Literatur.

Grillo, Alessandra (2006) *Oltre Capo Nord. Viaggio di una donna allo Spitzberg.* Roma, Voland.

Grillo, Alessandra (2018) « Le 'grand tour' de Léonie d'Aunet » en *Itinérances féminines*, https://crlv.org/articles/grand-tour-leonie-daunet

Mercer, W.S. (1993) « L. D'Aunet in the shade of V.Hugo : talent hidden by sex » en *Studi Francesi,* nº109, pp. 31–46.

S. Kaasa, Janicke (2021) « Translating a Nordic Journey : Léonie d'Aunet in Norway » en *Nordic Travels.* Novus Press.

Villemin, Rémy (2020)." 'Voyage d'une femme au Spitzberg (1839)' de Léonie d'Aunet", en *Le Globe. Revue genevoise de géographie,* 160, pp. 135–137.

PRIMERA CARTA

Al Sr. Léon de Boynest, en Nueva York.

A bordo del Wühem de Eerst

Mi querido hermano,

Como todo el mundo, os sorprendéis y me preguntáis cómo he podido emprender este grande y largo viaje que me veis comenzar con miedo.

Este proyecto se ha realizado con facilidad; ha nacido del azar de una conversación. Os explico cómo:

Hace un mes más o menos, algunos amigos se encontraban reunidos en mi casa; entre ellos estaba el Sr. Gaimard, el célebre viajero. El Sr. Gaimard ha dado dos veces la vuelta al mundo y ha formado parte de no sé cuántas expediciones hacia el Polo. Ese día nos contó, con su labia meridional y pintoresca, el naufragio que sufrió el *Uranie* en las islas Maldivas; disfrutaba relatando en su narración todas las pruebas de coraje y de sangre fría dadas en esa circunstancia por la Sra. Freyeinet, quien acompañaba a su marido, el comandante del *Uranie*.

Cuando terminó, alguien dijo:

- ¡Pobre mujer, debe de haber sufrido mucho!
- ¿La compadece? – exclamé – ¡yo siento envidia!

El Sr. Gaimard me miró.

- ¿Habla seriamente, señora?
- Muy seriamente.
- ¿Le gustaría dar la vuelta al mundo?
- Es mi sueño.
- ¿Y hacer más?

No comprendí; creí que el Sr. Gaimard me gastaba una broma.

- Pues, sí – retomó – se ha dado la vuelta al mundo muchas veces; pero no se ha penetrado todavía bastante lejos sobre las latitudes que rodean el Polo, para saber si se podría pasar por ahí de Europa a América.
- ¡Y bien! ¿Sabe el camino?
- No, pero vamos a buscarlo; parto en tres semanas, con una comisión científica de la que soy el presidente, para explorar el océano Glacial en los parajes de Spitzberg y de Groenlandia.

- ¡Está muy feliz!
- Yo lo estaría más si esta expedición atrajera a vuestro marido, y si él quisiera ayudarnos con su talento.
- Creo que podemos hacerle una propuesta en ese sentido.
- ¿Se encarga usted, señora?
- Sí, con una condición.
- ¿Cuál?
- Que yo lo acompañaré.
- ¿Hasta el final?
- Hasta el final.
- Eso presentará dificultades, porque las mujeres no embarcan a bordo de los navíos del Estado, y…
- Entonces, al contrario, no le diré ni una palabra sobre el viaje.
- Habladle de todas formas, veremos cómo solucionamos la dificultad.

Esa misma tarde, le puse a mi marido el proyecto sobre la mesa y ambos estuvimos totalmente de acuerdo.

Al día siguiente anunciamos nuestra partida a nuestros amigos.

Hubo un clamor de desaprobación:

- ¡Qué locura! – me decían – va a volver fea.
- ¿Por qué?
- Países espantosos; y además es demasiado joven y demasiado delicada para las fatigas de un viaje como este; espere, al menos.
- No; primero porque la ocasión no se volverá a presentar y segundo porque más adelante puedo tener hijos y entonces no tendría derecho a exponer mi vida en aventuras.
- A su edad se va al baile, y no al Polo.
- Lo uno no impide lo otro; si vuelvo, tendré todo el tiempo de ir al baile.
- ¿Y si no vuelve?
- Tendrá el placer de decir: yo lo había predicho.

Yo no pensaba en nada más que en mis preparativos; llenaba de ropa y paños algunas cajas que fueron enviadas a Copenhague y Estocolmo; me hice hacer ropa de hombre para estar cómoda una vez hubiera llegado al país perdido, y, cuando pasaron las tres semanas de las que el Sr. Gaimard había hablado, estábamos totalmente listos. Vino a decirnos adiós, y se maravilló por nuestra actividad. Quedamos con él en el Cabo Norte; la comisión científica irá por mar y nosotros cogeremos la vía terrestre: una excelente combinación que nos permitirá ver muchos países.

Ahora, mi querido hermano, no hay más culpas ni consejos que enviarnos, ya estamos en ruta. Os escribo a bordo del barco de vapor que nos lleva a Hamburgo, y esta carta es el principio de ejecución de la promesa que hice de contaros lo que me sucederá y de describiros lo que veré durante este largo peregrinaje. La tarea será dura, lo temo, pero espero cumplirla con la fuerza de la sinceridad. Para mí, escribir sobre un viaje, es hacer el retrato de los países que se recorren, y el narrador no tiene derecho a volverlos irreconocible.

El interés de mi historia crecerá a medida que avance sobre las elevadas latitudes de nuestra vieja Europa; cuando llegue allá, tendré, a falta de otro, el mérito de la originalidad, siendo la única mujer que nunca antes ha emprendido un viaje semejante.

He aquí nuestro itinerario.

A la ida:

Holanda, Hamburgo, Dinamarca, Suecia occidental, Noruega, Christiania, Drontheim, el Cabo Norte y finalmente Spiztberg, si Dios quiere.

A la vuelta:

Laponia, Tornéa, Finlandia, Suecia oriental, Estocolmo, Prusia, Sajonia y el Rin.

No os digo nada de las despedidas, de la partida, de Normandía, donde vislumbré las bellezas a través de un velo de lluvia que las entristece demasiado a menudo; nada de El Havre, convertido en un suburbio de París; el verdadero viaje no comenzó para mí hasta el momento en el que puse el pie sobre el puente del barco de vapor de Rotterdam. Hacía un tiempo espantoso. Saliendo del puerto, el barco fue lanzado por las olas sobre un grupo de pequeños descarga-mareas a los que causó considerables averías; nuestras ruedas rasgaban las velas, rompían los mástiles, hundían los cascos; todo gritaba y se rompía bajo aquel inmenso molino; los pescadores, así maltratados, estaban desolados y furiosos a la vez; nos amonestaban de una manera enérgica y poco cortés. Así dejé El Havre en medio de un gran tumulto y de un concierto de maldiciones. Ni las costas de la patria ni los compatriotas me dieron una despedida conmovedora.

Desde aquel momento hasta el día siguiente, fui presa exclusiva de esta tortura llamada *mal de mar,* y no vi nada, más allá de las tazas de té y de los limones, los cuales, por rabia, mordía como si fueran manzanas.

Cuando el barco entró en el río Mosa, me sentí mejor y subí a cubierta. Me sorprendió encontrarme en presencia de un país tan diferente de Francia. Pasamos entonces delante de una pequeña ciudad llamada, creo, Helvoëtsluys, situada en medio de un paisaje fresco, peinado, elegante, coqueto, un verdadero paisaje de abanico: no faltaba nada, ni siquiera las ovejas blancas o la esbelta silueta de tres mujeres en falda corta que extendían ropa sobre un prado de un verde brillante.

Las orillas del Mosa son muy planas; el río está contenido por pequeñas murallas bajas que, vistas desde lejos, como yo las veía, parecen murallas hechas por ebanistas: el ojo no ve más que pequeñas ramas o juncos (no sabría decir cuáles), artísticamente entrelazados, y se sorprende al ver una fuerza tan grande escondida en un trabajo tan elegante.

Dejamos Briel a la derecha, pasamos cerca de Dortrecht, del que solo pude vislumbrar los altos campanarios cubiertos de pizarra, y esa misma tarde llegamos a Rotterdam.

Crucé Rotterdam a pie y un poco apresuradamente para ir al encuentro de la diligencia de La Haya; sin embargo, tuve tiempo de verme seducida por su exquisita limpieza, sus canales límpidos bordeados de hermosos árboles, sus bonitos puentes de piedra ligeramente lanzados de un borde a otro, su aire tranquilo, risueño, pacífico y dulce como la felicidad. Casi todas sus casas están precedidas por una escalinata de piedra, madera o ladrillo; cada propietario arregla la suya a su gusto, lo que introduce encantadores caprichos en la arquitectura general, en oposición a la gran confusión de la simetría fría y de la regularidad aburrida. Por momentos una puerta entreabierta me dejaba percibir el interior de alguna cocina limpia, impoluta, ordenada, brillante, como no se ven en París, más que en el Louvre, en los cuadros holandeses.

En este país, en el que se debe de vivir tan bien, se viaja bastante mal; los coches públicos son horribles, y, si los caminos no estuvieran unidos como callejones de jardín, no se romperían a las dos leguas. De Dortrecht à Delft, se atraviesa un paisaje de Paul Potter[2] con prados hasta donde alcanza la vista, cortados de vez en cuando por un estrecho canal en el que se refleja el cielo. Cuando pasamos, algunas cigüeñas cenizas, inmóviles sobre una pata, nos miraban sin volar; hermosas vacas blancas, con motas pelirrojas, se acostaban rumiando en las altas hierbas; una brisa apenas sensible nos traía el sabor fresco y salado del mar, y el sol bajaba lentamente detrás de un velo de vapores púrpuras. Sobre esta naturaleza reinaba una calma potente, contagiosa para el alma, y, mientras el coche circulaba sin ruido y mis compañeros de viaje se dejaban

---

2 Paul Potter (1625–1654) fue un pintor, grabador y dibujante de origen holandés especializado en paisajes y animales. Su estilo se caracterizaba por una gran preocupación por el detalle y por el realismo de la representación.

llevar por una agradable somnolencia, recordé estos encantadores versos de Richard Howitt:

> «The birds were hushed, the flowers were closed,
> The kine along the ground reposed.
> All active life to gentle rest
> Sank down, as on a mother's breast! »[3]
>
> El pájaro callaba y las flores se cerraban;
> Las vacas dulcemente se acostaban sobre la tierra.
> ¡La naturaleza y la vida juntas se dormían
> en un sueño tranquilo, como en el seno de una madre!

Y me abandoné a una ensoñación profunda como ese horizonte infinito, dulce como ese hermoso paisaje.

Atravesamos Delft muy rápidamente en la noche oscura, y no pude distinguir otra cosa que las chispas de todas las tuberías que funcionaban delante de todas las puertas. En La Haya, me alojé cerca de un gran canal, en un muelle llamado *el Spui*. A la mañana siguiente, un gran alboroto de cepillos y escobas que iban y venían sobre mi cabeza me obligó a levantarme temprano, a pesar de mi cansancio. El ruido del agua que escuchaba batir contra mis ventanas me hizo creer que llovía a cántaros; mirando, me tranquilicé; no era lluvia, sino simplemente las amas de casa del barrio y las sirvientas que, con la ayuda de bombas portátiles, inundaban el exterior de las casas para limpiarlas, y producían un falso diluvio.

Me habían hablado mucho de la limpieza de las holandesas; sin embargo, me pareció fabulosa: no hay nada, ni las cremalleras, ni las placas de las chimeneas, ni las cerraduras de las puertas, ni las limas para los pies, que no sean brillantes como joyas de acero. Estas personas no tienen el gusto por la limpieza, sino que tienen el culto.

Las mujeres están constantemente limpiando, raspando, cepillando, ordenando, barriendo o pelando; no hacen otra cosa. Juzgándolas por su cara, tal vez no se les daría tan bien algo que fuera menos mecánico. Las mujeres dispensadas por su posición de fortuna de participar activamente en la limpieza general

---

3 Léonie d'Aunet reproduce los versos del poeta británico Richard Howitt (1799–1869) en inglés en el libro original y aporta su propia versión en francés que hemos traducido al español. La autora hace una traducción libre, pues la traducción literal sería: «Los pájaros estaban en silencio y las flores se cerraban,/ las vacas descansaban acostadas en la tierra./ Cada vida activa tiene un delicado reposo / hundida, como en el seno de una madre!».

y perpetua de su vivienda no manifiestan gran gusto por los placeres intelectuales. Su vida se va en vestirse, pasear por el parque, o estar sentadas, cerca de una ventana, con un bordado, interrumpiéndose frecuentemente para echar un vistazo a un pequeño espejo unido a una rama de hierro en movimiento, colocada fuera de la casa. Por la forma en que está inclinado, este curioso pequeño mueble, o este pequeño mueble curioso, refleja a todas las personas que pasan por la calle. Se llama *espía*, y la palabra es muy justa, porque este pedazo de hielo, que el ojo del peatón desconsiderado apenas percibe, es de una perfidia, o más bien de una fidelidad horrible, para informar de cada movimiento.

Las calles de La Haya son solitarias, casi desiertas; el único lugar realmente animado de la ciudad es el gran canal a la hora del mercado. Se ven llegar largos barcos cargados de fruta, verdura, huevos, aves y hermosos pescados que brillan, se agitan y saltan todavía en las redes con las que han sido cogidos; los marineros sentados delante fuman mucho, y de todas las casas salen las amas de casa que van a bordo de los barcos para abastecerse. Estas mujeres de extremidades robustas, mejillas frescas, trajes pintorescos, que van, vienen, balbucean, compran, se llaman pasando de un barco a otro y dan a este conjunto una vida y un resplandor que no puedo describir. Sin duda nuestro mercado de la Halle en París es más considerable; la multitud es más grande, los productos más abundantes; pero el efecto producido a los ojos es completamente diferente. En París, el mercado se encuentra en un lugar rodeado de casas altas y negras; es un lugar ruidoso, sucio, impracticable, nauseabundo; el pie tropieza en el barro; el olfato se siente ofendido por las ásperas emanaciones de detritos de todo tipo. ¡Qué contraste con este mercado holandés, limpio, risueño, alegre, cómodo sobre su gran canal, sombreado de hermosos árboles y bordeado de amplios muelles! Esto basta para explicar por qué las amas de casa se abstienen en París de vigilar a su cocinera en el mercado, mientras que en La Haya las acompañan casi siempre.

Durante todo un día, me quedé encerrada en los museos. ¿Qué se puede decir? Es una congestión de tesoros y obras maestras. Los tesoros están en el museo chino, las obras maestras en el museo holandés; se sale de allí deslumbrado.

Pasé dos horas en China y una hora en Japón. Que nadie pretenda sostener que conoce mejor que yo estos dos países: yo he estado.

Podría decir cómo se cruzan las calles de Pekín; cómo se construyen las casas; qué dibujos corren sobre las paredes de porcelana; cuántos pisos tienen las pagodas; qué trajes llevan las mujeres; qué zapateros-joyeros fabrican sus extravagantes zapatos diminutos; de qué clavijas largas como rueditas se cargan la cabeza; el color de los colibríes de los que se peinan en los días de fiesta;

cómo se hacen las flores allí, y a qué frutas se parecen; cómo son de grandes sus verduras, y a qué bestias se parecen: en fin, lo sé todo. Yo iría, o mejor dicho, yo volvería a China mañana, me sentiría como en casa.

Hablando en serio, se ahorran ocho meses de travesía y las tormentas del cabo de Buena Esperanza, pasando un día en los museos de La Haya. El museo chino tiene una colección completa de armas, ropa, muebles, pinturas, herramientas y utensilios del Imperio Celestial; se han añadido imitaciones perfectas de todos los animales, frutas, flores, plantas y verduras del país. Si hubiera que citar todo lo que es sorprendente por su perfección, habría que elaborar una nomenclatura; ahí hay frutas para volver ladrón a un goloso; mirándolos, parece que se exhala un perfume exquisito y penetrante. Como complemento a estas magníficas colecciones, se han colocado en la misma sala los planos, en relieve, de Pekín y de Cantón, ejecutados en proporciones bastante grandes y con una fidelidad china. Los tesoros positivos no ceden en nada a las obras maestras de paciencia; las armas y los trajes reunidos en el museo poseen un enorme valor; hay más joyas que armas. Los kris[4] malayos son de oro macizo con una pequeña llama de acero en el extremo solamente, pero bien aguda y bien envenenada, como es debido y los mangos de las dagas japonesas están recubiertos de piedras: este arsenal está en un cofre. Los trajes son también de una belleza inestimable; he visto entre ellos tantas telas deslumbrantes, desconocidas para nosotros, que la única comparación que me viene a la mente es la del vestido color del sol, del que nos hablan en el cuento de Piel de Asno[5]. La mayoría de las faldas de las mujeres son de crepes hermosos a los cuales China ha dado su nombre, con bordados de oro del gusto más encantador; ciertamente estos obreros que componen tales dibujos son más artistas que muchos artistas que conozco. Por último, mi curiosidad fue ocupada y entretenida por un gran armario cubierto de escamas y con incrustaciones de plata, de un trabajo extraordinariamente valioso; este armario abierto resultó contener una casa

4 El kris o keris es el nombre que recibe una daga característica de Malasia, Indonesia, Tailandia, Brunéi y las Filipinas meridionales. Es considerada como un arma, pero también como un objeto espiritual que puede ser portador de buena o mala suerte.

5 Cuento perteneciente a Charles Perrault incluido en *Cuentos de antaño* (1695). En este cuento la princesa, para evitar casarse con su padre, le pide como condición que le traiga, primero, un vestido que tenga el color del tiempo, después, un vestido del color de la luna y, finalmente, un vestido del color del sol, creyendo que no lo conseguirá. Sin embargo, el padre manda crear un vestido color del sol confeccionado con todos los diamantes y rubíes de la corona, el cual poseía un brillo tan deslumbrante que nadie podía mirarlo fijamente.

japonesa, pero una verdadera y completa vivienda, con todos sus muebles y utensilios, cuidados como si fueran de tamaño natural. Un solo detalle da idea del resto: en la casa hay una biblioteca, y los libros que la componen han sido impresos expresamente. Este milagro de los juguetes había sido encargado por Pedro el Grande[6] para el museo de Petersburgo; no sé qué circunstancias le hicieron permanecer en La Haya.

Después de las riquezas de China, vi las de Holanda, los cuadros. En tales museos, para mirar, para juzgar, para comprender, se necesitaría no un día, sino un año. He pasado con una velocidad deplorable por delante de los Gérard Dow, los Metzu, los Terburg más encantadores e indiscutibles. Apenas le di unos minutos al mejor Paul Potter que existe. Representa un gran toro[7] pensativo, de pie junto a una hermosa vaca acostada. Es una ventana abierta a una pradera. Se dice que esto vale doscientos mil francos.

Sabiendo el poco tiempo que tenía, corría por las galerías, buscando un cuadro cuyo grabado me había impresionado vivamente: la *Lección de anatomía*[8] de Rembrandt. Cuando me encontré ante esta obra maestra del más poderoso de los maestros del color, mi admiración se elevó hasta la emoción. El sujeto es severo y se presenta con una rara simplicidad: el maestro, de pie, frente al cadáver tendido sobre una mesa, hace una demostración; sus alumnos lo escuchan con un interés que se lee en sus fisonomías inteligentes y tranquilas. La cabeza del médico está viva e inspirada; uno la mira, se detiene, espera su palabra, como aquellos graves estudiantes vestidos de negro que la rodean; la escena

---

6 El zar Pedro I "El Grande" conocido por ser un gran viajero y por su interés de occidentalizar Rusia tuvo grandes relaciones con Holanda. En la localidad de Zaandam todavía se encuentra la casa de madera, hoy convertida en museo, en la que se alojó durante algún tiempo en 1697 para aprender el oficio de carpintero naval. Asimismo, en la ciudad de Rotterdam hay una estatua en su honor. En este sentido, no es difícil imaginar que pueda haber otorgado un regalo al museo al que hace referencia la autora.

7 Léonie d'Aunet debe de referirse al cuadro llamado *El toro*, que fue la pintura más famosa del autor y muy apreciada durante el siglo XIX. Potter es uno de los primeros artistas que se dedican a la representación de animales, no como decoración secundaria, sino como elementos principales. En este cuadro, el toro, situado en el centro, mira de soslayo al espectador y figura como el protagonista en un estilo casi heroico.

8 Pintado en 1632, fue un encargo del gremio de cirujanos. En él, Rembrandt plasmó la lección del doctor Nicolaes Tulp sobre el funcionamiento de los tendones del brazo. El hombre fallecido parece ser Adriaan Adriaanszoon, un ladrón que había sido ahorcado ese mismo día.

está iluminada por esa luz misteriosa y caliente a la vez, cuyo único secreto ha convertido a este maestro en inmortal.

Al salir del museo, atravesé un hermoso parque que se llama el bosque de la Haya; de las maravillas del hombre pasé a las maravillas del buen Dios. En cualquier estación este bosque ofrece un magnífico paseo, pero en mayo es una inmensa maravilla; el borde de los caminos está cubierto de violetas, de campanillas, de prímulas; todos los arbustos son rosados o blancos; las bolas de nieve, el espino, explotan por todas partes: ¡nada más fresco, más alegre, más embalsamado! De vez en cuando, los primeros planos estaban ocupados por el aseo de algunas mujeres ultraelegantes de la ciudad; estas señoras, queriendo ser demasiado parisinas, habían conseguido ser bastante extrañas. Iban vestidas a la moda de la próxima temporada, cosa horrible, amenazando a cualquier extranjera esclava de ciertos periódicos, que tienen más bien la costumbre de predecir las modas que de indicarlas.

Esa misma noche salí de La Haya en un gran coche amarillo, tan alto sobre sus ruedas que su estribo era casi una escalera. Me senté sobre cojines delgados, rellenos de heno, teniendo a mi izquierda a un holandés fumando un puro, y delante de mí a dos holandeses fumando en grandes pipas. Encerrada como estaba en aquel tabaquismo, no tuve otro recurso, para escapar de la jaqueca, que permanecer obstinadamente con la cabeza en la puerta, y no me arrepiento. El camino de La Haya a Ámsterdam parece un paseo en un jardín inglés; el país está salpicado de casas de campo que uno tomaría fácilmente por quioscos o chalés de un parque inmenso, tan coquetas, lindas, floridas y bien iluminadas. Desde lo alto de mi observatorio, veía por encima de los setos y buceaba en los jardines, cuyos arbustos podría haber rozado con la mano; mil aromas exquisitos se levantaban de los parterres y combatían victoriosamente las exhalaciones desagradables de mis fumadores. En esta carrera de vuelo de abejas sobre los jardines pude constatar el número considerable de grandes fortunas holandesas. No era ni en la elegancia de las viviendas ni en la magnificencia de los parterres que se revelaba para mí la opulencia del propietario; no, era por la cantidad de montículos que se me aparecían en cada recinto. En esta alfombra de billar que forma el suelo de las Provincias Unidas[9] (y, si me permitís un mal juego de palabras, diré que nunca más se llamaron precisamente provincias unidas), en esta tierra clásica de praderas, un movimiento de terreno existe solo

9 Las Provincias-Unidas o República de los Siete Países Bajos Unidos era un Estado formado por las siete provincias del norte de los Países Bajos, agrupados en la Unión de Utrecht en 1579 y disueltas por el tratado de La Haya en 1795.

en la medida en que se crea, de ahí la ambición de todo propietario de dotar a su parque de una colina, de una ondulación, de una ampolla de terreno cualquiera. Esta rareza se fabrica a fuerza de dinero: cada banquero retirado se pavonea alrededor de una loma de tierra; hay bastantes millonarios para añadirle la roca que forma la gruta: esto alcanza entonces el *nec plus ultra*[10] del lujo.

Un horticultor se habría palidecido sin duda ante estos nobles tulipanes y estos ilustres jacintos alabados, envidiados, cotizados por los jardineros de todo el mundo; yo los disfruté y los habría disfrutado igualmente, aunque no costaran una suma loca, con la plácida ignorancia de un espíritu que no admite, entre las flores como entre las mujeres, otra aristocracia que la de la belleza. Por lo demás, mientras confieso mis herejías, añado esta: amo mediocremente estos cuidados excesivos dados a las flores; quitándoles su abandono, las privan también de una parte de su gracia. En este sentido, voy más lejos todavía porque prefiero una flor de campo a una flor de invernadero, y un jardín descuidado a un jardín ordenado.

Al final de este paseo llegué a Ámsterdam, la capital de Holanda. Ámsterdam es la Venecia del Norte: como la otra Venecia, tiene el mar, los palacios, los canales, los recuerdos; como la otra fue republicana, floreciente y gloriosa. Hoy Venecia está esclavizada y Ámsterdam sometida. La gran república aristocrática no es más que una ciudad dependiente del imperio de Austria; la gran república burguesa no es más que una monarquía de tercer orden. ¿Quién hubiera previsto esto hace tres siglos, cuando Venecia, con sus sesenta mil hombres de armas, sus ciento cuarenta galeras, sus inagotables arsenales, luchaba contra Turquía? ¿Cuándo Holanda colonizaba las Indias, al mismo tiempo que se enfrentaba a España?

Ámsterdam conserva huellas visibles de su pasado: las casas del muelle de los Señores, bañando sus escalinatas de mármol en el agua del gran canal, abriendo sus amplias ventanas revestidas de vidrios rosados sobre vastos salones tendidos de damasco de las Indias, han conservado un aire opulento y un giro altivo que recuerdan a los mejores tiempos de su prosperidad. Ámsterdam todavía representa una ciudad alegre, animada y pintoresca; todo es interesante para el viajero; mil objetos atraen y recrean la vista. Tiene un color propio, un aspecto particular, lo que es algo extraño hoy en día. No ha tomado el triste tono de falsificación francesa de sus vecinos de Bélgica. Todavía tiene trajes, verdaderos y sinceros trajes nacionales. Las mujeres de los alrededores de Ámsterdam encantan el ojo del artista por sus brillantes ajustes y su frescura radiante; los

---

10 El no va más.

frisones[11], fieles a sus antiguos usos, llevan en su frente placas de oro o de plata, ricamente trabajadas, de un efecto picante y extraño, y en las calles se encuentran los huérfanos criados por la caridad pública, vestidos de color gris y rojo, como vivos recuerdos de la Edad Media.

Habría que pasar dos meses en una ciudad así: no pude, a mi pesar, darle más de dos días. Sin embargo, vi el museo, corriendo, como siempre.

¡Este museo es asombroso! ¡Uno no se imagina que pueda existir semejante reunión de perlas! Os ahorro mis descripciones de cuadros: otros más dignos que yo han hablado sabiamente de todas estas obras maravillosas, y os remito a ellos. Sin embargo, ya que me pedís todas mis impresiones, voy a citar lo que me enganchó, como se dice en el estilo de taller.

Primero, un Gérard Dow[12]; una especie de hazaña de este maestro, para quien la paciencia fue el genio: una pequeña escena de interior iluminada simultáneamente por la luna, por una vela y por un fuego de chimenea. Estas diversas luces se dan de una manera única y armoniosa, lo que es el colmo de la habilidad. En realidad, este pequeño cuadro es un reto contra lo imposible, y un reto ganado.

Luego me quedé más de un cuarto de hora frente a la *Ronda nocturna*[13] de Rembrandt. Esto representa simplemente a una patrulla burguesa en Gante: rostros comunes, trajes oscuros, una acción vulgar, – un conjunto sublime, – es la naturaleza más el arte. Hay un aliento en cada pecho y la poderosa respiración de un gran genio en la obra. Esto se eleva al nivel de la *Lección de Anatomía*, y estos dos cuadros valen por sí solos la pena de hacer el viaje para verlos. En este mismo museo se conserva la página capital de la escuela holandesa: un inmenso cuadro de Wander-Hest[14], un pintor que conocemos demasiado poco, nosotros los franceses. Esta vez, Wander-Hest pintó una *Cena de Regimientos*[15]. Doce o

---

11 Procedente de Frisia, región de los Países Bajos.

12 Gérard Down (1613–1675), pintor y grabador holandés barroco, conocido por sus trampantojos y pinturas nocturnas iluminadas con velas. Frecuentó el taller de Rembrandt en Leyden entre 1628 y 1630. Entre sus cuadros se encuentran retratos, escenas de género, escenas religiosas y naturalezas muertas.

13 Pintado en 1642, en un origen este cuadro se llamaba *La compañía militar del capitán Frans Banninck Cocq y el teniente Willem van Ruytenburgh* y se trataba de una escena diurna. La oscuridad se debe a la oxidación del barniz y a que la acción se desarrolla en un portal en penumbra. A partir del siglo XIX se empieza a conocer como *Ronda nocturna*.

14 La autora debe de hacer referencia a Bartholomeus van der Helst (1613–1670), pintor del Siglo de oro neerlandés.

15 Probablemente se refiera al *Banquete en el Gremio* de Crossbowmen en Celebración del Tratado de Münster.

quince hombres reunidos alrededor de una gran mesa cargada de manjares, en las actitudes más naturales; las figuras, ampliamente dibujadas, viven en la vida real; salen de la tela, como se suele decir. En cuanto a los detalles, son ejecutados con un acabado precioso e inaudito; se podrían contar los hilos del mantel y los puntos del tapiz. Ciertamente es un cuadro hermoso, pero no me ha llegado. ¿Por qué? ¡Quizás tenía los ojos demasiado llenos de la poética luz de Rembrandt!

No hay que salir de Holanda sin haber visto Saardam y Broek. Saardam es como una página y Broek es como una viñeta de la historia de los Países Bajos. Esta vez tuve para mi excursión al más encantador de los compañeros de viaje, al sol. La ruta de Ámsterdam a Saardam es bonita y variada; de vez en cuando pasa junto al Zuiderzée, en cuyo fondo se perciben, me aseguraron, en tiempo tranquilo, los campanarios y las torres de una ciudad en el pasado engullida por el mar para formar este inmenso golfo. El relato pertenece, creo, más a la leyenda que a la historia; de todos modos, pasando cerca del mar, miré atentamente; pero vi solo algo análogo a lo que vio la hermana Ana, la del cuento[16], el sol que tamiza su polvo de oro en la parte posterior azul de las olas, y la hierba del camino que se vuelve de un verdor más intenso bajo su influencia feliz.

Si no se va a Saardam para realizar una especie de peregrinación a la casa del carpintero real Pedro I de Rusia, hay que ir igualmente para ver sus casas esparcidas en un jardín, y sus mujeres vestidas tan ricamente y tan bien; parecen mujeres de mundo jugando a ser campesinas. El día en que llegué era un domingo, y vi desplegadas por todas partes faldas de viejo damasco y con brocados de Pekín, con las cuales una pequeña amante parisina se habría acomodado muy bien para cubrir los sillones de su tocador.

Las mujeres de Saardam llevan con esto grandes sombreros de paja casi redondos, doblados y forrados con una tela de color muy vivo, que les van de maravilla. Esta robusta y activa población adornada para una fiesta, este cielo azul sin una nube, este horizonte infinito del gran mar, esta primavera que extendía su bomba de flores en sus calles-jardines, todo esto formaba un cuadro encantador a la mirada y dulce al alma, que disfruté felizmente durante algunas horas.

Después fui a ver la casa de Pedro I.

Una entra con viva curiosidad y una especie de respeto en esta humilde morada donde, durante tres años[17], un hombre que poseía casi la mitad de

16 Se refiere al personaje de Ana que aparece en el cuento «Barba Azul», recopilado y adaptado por Charles Perrault en 1695, y publicado en *Cuentos de antaño* (1697).

17 En realidad, parece que el zar Pedro I residió durante cuatro meses en Zaandam, durante 1697, como aprendiz de constructor. Después se trasladó a Ámsterdam,

Europa se sometió a los áridos estudios y a los penosos trabajos de un constructor de barcos. Pedro I en la obra de Saardam aparece en la historia como una rara y noble figura; hay una verdadera grandeza en su exilio voluntario lejos de la patria, lejos del trono, en esta humildad del poderoso ante el trabajo, del déspota semisalvaje ante la civilización, en este homenaje dado por la fuerza a la inteligencia. Se siente que al hacer esto este hombre aprendía a construir un barco, pero pensaba en construir un imperio.

La casa donde meditaba sus grandes proyectos y se entregaba a sus modestos estudios es pequeña, construida en madera, muy simple, una verdadera choza, dividida en dos habitaciones: en la del fondo, se muestra la mesa donde escribía y la cama de campo, baja y dura, donde descansaba. Todo en la vivienda es de la más austera simplicidad: las paredes están desnudas, los muebles gruesos, hechos de madera natural; algunos mapas y herramientas de carpintero están colgados en las paredes; es el retiro de un solitario al mismo tiempo que el hogar de un obrero. ¡Nunca un techo tan humilde albergó un pensamiento tan amplio!

Los viajeros están obligados a escribir sus nombres en un registro situado en la primera habitación; yo puse el mío al pie de una página donde estaba precedido por nueve nombres ingleses y seis nombres alemanes. Espero que los nombres franceses no sean tan raros en el resto del volumen.

Después de Saardam, fuimos a ver Broek, que distaba sólo unas leguas. Me habían hablado de Broek como de la maravilla de Holanda; en mi opinión, no es la maravilla que habría que decir, sino el resumen. En efecto, en este pequeño rincón de tierra, los defectos y las cualidades de los holandeses se manifiestan en su más completa expresión.

Broek no es ni una ciudad ni un burgo, mucho menos un pueblo; es una aglomeración de casas de recreo construidas por propietarios lo suficientemente ricos para satisfacer todos sus gustos; siguiendo su inclinación, han llegado a extravagancias de cuidado, a aberraciones de limpieza inimaginables: ¡cuán cierto es que hay que temer el abuso de las mejores cosas!

En primer lugar, las calles, pero no sé si hay que llamarlas calles, ya que los coches no pasan por ellas; sin embargo, tampoco puedo decir los callejones, ya que el suelo se compone de un pavimento de ladrillos artísticamente dispuestos. Las calles se barren como si fueran dormitorios y para que ningún "accidente" atente contra esta rigurosa limpieza, los animales no superan las barreras de

---

donde trabajó en los astilleros hasta obtener el título de maestro en la construcción naval. Finalmente, a mediados de enero de 1698, se mudó a Inglaterra.

la ciudad. En cuanto a las casas, imagínense absolutamente estos juguetes de Núremberg que nos daban el día de Año Nuevo en grandes cajas: casas correctas, limpias, pintadas al óleo, de colores brillantes, verde claro, lila, azul cielo, realzadas con redes cortantes en el fondo; en Broek, algunas tienen redes de oro alrededor de las ventanas. En medio de cada casa se ve una bonita puerta adornada y tallada a menudo con guirnaldas y medallones al estilo Luis XV; esta puerta permanece herméticamente cerrada; la costumbre del país solo permite abrirla en tres circunstancias solemnes: el bautismo, el matrimonio o la muerte de uno de los dueños de la casa. Hay otra puerta baja, enmascarada, discreta, que se abre a un callejón y que se utiliza para los usos diarios.

En Broek, es conveniente disimular su existencia lo mejor posible; no se permite permanecer en casa a menos que uno se vea absolutamente obligado por un acontecimiento de importancia, como venir a este mundo o salir de él. El resto del tiempo, nos desvanecemos y nos debilitamos a propósito. No pude ver el interior de una casa, porque me propusieron, sin risas, quitarme los zapatos para entrar.

En este país delirante, se asiste a un curioso vuelco del orden natural, se ve al hombre sometido a las cosas, el ser inteligente y animado es esclavo de la materia inerte; allí hay personas que se molestan, se privan, se inmovilizan para no pisar sus piedras, arrugar sus hierbas o usar demasiado sus puertas. A fuerza de búsquedas, de minuciosidad y de arte mal entendido, han conseguido hacer de sus jardines, llenos de flores raras, lugares desagradables y aburridos. Alrededor de prados donde ninguna brizna de césped tiene la latitud para sobrepasar a su vecino, serpentean pasillos cubiertos de arena tamizada; sobre esta arena, una mano paciente trazó arabescos, y, como los pasos destruirían inevitablemente estos frágiles dibujos, el pequeño número de personas que aún vive lo suficiente como para pasear coloca sobre sus entradas tablones portátiles, montados sobre pequeños pies. En los macizos, el tronco de los árboles está pintado de gris o blanco, y las ramas se cortan tan regularmente que cada árbol se ve como un ramo artificial con su cola de papel blanco. Para que no falte nada en el conjunto, personajes de madera, vestidos con ropas auténticas, sustituyen a los paseantes en los bosquecillos con menos daño para el jardín, y en los estanques navegan cisnes perfectamente imitados. En total, una decoración del Ambiguo es infinitamente más real que el paisaje de Broek, y no conozco nada más frío, más triste, más mezquino que ese rincón del mundo en el que el hombre parece haber tratado de empobrecer, desfigurar, mutilar la naturaleza, con el pretexto de adornarla.

Al cabo de dos horas, sentía un deseo violento de abandonar este país de maníacos; tenía prisa por recuperar un poco de vida, de movimiento, de desorden y, ¿puedo confesarlo? incluso de polvo; todo me parecía preferible a lo que tenía delante. La gente de Broek no tiene el gusto o el amor de la limpieza: ¡tienen el fanatismo, el fetichismo! No sé si tienen otra religión que aquella; pero me pareció que debían temer al barro más que al infierno, y al polvo más que al pecado; gastan un tiempo tan considerable barriendo sus caminos que no les queda para depurar sus conciencias; y ciertamente el medio de ser acogido en su casa es evitar, no los vicios, sino las manchas.

Abandoné alegremente aquel absurdo y colosal juguete, por un hermoso sol de poniente cuyo brillo no podía hacer bonitas las espantosas viviendas de Broek.

Cerca de Ámsterdam, encontramos una buena cena bajo árboles altos moderadamente grandes. Mientras corregíamos la pesadez de esta comida a la cerveza por algunas botellas de vino de Burdeos, una pequeña gitana española, de quince o dieciséis años, morena, delgada, con los grandes ojos audaces de su raza y un hermoso pelo negro donde extrañamente se retorció un trozo de terciopelo rojo, se acercó a nosotros, y, tomando su guitarra, interpretó una seguidilla sobre ese ritmo cadencioso y nervioso que da tanto carácter a la música española. Esto lanzó un rayo de color cálido a la calma un poco fría del paisaje, y un destello de viva alegría en medio de la placidez un poco triste de nuestros huéspedes.

Dos horas después, me embarcaba abordo del Wilhem de Eerst, desde donde os escribo, y mañana estaré en Hamburgo.

SEGUNDA CARTA

Christiania

Aquí estoy en Noruega. ¡Por fin! Recorrí un largo camino desde mi primera carta. Devoré cerca de trescientas leguas, dos mares: el del Norte y el Báltico; un estrecho: el Sund; una ciudad libre: Hamburgo; una capital: Copenhague, y un gran pedazo de mi tercer reino, sin contar una respetable cantidad de pequeñas ciudades cuya ortografía, erizada de consonantes, podría asustaros. Atravesé todo esto tan rápidamente, que me vi obligada a pasar por alto muchas cosas interesantes que me hubiera gustado contaros. Por tanto, contentaos, por esta vez, con una visión muy superficial.

Después de dos días y tres noches de una travesía monótona hecha en medio de una nube de niebla, una mañana entramos en el río Elba, y poco después vi aparecer los tejados prensados de Hamburgo. Sé que hay un viejo Hamburgo donde todavía se hallan casas del siglo XII, donde se encuentran alrededores de ventanas y puertas talladas como marfiles chinos. Ese Hamburgo no lo vi: estaba alojada en los barrios nuevos, en un paseo encantador cerca de la cuenca de Alster, llamada el Yungfurstieg. Paseé durante una parte del día por mi vecindario. Vi muchos fardos de sábanas, cajas de jabón, granos de café; pero ningún recuerdo de la valiente ciudad libre de la Edad Media penetraba bajo la fisonomía comercial y moderna de las calles. Hamburgo formaba parte de la formidable Hansa[18], que una vez contó con setenta ciudades libres; es una de las cuatro que resistieron las intrusiones de los reinos vecinos y no se dejaron incorporar. Es más rica que Frankfurt y sobre todo que Lubeck y Bremen; pero ya no está fortificada ni es guerrera. Construyó jardines con sus murallas, y una guardia urbana con sus hombres de armas. Hoy es pacífica como el comercio. Los banqueros hablan de ella como de una ciudad floreciente, pero los dandis no la clasificarían entre las ciudades elegantes; para ello bastaría con entrar una noche en el gran teatro, donde, en una sala ahumada y apenas iluminada, podrían ver representar a Don Juan ante una asamblea de mujeres casi en pijama y bata. Mis ojos, acostumbrados al resplandor de nuestra Ópera, se encontraron

18 La liga Hanseática o Hansa fue una federación comercial, motor económico de la Europa medieval que dominaba el Báltico y el mar del Norte. Esta alianza comercial que comenzó incluyendo solo a mercaderes germanos en el extranjero, terminó expandiéndose e incorporando el este de Inglaterra y Rusia.

completamente desorientados en este ambiente sombrío; logró incluso debilitar el placer que me causa habitualmente la magnífica partitura de Mozart.

Hamburgo está situado de una manera deliciosa, entre el mar y las colinas cubiertas de fértiles campos; en la parte inferior de las colinas, el Elba huye haciendo miles de desvíos, como si fuera una gran serpiente que corre en altas hierbas. A un cuarto de legua de Hamburgo, se encuentra Altona, la cual podría ser tomada por uno de sus suburbios. Es una ciudad extranjera: Altona[19] es danesa. En un punto de la carretera se alza la bandera con la gran cruz blanca sobre el fondo de gules[20] de Dinamarca marcando la frontera de los dos países. Esta bandera tiene una misión geográfica, nada más; no impide la estrecha unión de las dos ciudades. Los habitantes de Altona están constantemente en Hamburgo; allí venden, compran, intercambian y juegan; allí realizan todo tipo de comercio; no tienen otra bolsa que la de Hamburgo; en una palabra, el pueblo de Altona vive en Dinamarca, pero vive en Hamburgo. La ciudad libre ha hecho sobre el reino una conquista moral, más segura que muchas conquistas materiales.

Cerca de Altona, el jardín Boos, el jardín botánico más hermoso del norte, ofrece a la admiración de los viajeros sus bosques de geranios y azaleas y sus magníficas colecciones de plantas acuáticas y exóticas. Se observa una abundancia inexpresable de estas singulares plantas que se asemejan más a insectos y reptiles que a vegetales, unas cubiertas de largos pelos picantes como ciertas especies de orugas, otras con una piel áspera que imita la piel de los lagartos más grandes. Sorprende ver salir flores brillantes de este extraño y amenazador revoltijo.

A una legua del jardín botánico se encuentra el pequeño pueblo de Ottenzen, donde descansa Klopstock[21].

El cementerio de Ottenzen no tiene de cementerio más que el nombre. Primero, uno se vería tentado a confundirlo con un gran bosque; es frondoso,

19 Altona fue una ciudad del Reino de Dinamarca hasta 1938, cuando pasó a formar parte del Estado Libre de Hamburgo.

20 Color heráldico que, en pintura, se representa con el rojo vivo y, en grabado, por líneas verticales muy finas y apretadas.

21 Friedrich Gottlieb Klopstock (1724–1803), poeta representativo del primer periodo clásico alemán que abrió la poesía a la búsqueda de modelos más allá de los franceses. Su obra más conocida es El Mesías, composición épica religiosa que comenzó a escribir de joven, en la escuela, y terminó en 1773. Klopstock murió en Hamburgo el 14 de marzo de 1803 y fue enterrado con una gran ceremonia junto a su primera esposa en el cementerio de la iglesia de la aldea de Ottensen.

pacífico, desierto, silencioso; una hierba espesa crece por todas partes y esconde las cruces; las flores florecen allí, los pájaros hacen sus nidos, el paisano viajero le echa un vistazo y no se aleja sin despedirse de este asilo de paz.

La tumba de Klosplock es muy simple: una figura de una virgen de una gracia severa lo supera, un gran tilo lo cubre con su sombra. Aquí es donde debía de dormir, quizás soñar, ese poeta de la melancolía mística.

Me quedé media hora escuchando en mí lo que me decía aquella tumba, saboreando aquella calma triste y dulce que me penetraba; luego recogí una miosotis, la flor del recuerdo, y dejé Ottenzen, pensando que me gustaría una tumba como esta, envuelta en sombra, perfumes y silencio.

Después de esta encantadora excursión, no quise arriesgarme de nuevo en medio de los paquetes de Hamburgo, y me subí en coche para llegar a Kiel. De Hamburgo a Kiel vi solamente profundas arenas amarillas, donde los caballos avanzaban lentamente, porque una niebla húmeda y turbia lanzó obstinadamente su velo gris entre el paisaje y yo. Tuve que pasar así catorce horas penosas, y lo peor es que los mercaderes de Hamburgo se habían apoderado por la fuerza del fondo del coche y se negaban a devolvérmelo, a pesar de mi derecho a ocuparlo, demostrado por mi papeleta. ¡En Francia no se es tan comerciante!

Kiel me pareció feo, mal pavimentado, mal poblado; todo tiene un aire lúgubre que desborda aburrimiento; los ojos se ofenden incluso por el horrible peinado de las mujeres. ¡Llevan sombreros de hombre! ¡Horribles sombreros de hombre franceses! ¡El odioso sombrero de copa de pequeños bordes y de alta forma! Como son las mujeres del pueblo las que se muestran así peinadas, los sombreros son en su mayoría viejos, consecuentemente pelirrojos, despeinados, deformados, buenos para poner en los cerezos en el mes de junio, para asustar a los gorriones. No podía esperar más a cambiar esta perspectiva de espantapájaros a otros horizontes. Pedí un coche para pasear junto al mar. Me recompensaron muy bien.

Las orillas del Báltico están cubiertas de maderas magníficas; robles, fresnos, carpes, olmos, hayas de magnífico crecimiento descienden por suaves pendientes hasta las olas y ponen el verde brillante de su follaje en el verde indeciso de las olas. Sobre esta flora de Dinamarca, no conocemos nada; cada hoja parece tallada en una esmeralda; no es ni el verde tierno y delicado de la primavera, ni el color rojo un poco pasado del otoño: es el hermoso verde del verano, franco, vigoroso, brillante, lleno de severidad, que deslumbra y deleita la mirada.

No volví a Kiel más que para embarcarme en un pequeño barco de vapor, el Federico IV, encargado del servicio de correos entre Kiel y Copenhague. Al cabo de dos horas, el viento empezó a soplar con fuerza y el mareo a hacer estragos en los camarotes. Me refugié en el puente, donde no tardé en entablar conversación con dos buenas comerciantes alemanas que, como yo, habían huido del contagio del camarote de mujeres. Cuando pasamos por la isla de Falster, una de ellas me dijo que cada año se manifestaba un milagro en una de las pequeñas parroquias de la isla. Una leyenda popular consigue siempre excitar mi curiosidad. Le pregunté detalles y me convertí en todo oídos.

– Sí, señora – prosiguió la narradora – un milagro, y éste es su origen:

Hace mucho tiempo, una burguesa muy rica deseó construir una iglesia costeándola ella misma. Cuando la iglesia fue construida, añadió a su obra piadosa el deseo insensato de querer durar tanto como su monumento. Dios la escuchó. Han pasado más de tres siglos desde aquella época, y la mujer, en efecto, todavía vive, pero su decrepitud ha llegado a un grado tal que ya no ve, no oye, no se mueve, ni siquiera respira. La pusieron en un gran cofre de roble donde un sacerdote la vela constantemente. Cada año, en el aniversario de la fundación de su iglesia, un soplo de vida revive a esta perenne moribunda, y recupera la fuerza suficiente para preguntar: ¿Sigue en pie mi iglesia? Ante la respuesta afirmativa del sacerdote, suspira tristemente diciendo: ¡Ojalá fuera destruida de arriba a abajo! Entonces podría morir… Y vuelve a caer en su inmovilidad.

Así es exactamente como sucede – añadió la buena señora –, y esto lo sé de personas dignas de fe.

– ¿Conoce a alguien que haya presenciado el hecho? -dije intrigada.
– Sí, señora, sí.
– ¿Y quién vio el milagro?
– No lo han visto del todo, pero han visto el cofre de madera donde está encerrada la mujer, y han obtenido los otros detalles del mismo sacerdote que la velaba. No hay nada más seguro.

La conclusión me hizo sonreír; pero no añadí nada. La convicción de mi buena alemana me pareció tomada de una serie de ideas contra las que no se discutía, y desde el momento en que la caja fuerte era una prueba, sentí que toda objeción se hacía imposible.

Las islas del Mar Báltico son la cuna de una multitud de creencias supersticiosas, extrañas y poéticas. El pescador todavía teme a la Havfrue (mujer de mar) de ojos glaucos y astutos, con hermosos cabellos de oro pálido flotando sobre los hombros de un blanco nacarado. Esta ninfa del mar seduce a los jóvenes, los secuestra y los guarda en cuevas submarinas, de donde no vuelven hasta después de cien años, es decir nunca, y la Mermaid (sirena), cuya voz suave y armoniosa atrae a los marineros a pasajes traicioneros donde perecen.

En estas ingenuas tradiciones del Norte se agita toda una mitología impregnada de un encanto vago, indeciso, misterioso, indefinible: es la poesía de la niebla, como las deslumbrantes fiestas del Oriente son la poesía del sol.

Cuando doblamos la punta bastante temida de Moën, un viento violento se levantó y volvió nuestra navegación muy difícil. El pequeño barco luchaba enérgicamente contra enormes olas, pero no era el más fuerte, y el mar lo acostaba en todo momento a un lado, así que una de sus ruedas estaba constantemente en el aire. Esta inusitada situación aumentaba mucho la tarea de la tripulación, el puente presentaba el aspecto del más inexpresable desorden; los equipajes de los pasajeros corrían perdidamente de un lado a otro, a medias arrastrados por las cuchillas, a medias precipitados por la terrible pendiente del suelo. Cuatro hombres fueron encargados de despejar el puente lanzando a la bodega todo lo que entorpecía las comunicaciones e interceptaba el servicio. La orden fue ejecutada de la manera más expeditiva: se abrió una escotilla, y los robustos marineros comenzaron a precipitar desordenadamente en aquel agujero negro bolsas, cajas, baúles y maletas indistintamente; pero entonces a la borrasca del exterior se le unió una borrasca más violenta: la ira de las mujeres, indignadas por ver tratar así las cajas que contenían la esperanza de su coquetería, el precioso arsenal que debía abastecer su belleza el invierno siguiente. Con frecuencia me había hecho esta pregunta: ¿supera la enfermedad a la coquetería? ¿o supera la coquetería a la enfermedad? Después de presenciar el motín del que fui testigo en esta circunstancia, estoy definitivamente a favor de la última opción.

El heroísmo con el que mis compañeras de viaje dominaron el mareo en favor de sus sombreros franceses no fue inútil. El capitán, aturdido y derrotado por el estruendo de estas damas, ordenó amarrar y cubrir cuidadosamente los paquetes susceptibles de ser aplastados al caer. Con esta concesión, la calma se restableció.

Durante varias horas estuvimos sacudiéndonos como granos de plomo en una botella; finalmente, y con el mismo tiempo horrible, llegamos a Copenhague.

Copenhague es una capital, y tiene, por ello, sus dimensiones, pero no todas las demás condiciones. Tiene calles donde seis coches pasan de frente y una plaza llamada Real, de una extensión inmensa; con un poco más, ya no sería una plaza, sino una llanura. Las casas carecen de estilo y son fríamente regulares. Parece poco poblada; en la mayoría de las calles, es raro ver pasar transeúntes y cuando aparece un coche es un acontecimiento. En conclusión, es demasiado tranquila y desierta para una capital. En el corazón de la ciudad, en el barrio llamado Œstergade, la circulación parece bastante activa; pero el movimiento es puramente comercial. Œstergade es el bazar de las modas; vi estampados ingleses, telas de Lyon, artículos de París esparcidos en todos los relojes; vi también mujeres muy bonitas, que habrían sido encantadoras si hubieran aceptado parecer un poco más danesas y un poco menos francesas.

Los honores de Copenhague nos fueron hechos por nuestro amable y espiritual embajador, el conde Alexis de Saint-Priest. Es imposible ejercer la hospitalidad oficial con una cortesía más solícita que la suya. Su patrocinio fue una buena fortuna para nosotros y nos permitió aprovechar el tiempo de nuestra corta estancia en Dinamarca.

El gran renombre hace que todo me atraiga con preferencia; por eso pedí ser conducida al taller de Thorwaldsen[22], el famoso escultor del león de Lucerna. Thorwaldsen es un buen anciano de unos setenta años, recto, alto, con cabellos muy blancos y ojos azules muy suaves; un hablar lento y un poco estudiado, tiene algo en las maneras que apuntan a la majestad afable, y que hace que se sienta un poco demasiado *la pose*. Al cabo de un cuarto de hora, su capacidad me había dado la justa medida de cómo se le aprecia en su país. Esta medida la conocemos mal en Francia. Dinamarca eleva a su escultor a las alturas, le da una ovación, lo llena de honores en todas las formas, lo trata por fin como ningún hombre de genio lo ha hecho en vida; sin embargo, me atrevo a decir que en Francia Thorwaldsen no sería más que un hombre de talento. Quizás sea precisamente por eso que los genios nunca se comprenden completamente durante su vida. Las aureolas duraderas rara vez rodean un frente vivo; solo irradian sobre los nombres escritos en el mármol de las tumbas. Para los hombres de talento, el destino les reserva su ilustración desde este mundo, y no tienen nada que reclamar de la posteridad. Son los amantes del éxito, no los favoritos de la gloria.

En el taller de Thorwaldsen no había demasiadas obras: no pude ver más que algunos esbozos y un colosal Neptuno rodeado de tritones, de una masa noble y de una feliz composición; en cambio, sus apartamentos estaban abundantemente provistos de retratos de él en todos los aspectos. Le guardo rencor por haber dejado que hicieran uno en el que se le representa adornado con todas sus decoraciones, tiene cerca de cuarenta; con todos estos pequeños trozos de cintas ajustados unos a otros, parece tener una tarjeta de muestras aplicada en el

22 Albert Thorwaldsen (1770–1844), cuyo verdadero nombre era Albert Bertel, fue un escultor danés que creó un gran número de obras que se encuentran por toda Europa, como *El triunfo de Alejandro* en el lago de Como; el *Sepulcro de Pío VII*, en la capilla Clementina de Roma; el *Monumento de Poniatowski*, en Vardovia; o *Cristo y los apóstoles*, *San Juan en el desierto*, *Los cuatro profetas*, *Cristo con la cruz*, presentes en la iglesia de Nuestra Señora en Copenhague, que es a la que hace referencia d'Aunet.

pecho. El efecto es feo, estridente, de mal gusto, y demuestra que un gran escultor no necesita ser colorista, de lo contrario Thorwaldsen no habría permitido que su vanidad ofendiera en este punto la armonía de un retrato.

Al salir del taller de Thorwaldsen, nuestro coche se detuvo frente a una bonita y elegante construcción del siglo XVII: era el castillo de Rosenbourg. Este pequeño castillo fue construido por Christian IV.

Unas palabras sobre Christian IV. Fue uno de esos reyes que la historia muestra grandes, y cuya fama, sin embargo, permanece más o menos circunscrita dentro de los estrechos límites de su reino. Su desgracia fue haber reinado durante aquel ilustre siglo XVII, tan lleno por Francia de movimiento y de esplendor, que nadie distinguió en las brumas del Norte a esta noble figura de un héroe pensador, de un príncipe valiente, iluminado, ecónomo, avaro de la sangre de sus súbditos, y, lo más raro, avaro de sus denarios. Durante su largo reinado, Christian a menudo lideró el Imperio y Suecia; en un momento dado llegó a amenazar a Viena; un día tomó Calmar, defendida por Gustavo Adolfo. Dotado de una actividad incansable de espíritu, estaba constantemente ocupado con los proyectos más múltiples. Fundó tres ciudades: Christiansand, Christianopel y Christianstad; una colonia: Trinquebar, en la costa de Coromandel; reconstruyó Oslo, la capital de Noruega, y le dio su nombre actual de Christiania. Abrió en Copenhague cátedras públicas para la instrucción del pueblo, creó una escuela de pilotaje indispensable para las costas destrozadas y peligrosas de Jutlandia, estableció la primera fundición de cañones que tuvo Dinamarca, construyó fábricas de sedas y sábanas para todo el reino. Moralista previsor, expulsó a los jesuitas de Dinamarca; científico iluminado, fue, como su padre Federico II, el protector de Tycho Brahe, el ilustre astrónomo al que se debe el descubrimiento del planeta Mercurio. Por desgracia para Christian IV, en la época en que sabía reinar tan bien, las miradas de Europa estaban absorbidas por Richelieu, y, cuando murió, fueron deslumbrados por Luis XIV: porque todo esto sucedía entre 1613 y 1648.

Rosenbourg es uno de los muchos castillos construidos por la mano activa de este gran fundador. Este pequeño castillo es una de las fantasías más encantadoras del arquitecto real; lo hizo construir con las proporciones finas y elegantes de los monumentos de finales del siglo XVI; es una joya tallada en la fina veta roja de los ladrillos de Dinamarca.

Rosenbourg ha dejado de estar habitado: se ha convertido en el tesoro histórico de los reyes daneses; contiene todos los objetos preciosos que han utilizado. Habría que traducir el catálogo de todas estas riquezas para dar una justa idea. Se ven cámaras llenas de rubíes, diamantes, esmeraldas, perlas finas, topacios, zafiros, en tal cantidad que se siente la tentación de no llamar más a estas piedras preciosas, porque ya no se las cree raras. Christian IV, que no olvidaba nada, ni siquiera ser magnífico, tenía una silla de cincuenta mil luises. La vi. Está hecha de terciopelo negro, grueso como fieltro, y bordada con una profusión de perlas y rubíes. La espada del rey, colocada cerca de su silla, tiene un pesado puñado de oro macizo cuyo exquisito trabajo es más precioso que el material; alrededor de este mango se mueve varias veces una cuerda de pozo formada por rubíes y diamantes enormes. La esposa de Christian, Catalina de Brandeburgo, imitaba este gran fasto; pero, como reina, claro está. Puso su lujo al servicio de su coquetería; hizo construir un vasto baño cuyas paredes, el techo e incluso el parquet estaban cubiertos de hielos. Los hielos entonces no eran mucho más baratos que los diamantes. En todas las salas de Rosenbourg los muebles son de ébano tallado o marfil cortado como encaje; los tronos son de plata maciza, la vajilla es de oro, y en todas las esquinas, tiembla la luz iridiscente de estas maravillosas cristalerías de Bohemia talladas en un radio del arco iris. Uno camina en medio de todo esto como en un palacio de las mil y una noches, con una admiración mezclada de duda y emoción, y se pregunta si está despierto.

Un día después de haber explorado este inmenso cofre llamado Rosenbourg, hice una visita de un interés muy diferente: pude recorrer las magníficas salas donde sabios distinguidos han reunido y clasificado con método una considerable colección de objetos para uso de los antiguos habitantes del norte de Europa.

Las armas de los escandinavos eran siempre de piedra; los dardos, las hachas, los cuchillos se fabricaban de la misma manera; los filos eran muy afilados. Sería complicado dirigir a los obreros de hoy para que pudieran ejecutar armas tan perfectas con herramientas también de piedra. El primer metal que los escandinavos usaron fue el cobre. Durante varios siglos lo utilizaron junto con la piedra. Con el fin de protegerlo, ya que no sabían cómo sacarlo de la tierra en abundancia, solo añadían una fina hoja de cobre a sus hachas de piedra para formar el filo. Más tarde, en una época aún tan lejana que no se puede precisar la fecha, descubrieron el hierro e hicieron uso de él como habían hecho al principio para el cobre, en pequeñas cantidades, para formar la punta de los aguijones y el filo de las hachas.

Así, a falta de historia e incluso de tradiciones auténticas, las materias empleadas por estos pueblos en la fabricación de sus armas y de sus herramientas permiten seguir paso a paso los progresos de su civilización. Hay cuatro períodos bien diferenciados:

Primero, la piedra imperfectamente pulida y trabajada;
Luego, la piedra unida al cobre;
El cobre y el hierro;
Y, finalmente, el hierro solo.

Una cosa digna de atención es que existe una sorprendente similitud en el punto de partida de los pueblos más diversos. Sin tener en cuenta las diferencias de razas y climas, la civilización se parece en todas sus cunas; sus primeros pasos son los mismos en todo el globo. Las armas de los salvajes de América del Norte, las de los pueblos de Groenlandia, las de los japoneses, son todas fabricadas según los procedimientos empleados por los primeros habitantes de Jutlandia y Escandinavia. Los salvajes son salvajes en todas partes, al igual que los niños son niños en todas partes.

El museo escandinavo también tiene un gran número de joyas encontradas en tumbas; la mayoría son de bronce, un pequeño número de oro y plata. Estas joyas, a veces bastante delicadamente esculpidas (pulseras, collares o anillos), generalmente toman la forma de una serpiente, probablemente en honor de la serpiente Asgar[23], honrada por los escandinavos, que la representaban mordiéndose la cola y rodeando el globo terrestre.

Atravesé las galerías de este interesante museo demasiado rápido para ver todo lo que contenía; pero, en medio de tantas curiosidades históricas o científicas, me dejé detener por una curiosidad de otro género, por una estatua ecuestre de dimensiones casi colosales, tallada en madera. Esta estatua, de gran efecto, representa a san Jorge derribando al dragón. El héroe, armado de todas las piezas, sostiene al monstruo bajo su caballo y le introduce su lanza en el cuerpo; el caballo está impasible e inquebrantable, un verdadero caballo de leyenda. El enorme dragón, cubierto de escamas, se retuerce medio aplastado bajo el peso del caballo; retuerce su formidable cola en la última convulsión de la agonía, e incluso en este momento es todavía terrible. Este grupo tiene algo feroz y violento que subyuga; es un conjunto extraño de audacias de maestro y de torpezas de colegial: la obra tiene potencia, un estilo severo, una originalidad franca, y se olvida, ante el genio del escultor que arde por todas partes, la rigidez y las torpezas de la ejecución. Esta estatua fue ejecutada por un alumno de Albert Dürer.

---

23 Se refiere a la serpiente conocida como Jörmungandr o Serpiente de Midgard perteneciente a la mitología nórdica. Hija del dios Loki y de la gigante Angrboda, cuando los dioses del panteón, llamados æsir, vieron los males que causaría en el futuro, hicieron que Thor la lanzara al mar que rodea Midgard. La serpiente creció tanto que se dice que tocándose la cola podría abrazar la Tierra. La leyenda cuenta igualmente que, ante su incapacidad de saciarse con la comida que encontraba en el mar, llegó a comerse a sí misma, lo que la destruía y, al mismo tiempo, la hacía seguir creciendo; de ahí nace la simbología de la serpiente que se muerde la cola, como un ciclo infinito de destrucción y creación.

Copenhague debe contar entre las ciudades ricas y eruditas: contiene valiosas colecciones de medallas, bajorrelieves, jarrones etruscos, y un museo de historia natural muy famoso por sus magníficas conchas.

A pesar de los numerosos y terribles incendios que la devastaron, Copenhague tiene un número bastante grande de edificios. Me mostraron un hermoso monumento del siglo XVII, que lleva a uno de sus ángulos una torre formada por cuatro extraños y monstruosos lagartos, cuyas colas se entrelazan en el aire. Me dijeron que era la Bolsa[24]. Nunca me habría imaginado el templo de las finanzas y del mercantilismo bajo esta fisonomía feudal y fantástica. Al volver, entré en la iglesia principal, no sé si los protestantes la llaman catedral. Esta iglesia está construida sobre grandes proporciones, en el estilo correcto y frío que caracteriza la arquitectura de la Reforma. Como ornamento, tiene las estatuas de los doce apóstoles en mármol blanco; en el extremo se levanta el Cristo de pie bendiciendo; a los pies del Salvador se inclina, con una gracia divina, una dulce figura de ángel llevando en una cáscara el agua pura del bautismo. Estas estatuas son todas de Thorwaldsen.

He aquí, más o menos, lo que vi en Copenhague, y eso que visité esta hermosa ciudad de forma bastante imperfecta. En cuanto a sus alrededores, no los vi en absoluto. Seguí estricta y aburridamente la gran carretera hasta la frontera; no hice una parada en honor del palacio italiano de Federico II; ni siquiera fui a buscar sobre el cristal de Federico, la conmovedora inscripción de la reina Matilde:

> ¡O God! ¡Keep me innocent, and make the others great![25]

¡Pobre dulce reina! ¡Tan cruelmente aplastada entre la aversión de su suegra y la flojera de su marido! Mujer triste, atrapada entre lo que también debemos temer: ¡la violencia de quien nos odia y la debilidad de quien nos ama!

Apenas vi por la mañana, a la luz dudosa del crepúsculo, los espesos bosques de las orillas del lago de Esrum, ¡dónde vaga, se dice, la sombra soñadora y abrumada de Hamlet!

---

24 Léonie d'Aunet hace referencia al *Børsen*, el antiguo edificio de la Bolsa de Copenhague, construido entre finales del siglo XVI y principios del XVII a petición del rey Christian IV. Se trata de un edificio de arquitectura renacentista holandés, hecho con ladrillo rojo y diseñado por los arquitectos Lorentz y Hans van Steenwinckel. Uno de los aspectos que llama la atención a la autora en su viaje es el chapitel de 55 metros de altura compuesto por cuatro colas de dragón. Estas colas tienen una simbología, pues representan a los países de Dinamarca, Suecia, Noruega y Finlandia.

25 ¡Oh Dios! Mantenme inocente, y haz grande a los otros (nota del original).

Así, fue en vano que los famosos castillos se escalonaron en el camino, que la historia y la poesía se asociaron para retenerme; ¡me fui! Opuse a todas estas seducciones el brutal vigor de mis caballos; corrí con la rapidez bárbara de un empleado viajero tardío, de un banquero perseguido, o de un farfadet[26] en misión; finalmente, toqué la frontera: ¡estaba en Elseneur!

Mis ojos, al vislumbrar la orilla de Suecia, se consolaron de repente de sus lamentos de la víspera por la esperanza de un buen mañana. Impresión de viaje, ¡muy común impresión de este otro viaje llamado vida!

Salí de Dinamarca con las alas abiertas, y no vi bien la imponente masa del Kronoberg hasta que me instalé en un barquito que navegaba vivamente hacia Suecia.

El Kroneberg[27] (cuyo nombre significa, creo, corona de la montaña) data del siglo XV, y tiene el carácter sólido y masivo de la arquitectura fortificada de esa época. Fue construido por Erico VII, el miserable sucesor de esta gran Margarita, que llevó tan dignamente tres coronas y mereció el apodo de Semíramis del Norte.

El castillo de Kroneberg protege y vigila el estrecho del Sund; cerbero atento, recibe un derecho de paso de todo buque que entre o salga del Báltico; en rigor, sus exigencias estarían apoyadas por una muy recomendable batería de cañones.

El Sund es muy estrecho. El viento se lanza por capricho como en un desfile y casi fui víctima de una de esas corrientes de aire inesperadas; nuestro barco

26 El farfadet, fadet o follet es una pequeña criatura legendaria y traviesa perteneciente al folklore francés.

27 Este castillo, actualmente en ruinas, se encuentra en el condado de Kronoberg. La autora parece desconocer toda la historia que se esconde detrás de este castillo. Lars Mikaelson, obispo de Växjö, lo hace construir en 1444 a orillas del lago. Durante la guerra entre Dinamarca y Suecia de 1470–1471, el ejército danés lo destruye. En 1472, se reconstruye y, posteriormente, durante la Reforma de Suecia, es confiscado por el rey Gustavo I. En 1542, es tomado por los rebeldes que lidera Nils Dack y vuelve a la corona con la represión de la revuelta en 1543. Durante la Guerra de los Siete Años del Norte (1564–1570) el castillo tiene una importancia militar fundamental; de hecho, en 1568, Eric XIV lo utiliza como apoyo para luchar contra los ataques daneses desde Skåne. Los daneses consiguen llegar a él e incendiarlo en 1570. Entre 1576 y 1580, se reconstruye, pero, nuevamente, a finales de enero de 1612, es tomado y quemado por las tropas danesas que dirigía Breide Rantzau. La nueva reconstrucción se inicia en 1616 y durante el reinado de Carlos XI el castillo se mantiene en buen estado pero, tras la firma del Tratado de Roskilde en 1658 que traslada la frontera sueco-danesa, el castillo pierde importancia, se descuida y se convierte en una ruina.

estuvo a punto de girarse muy desagradablemente, por una pequeña vela latina que imprudentemente había dejado abierta, por amor a lo pintoresco. ¡No hay cosa más encantadora que una de esas elegantes velas triangulares, apretando el viento y arrastrando una canoa como un pájaro marino que huye ante la brisa! ¡Es encantador! Sí, pero es peligroso, ¡como muchas cosas encantadoras!

La pequeña ciudad de Suecia donde paramos frente a Elseneur (en danés Helsingor), se llama Helsingborg; es un pequeño puerto tranquilo, sin movimiento, poco comerciante, poco poblado, poco curioso de visitar, imposible de habitar ocho días. Las casas están pintadas de rojo oscuro, lo que recuerda a algunas carnicerías de aldea; los pocos transeúntes de sus calles silenciosas miran a los extranjeros con el aire asombrado y preocupado de la gente que no los ve a menudo. Helsingborg es uno de esos lugares donde uno se siente muy abrumado por esta particular impaciencia, conocida por los viajeros, que obliga a hacer diez veces en una hora el trayecto del correo al albergue, pidiendo desesperadamente sus caballos de un lado y su cena del otro, para acabar rápido con su tranquilidad y su aburrida insignificancia.

En cuanto a la cena, hice en Helsingborg mi primera prueba de los suplicios gastronómicos que me reservaba mi viaje; allí me trajeron una sopa de cerveza (horrible mezcla de cerveza caliente y huevos), de pan de comino completamente incomible, y de un queso sin sal cuya insipidez me hizo retroceder: total, que no cené.

Viajar a Suecia no es fácil. Este país se mantiene en un estado bastante primitivo en relación con la locomoción; no se encuentran allí ni baúles-correos, ni diligencias, ni cualquier servicio organizado; si uno quiere transportarse de un punto a otro, es necesario decirlo antes cuidadosamente y hacer todo un plan.

Las principales condiciones que deben preocuparnos son:

Tener un auto propio;

Disponer de un intérprete doméstico, en caso de que no se conozca el sueco (caso bastante habitual en los franceses);

Enviar un paquete cargado, como el gato con botas del cuento azul, para anunciar su llegada a los buenos campesinos de los que dependen los envíos, las cabañas y las cenas.

No existe en Suecia una administración de correos; los campesinos deben proporcionar caballos a los viajeros cuando lo reclaman; una tarifa regula el precio de cada puesto; un libro depositado en cada aldea recibe, si es necesario, las observaciones y quejas de los extranjeros, además, deben inscribir sus nombres y sus cualidades, indicar de dónde vienen y adónde van. Sin su correo (llamado *förbud*) estaríamos sometidos a una lentitud sin fin, e incluso con esta precaución sufrimos retrasos. El correo espera a menudo su propio caballo varias horas, y se le alcanza a pesar de sus veinticuatro horas de antelación. Una vez tomadas las medidas que acabo de señalar, se viaja bastante convenientemente por las hermosas carreteras unidas de Suecia.

La costa de Suecia no tiene analogía con la de Dinamarca que le hace frente; aunque separados por un brazo de mar apenas más ancho que un río, ambos países tienen una fisonomía muy diferente. La costa danesa, elevada, boscosa, agreste y fértil a la vez, mira, desde lo alto de sus colinas, la costa sueca, desnuda, baja y arenosa. Alrededor de Helsingborg se extienden algunos campos de cebada y centeno frecuentemente interrumpidos por bulbos pedregosos cubiertos de la vegetación atormentada de acebos y pinos enanos. De Helsingborg a Falkemberg, la ciudad más cercana, la carretera sigue pacientemente los caprichosos festones de la costa; lo que debe alargar el trayecto en unas diez leguas. Falkemberg, Warberg, Kongsbacka, las cuales se encuentran antes de Gotemburgo, apenas merecen el nombre de ciudades. Todas están construidas en el mismo plano y presentan diferencias imperceptibles para el viajero. Imagínese tres o cuatro calles largas y regulares, cortadas en ángulo recto entre ellas, bordeadas de casas de madera pintadas de rojo o gris; en medio de estas calles, una plaza con una iglesia de madera también y una arquitectura más que simple, primitiva, y tendréis la idea de una de estas ciudades, e incluso de las tres.

El paisaje se alegraba un poco para nosotros cuando nos encontrábamos con alguna pradera. Se comenzaba la henificación, y bandas de jóvenes mujeres y muchachos estaban ocupados cortando la hierba y marchitándola. Las mujeres me parecieron, en su mayoría, altas, frescas, rubias; la cara mimada por los dientes traviesos, el cuerpo afeado por los pies grandes; su traje no lo compensa, no tiene nada de pintoresco; se compone de vestidos de lana muy largos, delantales azules o rojos y pañuelos de algodón anudados sobre la cabeza. Los hombres, rubios y poco barbudos, llevan chaquetas de tela gruesa y pantalones anchos, como verdaderos habitantes de Orne o del Calvados; fisonomías lo bastante normandas como para deleitar a un historiador de las invasiones del siglo X y para impacientar a un pintor que corre tras nuevos tipos.

Algunas leguas antes de Gotemburgo, se siente el acercamiento a una ciudad rica: la carretera se bordea de casas de campo alegres, floridas, limpias, casas de campo suecas tan bien mantenidas como las casas de campo inglesas. Después de los tristes pueblos que acabamos de atravesar, Gotemburgo causa el efecto de una verdadera capital.

Gotemburgo, destruida y quemada por los daneses en 1611, salió de sus ruinas por orden de Gustavo Adolfo y fue reconstruida en su totalidad. Esta forma de resurgir de sus cenizas no favorece a las ciudades, no las convierte en el ave fénix, al contrario. Una ciudad es una aglomeración de obras y de recuerdos que necesita esencialmente la colaboración del tiempo; sus edificios deben ser el testimonio y el producto de una especie de aluvión de los siglos; uno ama buscar en los edificios las huellas de épocas anteriores, y, para el atento pensador, la historia se lee mejor en las esquinas de las encrucijadas de una vieja ciudad, en sus plazas, bajo las cúpulas de sus templos, a la sombra de sus palacios que en los libros. Gotemburgo es la capital del gobierno de Gotemburgo y Bohus; su posición, en la desembocadura del Gotha, sería favorable para un gran movimiento comercial: comunica con Estocolmo por los hermosos canales que cortan Suecia transversalmente, y con todos los demás países por mar; se encuentra admirablemente situada para convertirse en el almacén central de toda Suecia occidental, y su prosperidad crece año tras año. Aparte de su insignificancia arqueológica, es una ciudad hermosa, amplia, aireada, bien construida y propiamente compasada, como un alejandrino del siglo XVII.

En el momento en que dejamos Gotemburgo, mi atención se detuvo en dos detalles, dos cosas casi infantiles, suficientes sin embargo para dar un carácter extraño a las calles que atravesamos: era el ver las ventanas de las casas que se abrían a la calle en lugar de abrirse al interior, y la singular manera en que las mujeres del pueblo llevaban sus cargas. En Francia, se sirven de la espantosa campana que las curva, las deforma y hace que toda mujer se parezca a algún monstruo baboso llevando su concha; en Italia, España, África y en todos los países meridionales, ponen la carga sobre la cabeza y caminan ligeros, rectas y orgullosas, en la actitud noble de las hermosas hijas de los reyes pastores. En el norte y en Gotemburgo, en particular, tienen otro método: colocan sobre uno de sus hombros un palo largo y fuerte que lleva una cuerda en cada extremo y a esta cuerda atan todo lo que quieren transportar, incluso objetos muy pesados. Las suecas utilizan este instrumento con mucha destreza, y lo cambian de hombro con una agilidad que no carece de gracia.

A pocas leguas sobre Gotemburgo, el país se modifica; los campos cultivados se hacen más escasos, los espacios de fuertes más frecuentes. La naturaleza se vuelve más árida y la población más pobre. Se siente la vecindad de Noruega; en cada cama se encuentran peores casas.

Se me olvidó deciros que, al igual que no hay correos, no hay albergues. Nos alojamos con los campesinos. Cada familia está acomodada en una habitación de honor destinada a los viajeros; se encuentran así viviendas menos desagradables de lo que se creería en un principio. Se le da una habitación arbolada, amueblada con una cama de madera pintada de azul cielo. El fondo de la cama es de tablas; se tiene un edredón por colchón, un edredón por almohada, siempre edredón, lo que no lo hace mejor. Además de la cama, hay una mesa y algunos asientos de madera. El suelo, bien limpio, está cubierto con una ligera capa de arena amarilla y a veces hojas de plantas aromáticas, como la angélica o la menta, añaden la elegancia de su perfume a ropa blanca y hermosa. Casi en todas partes en Suecia se encuentra este verdadero lujo ignorado por más de un suntuoso hotel: una extrema limpieza.

Noruega está separada de Suecia, entre Gotemburgo y Christiania, por un río, el Swiftson; se pasa en un contenedor, y muy poco después se encuentran las primeras colinas de los Dofrines. En cada momento el punto de vista cambia; las colinas se convierten en montañas, los arroyos pacíficos se convierten en torrentes furiosos, y el camino se lanza en medio de los escarpes más inverosímiles. En Noruega se ignora el arte de girar una montaña; el camino sube por un lado y baja por el otro; es tan simple como peligroso. Los campesinos nos miraban con bastante asombro, adentrándonos en un carruaje con muelles en pendientes tan poco complacientes. Leíamos en sus fisonomías la traducción de sus exclamaciones de mal augurio. A pesar de las predicciones desafortunadas, llegamos a Christiania sin problemas, aunque siempre haya sido un tren de príncipe.

Se llega a Christiania por una terrible costa roja como una escalera y casi tan unida; desde la cima de esta costa se divisa la ciudad al fondo de un inmenso embudo. A vista de pájaro, presenta al lado del mar una amplia escotilla donde se apiñan un gran número de naves de todas las dimensiones; al lado de la tierra, se apoya y se escalona sobre colinas elevadas, cubiertas en verano de una vegetación oscura y perenne. Su situación tiene cierta analogía con la de Marsella, más verde y con menos sol.

Estaba agobiada de fatiga, y además sufría una quemadura de sol en la cara; este traidor de sol del Norte, que no calienta, broncea horriblemente y a menudo enferma. Por lo demás, debemos esperar todo cuando viajamos como lo hacíamos. La necesidad de estar en el Cabo Norte en un día concreto aceleraba nuestra carrera cada vez más y transformaba en tarea y tortura una de las distracciones más encantadoras posibles, un viaje en verano, a países poco conocidos.

Christiania, antiguamente Opslo, como sabéis, es una ciudad demasiado moderna para tener una fisonomía característica; se le puede dirigir en este sentido el mismo reproche que a Gotemburgo, y mi observación sobre las ciudades frescas subsiste. En verano, el puerto tiene mucho movimiento y animación, sirve como punto de encuentro para todos los pequeños barcos mercantes de las otras ciudades de la costa y recibe además muchos edificios extranjeros. Los muelles están llenos de tablones de abeto listos para ser embarcados; estos tablones están dispuestos por pilas regulares entrecruzadas, y en cantidades tan innumerables que habría ciertamente suficientes para hacer una caja capaz de contener a toda la ciudad y a sus veinticuatro mil habitantes. Innumerable es la palabra, sobre la madera de abeto de Christiania. Los propietarios de estos magníficos bosques, que proveen mástiles a la marina del mundo entero, ignoran ellos mismos el número de sus árboles; los hacen talar, detallar, marcar con su nombre, y luego conducir al curso de agua más cercano, donde los precipitan. Entonces, bajo la custodia de algunos marineros, descienden a Christiania. Los trenes llegan al puerto, un inspector clasifica los árboles, reconoce las marcas, envía la cuenta al corresponsal del propietario, y éste los carga y negocia como le parezca. Aunque estos bosques atraviesan enormes distancias, no se cometen infidelidades. Marineros, inspectores, agentes, todo el mundo muestra la más extrema probidad, y ninguna contabilidad se encarga del control de unos sobre otros.

Si no hay mala fe en el comercio de un país, se puede concluir que los ladrones son raros, y esto es especialmente justo para Noruega; sin embargo, a mi llegada a Chistiania, la celebridad del momento, el hombre que ocupaba todas las conversaciones, era un ladrón de caminos, pero un ladrón épico, digno de los honores del relato, incluso de la ilustración sobre papel azul y del lamento en versos blancos. El hombre en cuestión, conocido en Noruega como Cartouche en París, o Fra Diavolo en Calabria, se llamaba Ouli-Eiland. En ese momento tenía veintinueve años, tenía cinco pies y seis pulgadas y una salud imperturbable. Por lo demás, la crónica lo decía liberal como un turco, discreto como un español, hábil como un salvaje, llevando abiertamente su vida de fechorías aventureras, sin temer a Dios, ni al diablo, ni gendarmes, rescatando los castillos, rescatando las chozas, nunca habiendo olvidado ni una ofensa ni un servicio, y desplegando en su cruzada incesante contra la sociedad más energía e inventos de los que harían falta para ilustrar a diez generales o enriquecer a diez novelistas; en fin, uno de esos hombres a los que les faltó un teatro para convertir sus crímenes en actos gloriosos, y que se convierten en ladrones, no pudiendo ser héroes.

Ouli-Eiland había sido encarcelado seis veces y siempre había logrado escapar. La última vez, la séptima, para poder apoderarse de él, se había cercado alrededor de una legua de bosque, se había bloqueado su morada, y entonces, después de varios días de terribles sufrimientos, aquella fuerza que vence a las más terribles y que somete todo, incluso los lobos, como dice el proverbio, el hambre, lo sacó del bosque. Lo agarraron, lo ataron, lo llevaron a Christiania. Allí se le juzgó y, como no se había probado ningún asesinato, fue condenado a cadena perpetua en la ciudadela de Christiania.

El gobernador de la fortaleza hizo que se lo trajeran. Quedó sorprendido al ver a este gran joven rubio, delgado, pacífico, llevando ya una fama tan pesada; sin embargo, como hombre observador, sacó de sí un remanente de nobleza sobre este frente unido, un remanente de lealtad en esos ojos claros y audaces.

- Te has escapado hasta ahora de todas las cárceles en las que te han metido – dijo el gobernador – por consiguiente, debo tomar las medidas más severas, en cuanto a lo que te concierne.

  Ouli-Eiland sonrió en silencio.
- ¿Crees que podrías escapar aquí?
- Sí, mi señor.
- ¿Tienes el proyecto?
- Sí, mi señor.
- ¿Pero si uso todo mi poder, si te hago encadenar día y noche?

  Ouli-Eiland retomó su tranquila sonrisa que contenía un desafío.
- Tengo otros proyectos – prosiguió el gobernador – te dejo totalmente libre en el recinto de la ciudadela; solo dame tu palabra de no huir.

Ouli-Eiland esperaba grandes severidades y esta decisión le pareció inesperada; dio su palabra.

El gobernador pidió que lo vigilaran.

Todo fue bien durante tres meses. Después de este tiempo, Ouli-Eiland pidió hablar con el gobernador.

– Monseñor – dijo el prisionero – devuélvame mi palabra, o moriré; prefiero la más dura cautividad, la vigilancia más estrecha con una esperanza, a este vínculo de mi palabra de la que soy esclavo y que me priva de toda posibilidad de escapar; haced de mí lo que queráis, pero reanudo mi compromiso.

El gobernador vio un partido tomado, no insistió, solo se puso en condiciones de conservar a su prisionero mejor que sus predecesores. Hizo construir una especie de jaula con los troncos de los abetos pequeños, poco espaciados; a la puerta de la jaula, exteriormente, estaba fijada una gran campanilla correspondiente por resortes a cada uno de los barrotes; se colocó la jaula en una pequeña casa de piedra sólidamente construida, alrededor de la cual se paseaban sin cesar dos centinelas; luego se puso un guardia en la casa y el prisionero en la jaula.

Al cabo de seis semanas, Ouli-Eiland era libre.

Esto era de lo que hablábamos en Christiania cuando pasaba por allí.

Las colecciones científicas de la capital de Noruega son pocas. Cuando Christian IV reconstruyó Opslo y la convirtió en Christiania, Noruega era danesa y todo iba a llegar a Copenhague. La colección de medallas sola es bastante completa; posee varias monedas de oro del reinado del califa Aroun-al-Raschid. Quizás una de esas monedas de oro, para venir de Bagdad al fondo de Escandinavia, habrá rozado en el camino la mano poderosa de Carlomagno…

Todo llega hoy al fondo de este reino apartado; todo, modas, periódicos, y hasta la encantadora música de nuestras óperas cómicas. Se representa en Christiania la *Dama Blanca* y el *Prado de los Clérigos*, tan ampliamente como en muchas prefecturas francesas; y nuestro admirable Auber no habría sufrido demasiado al oír cantar el *Domino Negro* a través de estas gargantas escandinavas, que compensan la ausencia de estudios suficientes con la claridad de sus notas y la seguridad de sus entonaciones; por lo demás, ni gusto ni expresión: hermosos instrumentos entregados a sí mismos, sin lo que completa al músico, el método correcto.

Los actores se muestran vestidos con una mezquindad muy comprensible, cuando se sabe que un primer artista rara vez gana en Christiania más de dieciocho francos al año. En cuanto a la puesta en escena, nada. Este espectáculo, poco atractivo para los ojos, no deja de estar organizado de manera despótica. No tuvimos la posibilidad de relajarnos de la escena explorando la sala porque ésta era tan completamente oscura, que al principio creí en un dominó negro en linterna mágica. Este pequeño candelabro al óleo, que tiembla en el medio durante los actos de entrada, desaparece por completo cuando el telón se levanta, con el fin de obligar a que el espectador centré su atención en concentrarse en el escenario; la arbitrariedad así introducida en el placer, el resultado es que uno mira el espectáculo en orden, a menos que uno se duerma por necesidad.

Contaba con esta velada para hacerme una idea de la moda noruega; no pude formarme opinión; a primera vista, las mujeres de Christiania me parecieron bastante bonitas – mejor dicho, bastante graciosas – a pesar de dos defectos de belleza que importan a los conocedores: los dientes estropeados y las orejas muy grandes, pero se ven hermosos tonos, hermosos cabellos y tamaños elegantes para las tallas del norte.

He aquí el resumen rápido de lo que pude ver en Christiania en dos días; tomadlo como lo que es, un boceto, nada más. Adiós.

TERCERA CARTA

Drontheim

¡Qué salto, mi querido hermano! ¡De la sala de espectáculos de Christiania a una estrecha cabina a bordo del barco de vapor *El príncipe Gustavo*, de la dulce música de Auber al ruido sordo de las olas, de un buen sillón de terciopelo a un cuadro bruscamente sacudido, de la atmósfera templada del cielo de Christiania al viento agudo del golfo de Drontheim! Cuanto más avanzo, más lejos siento de mí el sol y la civilización, ese otro sol.

Dejando Christiania para hundirse hacia el Norte, se atraviesa uno de los países más bellos del mundo; Sandwolden, donde paramos, debería ser famoso como Interlaken o Chamounix; el pueblo está enclavado en el verdor, en el fondo de un valle que se abre sobre grandes lagos salpicados de islas. El horizonte está delimitado por montañas bastante altas cubiertas de abetos, cuya silueta oscura se recorta netamente sobre el azul pálido del cielo. Forma un cuadro de serenidad de líneas, de una calma majestuosa, indescriptible; es un paisaje de Suiza con más verdor o un paisaje de Escocia con más grandeza. Salí de Sandwolden al amanecer; cuando subía al coche, el sol salía radiante y espléndido detrás de las montañas, y transformaba poco a poco el verde profundo de los lagos en espejos brillantes: ¡me quedé en éxtasis, adorando a Dios por haber hecho la naturaleza tan bella! En un país como este, el camino es, como usted imagina, encantador, lleno de incidentes, de desvíos, de sorpresas; rota la monotonía sueca, atravesamos los cantones pintorescos de Noruega y nos acercamos a los cantones salvajes.

Los caminos están bordeados de bosques verdes y espesos, en medio de los cuales se oye el divertido estruendo de gran cantidad de pequeños arroyos que, por su furia y burbujeo, toman aires de torrentes.

En Hund, donde dormimos el segundo día, se empiezan a sentir las últimas ondulaciones de los Dofrines (o montes Kolen[28]); se percibe la vecindad del Dovre-Field, el grupo más alto de los Dofrines; cruzamos una cadena de pequeñas montañas formadas por alturas superpuestas. Cuando pasé, la nieve de los grandes picos, derretidas por el primer sol, llenaban los altos valles, que

28 En noruego, "cima" se dice *koll* y *kjølen* se refiere a los valles formados por las lenguas de los antiguos glaciares.

desbordaban como copas demasiado llenas y formaban cascadas que descendían por anchas faldas sin hacer esos saltos furiosos habituales de Suiza.

En Suecia hay pocas ciudades; en Noruega no hay ninguna; entre Christiania y Drontheim hay una sola, Lille-Hammer, la cual todavía es de construcción tan reciente que la mayoría de los mapas no lo indican. Es, por lo demás, una espantosa pequeña ciudad, regular, diseñada a compás, fría y aburrida, sin vegetación y sin edificios; es simplemente un paralelogramo de algunos centenares de metros, estrictamente lleno de estos tristes alvéolos cuadrados como cajas donde se encierran una multitud de personas que ya no son campesinos, pero todavía no son ciudadanos; período en el que los habitantes tienen los vicios de los dos estados: la grosería de los campos y la vanidad de las ciudades.

Con gran pesar, por falta de caballos, pasé dos horas en este lugar monótono; no pude hacer nada, ni siquiera cenar. Nadie del comercio de comestibles del lugar pudo conseguirme un pedazo de carne. Me costó mucho hacer comprender a mi estómago que los habitantes, habiendo suprimido las praderas del barrio para hacer de ellas ambiciosas obras, habían suprimido al mismo tiempo las ovejas. Mientras me ayudaban, me sirvieron salmón crudo, salmón ahumado, salmón semisalado, pan y mantequilla; cené con estos dos últimos, pues mis demasiado frecuentes encuentros con el salmón, servidos en cualquier forma los últimos días, han hecho que odie este pescado.

La cuestión gastronómica es de una sencillez bastante triste en Noruega, se come muy poco y muy mal; pasada Christiania, no se encuentra en ningún lugar ni pan ni vino, las dos bases de toda comida francesa. Lo que se llama pan, en estas provincias, no tiene analogía con lo que nosotros llamamos con el mismo nombre. El pan noruego tiene la forma y el tamaño de un plato de porcelana y casi la misma consistencia; está hecho de harina de cebada, centeno y una buena dosis de paja. Estas tortas duras se cocinan a intervalos muy largos, se les perfora un agujero en el medio y se las pone por docenas en largos palos colgados del techo; en las casas ordenadas se les cubre con un paño, pero la mayor parte del tiempo esta precaución queda descuidada lo que deja vía libre al humo y al polvo.

Además de este pan poco apetitoso, al que no me resigné a tocar más que después de un largo ayuno, se encuentran en todas partes (excepto en Lille-Hammer) huevos y leche; a menudo también hay queso sin sal y mantequilla muy salada; esto, con el invariable salmón, forma el fondo del repertorio, bastante restringido, como podéis ver.

Esta escasez parece comprensible en un territorio tan poco cultivado y tan poco poblado; las viviendas son tan raras, que a veces sucede que se viaja todo el día sin ver una sola casa entre las estaciones de cambio, muy distantes unas de otras. Las estaciones de cambio no son aldeas, sino granjas bastante considerables llamadas en el país *gaards*[29]. El *gaard* noruego se compone de una amplia vivienda rodeada de pequeños edificios que sirven como graneros, establos, etc. La casa, hecha de troncos de abeto apenas descuartizados, cuyos intersticios están cerrados con musgo, sirve de vivienda al maestro y a su familia; los criados y los animales se alojan en los pequeños edificios de explotación. Estos *gaards* forman pequeñas colonias completamente aisladas autosuficientes. Las grandes distancias y el rigor de los inviernos obligan a estas familias de campesinos a prever todas las necesidades de la vida, por eso son muy industriosos.

Las mujeres hilan el lino y el cáñamo, tejen la tela y fabrican una especie de tela gruesa y sólida, llamada *wadmel*[30], con la que se visten los hombres. Los hombres son a su vez aradores, herreros, albañiles, carpinteros, y si es necesario zapateros y sastres. Además de buena ropa y suficientes muebles, las muchachas jóvenes tienen algunos encajes, algunas joyas, pañuelos de seda traídos de la ciudad por el padre; y luego en cada casa se percibe, respetuosamente colocado sobre un pedazo de alfombra, el gran volumen, biblioteca del pobre, el libro que reemplaza y supera a todos los demás, el libro de los libros – la Biblia – y cada niño pequeño, si se lo solicita su madre, sabe leer un verso. ¡Dulce y pacífica existencia! Fría, pura e igual al azul del cielo del Norte, región serena y humilde, sin rayos, sin tormentas, que los corazones cansados miran con envidia: *Invideo quia quiescunt*, dice Lutero[31].

Esta feliz población tiene su belleza particular, y parece que se puede leer la vida de cada hombre en su fisonomía plácida. El noruego es sobre todo sano y robusto, las caras son cuadradas y frescas, las narices enrolladas y carnosas, los ojos de un azul pálido, los cabellos finos, rubios y rizados. Los niños tienen en la cabeza la seda plana casi blanca que recuerda a estos pequeños Jesús de cera acompañados de un cordero de cardo de algodón, que se ve bajo vidrio en las habitaciones de los albergues en Francia. Las mujeres, poco más altas que los hombres, tienen un resplandor de tez magnífico y por eso a menudo parecen bonitas sin serlo. Tienen muchos hijos y, a pesar de la calma de sus costumbres, parecen muy viejas.

---

29 En noruego se denomina *gård* a las residencias rurales aisladas.

30 *Vadmel* en noruego.

31 Esta referencia aparece en el prefacio escrito por Victor Hugo el 9 de marzo de 1830 para la famosa obra teatral *Hernani*. Cabe recordar que esta obra causó gran revuelo en la época, dando lugar a la conocida como «La batalla de Hernani», con la que se consagró el drama romántico. *Invideo quia quiescunt*, los envidio porque reposan, es la frase que dice Lutero en el cementerio de Worms.

He aquí la silueta de los personajes que se me han aparecido; en cuanto al bosquejo del paisaje, sería muy complicado hacerlo de otro modo que con un lápiz.

A pocas leguas más allá de Lille Hammer, se entra en la pintoresca provincia del Guldbransdal. La carretera, tallada a pico sobre un precipicio, corre sobre la vertiente de una montaña, al pie de la cual espumea y hierve un río-torrente llamado el Lougen. Al otro lado del Lougen se levanta otra montaña más alta, más áspera, más oscura aún que la que se sube; innumerables cascadas brotan de sus escarpes y van a unirse al torrente. Todo es muy salvaje y muy hermoso. Un solo álbum contaría bien esta pintoresca y agreste Noruega; estoy demasiado convencida de ello para haceros muchas descripciones, y paso enseguida a contaros un incidente digno de ser narrado.

Un domingo por la mañana, hacia las diez, cuando debíamos llegar a una parada de correos denominada Laurgaard, yo medio dormía en el fondo del carruaje, cuyo capote había hecho levantar para protegerme de una pequeña lluvia fina y glacial que comenzaba a caer. Estábamos todos en ese estado de entumecimiento en el que te hunde la fatiga mezclada de frío y de aburrimiento cuando, de repente, la costa roja que los caballos escalaban penosamente se transformó en una pendiente casi a pico. Debíamos bajar el equivalente a lo que acabábamos de subir; el guía recibió la orden de ponerse a la cabeza de los caballos para bloquearlos, pero, no teniendo en cuenta las oscilaciones causadas por los resortes de un carruaje demasiado parisino para semejantes caminos, no retuvo lo suficientemente a sus caballos, y el carruaje, impulsado por su propio peso, se precipitó rápidamente, salió de la vía y fue arrojado al abismo en cuyo fondo corría el Lougen. Dimos dos vueltas sobre nosotros mismos, todo crujió horriblemente, y me di cuenta, con la vivacidad que el pensamiento adquiere en los momentos supremos, de que íbamos a ser infaliblemente aplastados y luego ahogados… ¡Dios, en su bondad, nos salvó de este peligro de muerte! Algunos delgados abetos crecían en medio de los barrios de roca, sobre el costado desgarrado del precipicio: se adentraron en la circunferencia de una de nuestras ruedas y detuvieron así los saltos del carruaje, que quedó suspendido sobre el abismo.

Estaba cubierta de moretones de pies a cabeza, pero, por algún milagro, no estaba herida; nadie estaba herido. Solo uno de los caballos se encontraba en una grieta de la que parecía imposible sacarlo. Cuando el carruaje se detuvo, me encontré sepultada bajo una avalancha de cojines, libros, mapas, botellas y provisiones de toda clase. Los baúles y las bolsas se habían vaciado y habían derramado sobre nosotros el más inextricable caos. Asombrada de estar todavía viva, salí del carruaje con gran precaución, para evitar un temblor capaz de hacerle recomenzar su horrible carrera; luego, aferrándome a las ramas de los árboles, a las piedras, a las zarzas del precipicio, logré salir con un dolor infinito. Me senté, exhausta, al borde del camino, y, mirando al abismo, vi el carruaje; visto así, parecía una jaula de pájaro colgada de una vieja pared.

Mientras el cochero y el guía deliberaban sobre qué cosa hacer para obtener ayuda, vi venir hacia nosotros a un joven oficial noruego sentado en uno de esos carruajes del país compuestos por una especie de silla colocada sobre un gran carrito; el joven, bien envuelto en su manto encerado, fumando una larga pipa de ámbar, se iba rápida y convenientemente a Drontheim. Mi criado se acercó a él y le contó en pocas palabras nuestro accidente. El oficial se detuvo un momento, lo escuchó paciente y fríamente, luego azotó a su caballo y continuó su camino, después de haberme examinado con más curiosidad que interés. Debía de estar horrible; mi rostro estaba hinchado por las contusiones, palidecido por el miedo, y mis ropas arrugadas, mojadas, manchadas de barro, completaban un conjunto poco elegante.

¡Y tuve la confirmación!

Así que tuvimos que salir de esto solos. El cochero nos ayudó: subió al caballo menos lisiado y se fue a Laurgaard a buscar a alguien. Afortunadamente, era un domingo, día en que todos los hombres de un *gaard* se reúnen para jugar y fumar. Después de dos horas que me parecieron mortalmente largas, nuestro emisario regresó con quince hombres provistos de cuerdas. Descargaron el carruaje, volvieron a meter como pudieron en los baúles destrozados todo lo que se había escapado, y, después de haber pasado dos cuerdas bajo la caja, la izaron hasta el camino; luego engancharon un caballo y lo condujeron al paso. En cuanto a nosotros, tuvimos que hacer a pie las tres leguas que nos separaban aún de Laurgaard.

Llegué en un estado de indecible malestar; después de que todo el peligro hubiera pasado, sentía mejor el dolor de mis magulladuras, y en aquel momento habría pagado cualquier precio por algunos días de reposo; pero no se nos permitía detenernos más allá del tiempo necesario para reparar nuestras ruedas y sustituir nuestro timón, roto en la caída; esto se hizo rápidamente, porque al atardecer de aquel día nefasto, volví a subir al coche con la intención de correr toda la noche para recuperar el tiempo perdido. Esta determinación, tomada en otra temporada, habría podido exponernos a nuevos y graves peligros, pero afortunadamente la noche dura poco en Noruega en el mes de junio y, a las diez de la tarde, cuando salimos, la luz era todavía suficiente para distinguir todas las cosas.

La estación tras Laurgaard se llama Hougen; yo aspiraba a llegar para obtener un vaso de leche para calmar mi ardiente sed, pero me llevé una decepción. Hougen ni siquiera era un *gaard*. Cuando el carruaje se detuvo, no vi ninguna vivienda lejos o cerca de nosotros; los caballos nos esperaban cerca de un palo en medio de la carretera, custodiados por un niño de unos trece o catorce años, flaco, pálido, enfermizo, de fisonomía doliente y salvaje; creí ver el gnomo maligno de esta soledad. El niño miró al carruaje con asombro y desconfianza, nunca había visto un vehículo con esta forma, y manifestó su reticencia a sentarse junto al cochero en ese asiento reparado con cuerdas que no era muy tranquilizador; sin embargo, se decidió y, apenas instalado, se puso a excitar a sus caballos con una voz agria y enérgica, que los hizo partir como flechas.

Nuestro extraño y pequeño cartero nos dejó en medio de una especie de aldea compuesta de siete u ocho casas sostenidas en el aire como por arte de magia. Estaban elevadas, en los cuatro ángulos, por pilares de piedra, y el cielo, que se veía escapándose bajo la base de estas viviendas, producía el efecto más singular. Por supuesto, el propósito de este levantamiento es garantizar que las casas no se amontonen de nieve durante el invierno. Este pueblo, llamado Tofte, el único que encontramos en tres días, es el objetivo piadoso de las peregrinaciones de los habitantes de los *gaards* circundantes, porque posee una iglesia construida en madera, pintada de gris y coronada por el invariable campanario cuadrado con forma de garita. Alrededor de la iglesia, grandes láminas de piedra colocadas en el suelo indican las tumbas de un cementerio. Nada más triste que este gran edificio antiestético, este suelo árido, estas piedras grises, este cielo del mismo matiz, todo este cuadro del mismo tinte frío y uniforme; el alma se lleva una impresión profundamente triste.

Esta aldea marca el final de los caminos transitables; se toman dos caballos de refuerzo para afrontar las cuestas escarpadas del Dovre, luego se hunde en sus gargantas temibles. Entonces la vegetación cesa; la primavera, que vimos florecer veinte leguas más abajo, desaparece y da paso al invierno; ni una hoja en los árboles, ni un rincón de tierra alegrado por la hierba verde, y estamos en junio; arbustos negros y erizados bordean el camino, y algunos árboles atrofiados se acurrucan bajo la nieve. De vez en cuando, troncos de árboles tortuosos, caídos en el camino, nos bloqueaban el paso, así como enormes serpientes, y grandes piedras verdosas, medio escondidas en charcos de agua turbia, me parecían monstruosos sapos. Por un momento creí ver en medio de la carretera un espectro a medio salir de su sudario, alargando a ambos lados sus grandes brazos demacrados; era un abedul cuyo tronco estaba todavía enterrado bajo la nieve y cuyas ramas ennegrecidas se extendían hacia nosotros.

Estas gargantas tienen el aspecto de un lúgubre muy variado; a veces pasábamos desfiladeros estrechos, entre aletas de nieve de más de cincuenta pies de altura; luego, la carretera se ensanchaba, veíamos saltar desde todas partes cascadas tan numerosas y tan espantosamente ruidosas que, cualquiera que fuese la manera en que se gritara, era imposible oírse los unos a los otros. El pálido crepúsculo del Norte deslizaba sus luces apagadas e inciertas sobre estos sombríos cuadros y añadía a ellos no sé qué misterioso horror. Durante algunas leguas, pude limitarme a observar todo a mi gusto y dejarme llevar por un sueño un poco malsano; pero llegó un momento en el que tuve que participar más activamente en las tribulaciones de nuestra pequeña caravana. Al acercarse a las cumbres del Dovre-Field, la capa de nieve de la carretera se había espesado poco a poco, y cuando llegó hasta las ruedas delanteras del carruaje, se hizo imposible hacerle dar un paso más sin aligerarlo; siguiendo las observaciones del guía, todos bajamos, y tuve que continuar el camino a pie. La cosa no era fácil; la nieve, ablandada por unos días suaves, no tenía ya ninguna consistencia; se clavaba hasta las rodillas, y a menudo el lugar donde se ponía el pie se desprendía en un solo bloque, y rodaba en alguna grieta, afortunadamente poco profunda. Durante dos leguas tuvimos que luchar a cada paso contra estas pequeñas avalanchas, y llegamos a Fogstuen, un *gaard* situado en una de las mesetas más altas del Dovre, en un estado de agotamiento completo. Tuve que hacer como todo el mundo y consolarme con un vaso de aguardiente de grano que me pareció el mejor néctar del mundo.

Bastante cerca de Fogstuen, varias cascadas se encuentran y forman un torrente hermoso y ancho del cual nos habían descrito las sinuosidades pintorescas; lo buscamos sin éxito. Peor aún, nuestro guía estuvo mucho tiempo intentando descubrir el puente de madera por el que debíamos cruzar: postes indicadores, torrente, puente, todo estaba enterrado bajo la misma capa de nieve. Sin embargo, había que avanzar; después de un minucioso sondeo, se reconoció el puente y el carruaje pasó. Al llegar al otro lado, vimos a diez pasos de nosotros el gran poste que señalaba la cabeza del puente: ¡el guía se había equivocado, acabábamos de pasar por un puente de nieve!

Me sentí empalidecer, comprendiendo la inminencia del peligro del que acabábamos de escapar; la idea de ser engullida bajo esa montaña de nieve y de morir ahogada en aquella agua helada, bajo aquella oscura bóveda, me inspiraba un indecible espanto. Seguimos aquel pérfido torrente durante otros cien metros, imaginándolo sin vislumbrarlo; finalmente, por una amplia grieta, pude sondear la profundidad del abismo por el que por poco fuimos tragados; fui a mirarlo de cerca: ¡el agua fluía bajo una bóveda de nieve de más de cuarenta pies de espesor!

Fogstuen se reduce a dos pequeñas cabañas, colocadas allí solo para alojar durante el verano caballos a disposición de los viajeros; en invierno, los campesinos descienden a los valles, estas latitudes del Dovre son en esa época completamente inhabitables. A pocos pasos de este minúsculo *gaard*, la montaña está magníficamente dividida desde arriba hacia abajo, como por el filo de una espada sobrehumana, y desde el punto más alto de su cresta se lanza una prodigiosa cascada que, a pesar de su inmensa capa de agua, se transforma en vapor antes de llegar al fondo del precipicio. No se puede imaginar una vista de un salvajismo más soberbio: el pensamiento y la mirada quedan prohibidos ante tales espectáculos; compensan todas las fatigas, compensan todos los peligros y crean en la memoria recuerdos preciosos e inefables.

En Fogstuen se acabaron los escarpes; hasta Jerking, cruzamos una única meseta de una decena de leguas. Apenas salimos del *gaard*, no vimos más que una inmensa llanura. Hicimos este viaje con una velocidad mágica: los caballos de Fogstuen, excitados por un largo descanso, se arrebataron y tomaron un ritmo desenfrenado. A nuestra izquierda se extendía un lago inmenso todavía helado; a nuestra derecha, la llanura de nieve desenrollaba hasta donde podía ver sus ondulaciones imperceptibles y su implacable blancura: postes, destinados a fijar los límites del camino, rompían solos de lejos la rigidez de la línea del horizonte. Estos postes, pintados de rojo y rematados con una barra transversal, tenían la apariencia siniestra de horcas. Corríamos con una ligereza de fantasmas a través de este extraño país, cambiando de lugar sin cambiar de horizonte, dando a nuestra carrera una apariencia sobrenatural. No podía cansarme de mirar a mi alrededor, y siempre veía la nieve, siempre las aguas inmóviles del lago, siempre los postes de color sangre. Poco a poco esta especie de infierno helado se animó: vi fuego salir de debajo de los pies de los caballos; los postes movieron lentamente sus grandes brazos y se acercaron al coche; grandes búhos blancos volaron cerca de mi cara, mirándome con sus horribles ojos fijos y casi humanos, lanzando gritos de niño degollado; un terror invencible se apoderó de mí; me quedé inmóvil, silenciosa, con los ojos abiertos, el pecho oprimido, sin saber si soñaba, si vivía, o si me transportaban fuera del mundo real.

A las seis de la mañana llegué a Jerking, me llevaron a una cama, tenía una fiebre ardiente y un delirio completo. Jerking es un *gaard* bastante grande y rico, sirve como punto de encuentro para los pocos viajeros que emprenden la ascensión del Snähatten (sombrero de nieve), uno de los picos más altos del Dovre-Field. Los habitantes de Jerking, gracias a una industria inteligente, han logrado establecer en este lugar privado de todo tipo de recursos un campamento casi confortable; su pequeña colonia, separada del resto del mundo, tiene una fisonomía laboriosa, activa y feliz, que alegra al viajero entristecido por los aspectos oscuros del país circundante.

Una desafortunada casualidad había traído a Jerking, pocas horas antes que a nosotros, a un pastor protestante que iba a tomar posesión de una pequeña parroquia cerca de Drontheim; este pastor estaba acompañado por su familia: su esposa y once niños, cuyas edades cercanas hacían difícil comprender su común origen, y cuyas cabelleras habían tomado como tarea representar todos los matices posibles del rubio, comenzando por la hilera más plateada para llegar al caoba más oscuro. Este nido de cabezas doradas había invadido todas las almohadas de la casa, y la buena anfitriona de Jerking tuvo grandes dificultades para organizarme una cama en un sótano oscuro. Apenas pudieron dejarme allí algunas horas; tan pronto como el descanso calmó mi fiebre de fatiga, tuvimos que partir. Me levanté todavía muy dolorida, y, mientras ataban los caballos, visité el *gaard*; llegué así a una gran habitación con un armario común a todos los habitantes. En esta especie de tienda de segunda mano, donde las medias estaban cerca de los sombreros, las bragas se mezclaban con los vestidos, todo tendido sobre cuerdas que se cruzaban en todos los sentidos; elegí dos trajes de fiesta completos de campesinos noruegos. La anfitriona accedió a vendérmelos. La vestimenta de hombre es de un puro estilo Luis XV: gran traje con botones brillantes, pantalón de piel picada, chaleco largo con flores bordadas, medias jaspeadas, zapatos con hebillas y amplio sombrero de fieltro. El traje de mujer no se parece en nada al de Pompadour, homónimo natural de este caballero de 1755. Es una falda larga y estrecha de paño verde, con flores bordadas en lana de colores vivos; un pequeño gorro de seda negra con bordados verdes, adornado con un cordón de plata, y como complemento una faja de tela roja con dobladillo, como la gorra, de un largo encaje de alambre plateado, sobre el cual se han aplicado, sin orden, colgantes de oro y plata, perlas de vidrio y numerosos lazos coloridos. Este accesorio de baño, aunque muy barroco, produce un efecto muy agradable en este traje de tonos oscuros.

El vestuario diario es más sencillo: los hombres se envuelven en largas levitas y se cubren con gorros de lana roja, tallados y puestos como el gorro frigio, de sangrienta memoria para nosotros; las mujeres llevan un vestido de lana muy oscuro largo, el gran delantal de algodón azul o rojo, y un gorro negro que encaja perfectamente en su cabello de oro pálido.

Empaqué cuidadosamente mis dos trajes, y añadí tres pieles de lobo blanco, producto de la caza del hijo de la casa, que me las cedió por treinta y cinco francos. Si fuera conocido el *lobo blanco* en Francia, se vendería más caro.

Todavía un poco aturdida por la fiebre, hice, no sé cómo, el camino hasta Kongswold; me pareció solamente que giramos indefinidamente en una llanura pelirroja y árida. En Kongswold, no había caballos; pero, algo extraordinario, había una casa sucia, luego niños gritando a nuestro alrededor y mi cochero vociferante contra el campesino, que se negaba a molestarse para ir a buscar a sus bestias, so pretexto de que estaban demasiado lejos: era más de lo que necesitaba para querer alejarme. Dejé que mi gente se enrollara hasta el cansancio, y di algunos pasos alrededor del *gaard.* A pesar de mi malestar y mi estado de ánimo, quedé impresionada por la belleza nueva, feroz, abrupta del valle de Kongswold. La casa está puesta al pie de una media luna de montañas erizadas de rocas extrañas, en medio de las cuales descienden, chocan y se cruzan una innumerable cantidad de cascadas; una de ellas, ancha como un río y violenta como un torrente, brota de la cumbre, arranca de cada uno de sus saltos algún fragmento de la roca, luego se precipita con una increíble furia en un pliegue del valle, donde desaparece sin que se pueda explicar cómo. Comencé admirándola; ¿sabéis el efecto que me produjo? Me quedé dormida. Tumbada sobre la piedra húmeda, cubierta por el frío vapor del agua, mecida por aquel trueno, disfruté allí de cuatro horas del reposo más profundo, y creo que todavía dormiría allí si, llegados los caballos, no me hubieran descubierto por fin en el retiro que compartía con una enorme rana de ojos tranquilos, náyade[32] de la cascada, sorprendida de hospedar a una mortal.

Cerca de Kongswold, el camino se une a la ladera áspera de la montaña, formando un ligero saliente; abraza al gigante de granito en una espiral larga y delgada; flexible como un cordón, hace mil desvíos, pasa sobre las rocas, evita las cascadas, gira los precipicios y, vista desde lejos, debe parecer como una cornisa ligera y caprichosa que corre alrededor de un coloso sin forma. En ocasiones nos encontramos en un desfiladero tan estrecho, que un árbol tirado como puente podría ayudar a atravesar el precipicio y hacer llegar a la otra vertiente. Es algo aterrador mirar tan de cerca una de estas enormes montañas de las grandes cadenas de la Tierra: el ojo se sumerge en abismos que, desde lejos, no serían más que grietas, y se cansa de medir su profundidad; en todas partes piedras agudas y negras, separadas de las cumbres, yacen desordenadas sobre la pendiente, como sostenidas en equilibrio y dispuestas a recomenzar su carrera al menor temblor. ¡En lo alto la nieve inaccesible, en medio las rocas infranqueables, abajo el abismo insondable! Ni una brizna de hierba, ni una flor, ni un pájaro; nada más que un liquen pedregoso, especie de sarna que roe lentamente el granito; nada más que el sonido del viento que llora y los estruendos de los torrentes. Así se imaginan los lugares conmocionados por el soplo de la maldición divina, donde el ángel de la venganza persigue la sombra criminal de Caín.

A pocas leguas de Kingswold, se empieza a descender; la carretera se aplana, mejora y se alegra a la vez; terminamos los desfiladeros más peligrosos; superadas las cumbres del Dovre, vimos ramos de abetos; por encima se eleva, aquí y

32 Pertenecientes a la mitología griega, las náyades son ninfas que residen en los ríos y en las fuentes.

allá una columna de humo azulado, un indicio de un *gaard* hospitalario. Finalmente llegamos a Sockness, la última etapa antes de Drontheim.

Drontheim, o, si se quiere, Trondhiem, como dicen los lugareños y los geógrafos, es una ciudad de madera que arde con bastante regularidad cada diez años. Los habitantes se han acomodado en consecuencia; se ponen del lado del fuego y, viendo sus casas, no lo hacen con demasiado pesar. Sus calles son anchas, amplias, trazadas a compás, bordeadas por pequeños edificios pintados de blanco o rojo, de aspecto mezquino y frío. Drontheim es una ciudad rica, y hace, sin que lo parezca en su apariencia exterior, un comercio considerable; las tiendas al por menor están organizadas de manera tan discreta que resulta difícil reconocerlas. Hurgando en las calles, nos sorprendimos al ver, en el fondo de habitaciones iluminadas por pequeños marcos cubiertos de vidrios turbios, pieles preciosas y lujosas telas, apiladas de forma desordenada sobre estantes con ligas de lana, estopa y botones de hueso. Si uno entra en un babel como este, difícilmente consigue que se le muestren las mercancías. El tendero noruego ignora el arte de hacer comprar, apenas consiente en vender; desdeña los modales amables que son indispensables en su profesión, fuma magistralmente en una esquina, y, cuando lo interpelan, asume un aire arrogante que sugiere al transeúnte que debe reflexionar bien antes de molestarlo. Un objeto debe ser absolutamente necesario para no retraerse ante las caras desalentadoras de estos honestos habitantes de la ciudad. Con tal actitud es mejor no lanzarse al comercio de artículos de fantasía, porque si la molestia de comprar supera el placer de poseer, el comprador termina por abstenerse.

En medio de las chozas propias de Drontheim, se ve un monumento admirable: es la catedral, consagrada una vez a San Olaf u Olaüs[33]; allí está, alta, sólida,

33 Olaf II de Noruega u Olaf Haraldsson – en nórdico antiguo Óláfr – (995–1030) es uno de los reyes más importantes de Noruega. Durante su estancia en Normandía se convierte a la religión cristiana y pide ser bautizado. A su vuelta a Noruega, comienza la conquista del trono que le pertenecía por ser descendiente de Harald I, y con la victoria decide instaurar la "ley de Cristo" desde 1024. Los nuevos decretos y el nuevo modelo de vida promulgado por el monarca no son bien acogidos por muchos y terminan rebelándose contra él y acudiendo al rey Cnut de Dinamarca y a Inglaterra para que sea expulsado. Olaf se exilia durante dos años y vuelve a Noruega cayendo herido durante la batalla. En relación con su muerte se han contado muchos hechos milagrosos, siendo el más destacado el que se refiere al estado incorrupto de su cuerpo y a su cara con las mejillas rosas cuando fue desenterrado. En 1031, Olaf es canonizado y se levanta una capilla alrededor de 1035 que terminaría siendo la catedral de Nidaros.

inquebrantable como el pensamiento de Dios en medio de las cosas perecederas. Su primera construcción debe remontarse al siglo X; los transeptos de las dos naves tienen grandes arcadas redondas sostenidas y separadas por un pilar; el coro es del más puro gótico: fue terminado, creo, a finales del siglo XII, por el sabio arzobispo Eystein.

En 1540, la catedral era todavía venerada y espléndida; había resistido a las tormentas furiosas del Norte, a sus largos inviernos que rompen la piedra misma, a tres siglos de guerra, a cuatro incendios. En 1540, la reforma entró en Noruega, y por ella la catedral fue empobrecida, mutilada, despojada. La reforma vendió los vasos sagrados, dispersó las reliquias, rompió las estatuas. Hoy la caza milagrosa de san Olaf, tan pesada que hacía falta sesenta hombres para llevarla, los brillantes relicarios de piedras que adornaban el altar mayor, son reemplazados por una copia del Cristo de Thorwaldsen[34], mientras que la abundante vegetación de plantas de piedra que rodea las columnitas de la nave desaparece bajo los palcos de madera con cortinas rojas donde se colocan los protestantes para escuchar el servicio; más estatuas esculpidas en el coro, más tumbas veneradas en las capillas, más lámparas en el santuario; todo lo que las tormentas, los incendios y el fanatismo destructivo del siglo XVI habían ahorrado está enterrado y empapado en una horrible pintura gris-azul o en cortinas de calicó. Esta pobre iglesia ya no puede crear su belleza con su vetustez; es como un viejo soldado que se vería obligado a ocultar sus heridas con aros[35].

Cuando la visité, llovía a cántaros; las grandes ojivas, privadas de sus vidrieras de color, dejaban caer sobre las losas un día aburrido y pálido, en armonía con el deterioro del edificio; parecía que el propio cielo mirara con tristeza aquella gran y magnífica basílica, una vez testigo de tantas pompas, rodeada de tanta veneración, dotada de tantos tesoros, ahora viuda despojada y oscura del catolicismo que la edificó.

Nunca asisto sin un profundo sentimiento de pesar a la transformación de una iglesia gótica en templo protestante; sufro al ver devastar, aunque sea en nombre del Evangelio, una de esas viejas basílicas tan llenas de grandeza y de

34 Se refiere a Albert Bertel Thorvaldsen (1770–1844), escultor y grabador medallista danés.

35 Efectivamente, la catedral de Nidaros sufrió la devastación de varios incendios y la crisis a causa de la reforma protestante. Varias restauraciones van cambiando pobremente su aspecto hasta que en el siglo XIX el gobierno noruego financia su restauración para devolverla a su forma original. Cuando Léonie d'Aunet realizó su viaje, la catedral todavía no había iniciado su restauración o no se encontraba en un estado bastante avanzado.

poesía. Mi sentimiento de artista está aquí en juego, no mi fe religiosa; por tanto, no debéis ver en mis palabras un ataque al protestantismo porque soy de las que creen que toda creencia merece respeto, y que toda religión tiene derecho a ello.

Al salir de la catedral, entré rápidamente en la caja de compartimentos decorada con el nombre de hotel, donde me alojaba, para vestirme para cenar en casa del Sr. Riss, gobernador de la ciudad. A las cuatro (hora indicada), llegué al palacio del gobernador, un poco mojada, porque en Drontheim era imposible conseguir un coche; un trineo, a la hora correcta.

El palacio del gobernador, como se dice, es una inmensa construcción de madera, que tiene de un palacio solo el nombre y las dimensiones; está situado en la Monkgade (calle de los Monjes), la calle más bella de Drontheim. Al igual que la Canebière de Marsella, la Monkgade tiene la perspectiva de un amplio golfo completamente cubierto de barcos.

Encontré en la casa del Sr. Gobernador una acogida graciosa y solícita, una cordialidad afable que me colocó de repente en las latitudes más elegantes.

La señora Riss habla un poco de francés y su inteligencia complementa perfectamente su ciencia. Varias mujeres jóvenes de su sociedad hablaban inglés, y una conversación bastante seguida pudo establecerse entre nosotras. Al principio, estas damas me examinaban con un aire curioso cuyo motivo no entendía; me fue explicado cuando una de ellas me dijo que antes de mí ninguna parisina había venido a Drontheim: era más que una rareza, era una novedad.

A las cuatro y media trajeron en bandejas licores, especias y algunas salazones; cada comensal hizo honor a este prólogo de comida, luego pasaron por el comedor, donde había una mesa de cuarenta cubiertos. El servicio se hizo al estilo ruso, es decir, sin que se pusiera ningún plato sobre la mesa cargada de flores artificiales, cristales y platería. Grandes canastas de plata llenas de naranjas, ocupando los dos extremos de la mesa, constituían una verdadera magnificencia gastronómica, siendo las piñas mucho más comunes en París que las naranjas en Drontheim. En el momento en que me sentaba cerca de él, el Sr. Riss me ofreció un gran ramo de lirio del valle blanco, y fui muy sensible a la amable atención de mi anfitrión; mi vecino de la derecha me preguntó entonces si no encontraba muy extraño ver un gran ramo de esta pequeña flor, tan difícil de cultivar en invernadero. Admiré, por su ejemplo, no diciéndole que esta flor tan preciosa en Drontheim se rompe con los pies en los bosques de Francia, y nos parece tan común en primavera, que olvidamos demasiado cuán encantadora es.

Desconfiaba de los cocineros de la metrópoli del Norte; sin embargo, no me atreví a negarme desde el principio, y en tan buena compañía. Me dejé servir la sopa. Vi en mi plato una cantidad de pequeñas bolas nadando en un jugo púrpura; se exhibía de allí un olor espirituoso de desafortunado presagio, intenté atacar primero una gran bola amarilla que me pareció una inocente yema de huevo duro. Creí comer fuego. El traidor plato había sido abundantemente empolvado de pimienta. Tuve la cobarde idea de dejarlo todo; pero las miradas estaban fijas en mí; hice una invocación a la hospitalidad, y, reuniendo todo mi coraje, seguí tragando esta sopa infernal. En medio del conflicto de gustos, sabores y aromas que asombraban completamente mi paladar, distinguí, en esta mezcla extraña, azúcar, zumo, pimiento, vino, huevos y todas las especias conocidas; la adición de un poco de pólvora no me parecería inverosímil. Habría que hacer un menú entero para describiros la cantidad de manjares inusitados en nuestra casa que vi servir a continuación; sólo anotaré una salsa con clavo y ron que me arrepiento de haber probado. En medio de estas rarezas, nos presentaron muchas cosas excelentes, pescados enormes y piezas asadas magníficas, muy dignas de la mesa de un gobernador casi virrey.

Noté con pesar la ausencia de jarras y vasos para beber agua; lamenté también la parsimonia con la que se servía el pan blanco: cada comensal tenía un trocito grande como la mitad de un huevo, y ninguno tuvo la fantasía de pedir más. Hacia la mitad de la cena, comenzaron a hacerse tostadas; recibí un número de cortesías con las que mi vanidad se acomodaba mejor que mi cerebro; tuve que llevar mi copa a mis labios cuarenta veces, y esto habría podido incluso tener inconvenientes para mi razón, si el aguardiente de los *gaards* no me hubiera ayudado con los espiritosos. A las siete salieron de la mesa para volver al salón, y antes de sentarse, cada uno de los invitados fue a dar un apretón de manos a todos los demás, acompañándolos, según su sexo, con una reverencia o un saludo. Después comenzó el baile, y cuando me retiré, hacia las diez y media, dejé toda la reunión al descubierto, lo que daba a esta fiesta una fisonomía muy particular.

Drontheim tiene su monumento histórico; es la fortaleza de Monkholm, una vez prisión del estado, hoy ciudadela-arsenal. Monkholm se construyó en una isla de rocas situada a media legua de la ciudad; primitivamente era un convento, como su nombre lo indica (Monk, monje, y Holm, roca). En Monkholm estuvo encerrado durante su largo cautiverio el danés Schumacher[36], conde de Griffenfeld, redactor de la célebre ley real de 1660, que cambió la monarquía electiva de Dinamarca a monarquía hereditaria. La orden comienza con las siguientes palabras:

36 La autora debe de referirse al conde Peder Schumacher (1635–1699), cuyo nombre después de acceder a la nobleza fue el de Peder Griffenfeld.

«Federico III, por la gracia de Dios, rey de Dinamarca y de Noruega, de los vándalos y godos, duque de Slesvig, de Holstein, de Stormaric, de Dytmarse, conde de Oldenburgo y de Delmenhorst: saber hacer, etc. etc.» Estos títulos no precedieron más que a la obra de un ambicioso triunfador. Al inspirar esta ley al débil Federico, Schumacker servía a la vez su odio y sus proyectos de elevación: quitaba a una aristocracia altiva el precioso privilegio de elegir a sus soberanos, y, al mismo tiempo, se vengó de los desdenes dirigidos por ella al hijo del mesonero de un suburbio de Copenhague.

El recuerdo de su bajo origen, o quizás un eco de ese sentimiento de justicia tan difícil de ahogar en el corazón del hombre, le hizo introducir en esta ley un artículo que la hace respetable a los ojos de la posteridad. El artículo 21 priva a los grandes del reino del derecho de vida y de muerte sobre sus siervos.

El poder de Schumacker creció aún más bajo el reinado de Cristián V; no llevó más que el nombre de conde de Griffenfeld, y sus funciones de gran canciller se convirtieron en las primeras del reino. Desde entonces su ambición no tuvo límites; árbitro de la paz y de la guerra, quiso aprovechar, como el propio rey, las ventajas ganadas por las tropas danesas en Pomerania. El tratado que sometía a Cristián V la ciudad de Wisman daba en feudo a Schumacker la isla de Wolin; al mismo tiempo hacía pedir la mano de una princesa de Augustembourg y estuvo a punto de conseguirlo. Había subido tan alto que el rey se dio cuenta de esta casi igualdad entre él y un súbdito, y el orgullo real despierto decidió la pérdida del favorito. Por orden de Cristián, Schumacker, detenido, acusado del crimen de lesa majestad, fue condenado a perder la cabeza.

El 5 de junio de 1676, la multitud de Copenhague vio con estupor levantar el cadalso del conde de Griffenfeld, y marchar al suplicio a este hombre ante el cual había temblado tantas veces. Schumacker no flaqueó ni un instante; permaneció orgulloso y firme, incluso ante el tajo, y puso la cabeza sin palidecer. En ese momento un ayudante del rey partió a la multitud, levantó un pliegue sellado con el sello real y exclamó: ¡Gracia a Schumacker!

La pena capital se conmutaba por una prisión perpetua; el débil Cristián V no había querido imitar hasta el extremo al débil Luis XIII, y quizás la cabeza sangrienta de Cinq-Mars[37] había preservado la cabeza de Schumacker.

Encerrado en la oscura fortaleza de Monkholm, Schumacker, que había sondeado el abismo de las vanidades de este mundo, no volvió su mente más

37 La autora se refiere al marqués de Cinq-Mars. En 1642, Henri Coiffier de Ruzé d'Effiat, marqués de Cinq-Mars, y su cómplice fueron condenados por crimen de lesa majestad acusados de haber conspirado contra Richelieu, primer ministro de Louis XIII.

que hacia las cosas eternas. Se le vio durante largos años pasear silenciosamente por el pequeño jardín de Monkholm, y allí, con los ojos fijos en el vasto mar, en los cielos infinitos, traducía los salmos de David en verso al danés. Esta palabra del rey profeta: la voz del Eterno rompe los cedros mismos, el hombre poderoso no escapa por su gran fuerza, parecía tanto más verdadera, comentada por este gran ambicioso; y esta otra: bienaventurado es el hombre a quien Dios no atribuye su iniquidad, bendito sea aquel cuya transgresión es perdonada, debía impregnarse de una nueva mansedumbre para aquel prisionero que había reemplazado tan noblemente el orgullo del poderoso por la resignación del creyente.

Schumacker murió en Drontheim, después de soportar 23 años de riguroso cautiverio.

Hoy Monkholm ha perdido mucho de su fisonomía monumental; la torre gorda de la fortaleza está parada sola; sus paredes gruesas todavía están intactas, las escaleras se han hundido, los pisos se han debilitado bajo la tensión del tiempo, y la estrecha ventana de la habitación de Griffenfeld solo es accesible para las aves del cielo.

Todos los demás cuerpos de la fortaleza han sido convertidos en casamatas y albergan las pacíficas balas de Noruega. Un faro útil para los marineros fue construido en el lugar donde estaba el banco favorito del ilustre prisionero.

De la plataforma de este faro, se descubre un horizonte magnífico: a la izquierda, el gran mar desenrolla sus anchas llanuras, y suaviza sus tonalidades azules hasta que se confunden con el cielo, mientras que a la derecha los pilotes de las casas de Drontheim, pintados de colores vivos, le hacen un cinturón de rayas variopintas; detrás del puerto, los pequeños tejados aplastados de la ciudad se escalonan sobre cuestas pintorescas, dominadas y protegidas por la alta catedral y por el amplio navío de la fortaleza de Christianstern; de lejos las crestas agudas de las montañas del Dovre rasgan aquí y allí su cortina de nubes y forman como las almenas de la pared enorme rocosa que rodea el valle donde está Drontheim.

Con mucho gusto habría pasado varias horas delante de este vasto cuadro; pero me presionaron mucho para volver a la ciudad, a fin de no perderme una representación teatral extraordinaria que tenía lugar esa misma tarde. Después de cenar con el cónsul de Dinamarca, donde me encontré con muchos de mis amables invitados de la víspera, me dejé llevar al teatro. No me quedé ni media hora. Baste saber que me encontraba en un lugar grande como un teatro de los suburbios, oscuro como una bodega, donde bailarines de cuerda, inferiores a los de la feria, desplegaban sus talentos. Así está el arte dramático en la capital del Drontheimus[38], en la noble y antigua Nidards[39], en esta ciudad reina de Escandinavia, única digna aún hoy de coronar a los soberanos de Noruega.

La víspera del día en que debía dejar Drontheim y embarcar hacia Hammerfest, me aconsejaron hacer una excursión a las cascadas de Leerfoss, situadas a pocas leguas de la ciudad. Así que me fui de madrugada, a pesar de una pequeña y fría lluvia de mal agüero. Alrededor de Drontheim, las carreteras están hechas según el sistema ruso, con troncos de abetos colocados uno al lado del otro y formando un suelo grueso y desigual; como los árboles ni siquiera están escuadrados, uno es sacudido de la manera más áspera; cuando se encuentran lugares donde los árboles están podridos, hay que atravesar verdaderos fosos, y se convierte en peligroso. Cuando se llega a Leerfoss, la vista de la cascada compensa muchos baches del trayecto. Imaginad un río entero cayendo en un solo mantel de más de ochenta pies de altura, y rompiéndose en medio de rocas de basalto negro, contra las que hierve con una magnífica rabia. Las impasibles rocas le presentan sus lomos redondeados, rendidos por el agua brillante y escarchada, y parecen grandes peces dormidos sobre la arena. En esta forma pacífica, ofrecen a la cascada una resistencia que le obliga a dividir sus aguas en varios pequeños torrentes cuya carrera continúa agitada y ruidosa durante algunos centenares de pasos; luego todo se calma, el río ha encontrado un nuevo lecho y reanuda sus aires tranquilos.

Al borde del agua, por debajo de la caída, se ha establecido una fundición de cobre; la cascada hace funcionar las grandes ruedas de las máquinas; el hombre ha utilizado su violencia, se aprovecha de su furia. He visitado esta fundición; he visto en movimiento todas estas cosas espantosas que se llaman mecánicos, verdaderas bestias de la creación del hombre; poderosas, temibles, tanto como los más terribles monstruos. Lo que se agitaba allí de sierras, de ruedas, de engranajes, de martillos, no podría decirlo; sólo me asustó una máquina espantosa cuya cabeza, provista de un filo, cortaba con un movimiento suave y regular barras de cobre más grandes que troncos de árboles. En medio de todo esto se agitaba un pueblo de hombres negros y semidesnudos, que, iluminados por las llamas rojizas de los hornos, parecían demonios de aquel infierno. Los golpes redoblados de los martillos, los chirridos de las sierras, las quejas de las ruedas, los burbujeos de los braseros, los burbujeos del metal en todo esto formaban un estruendo inexplicable sin cesar dominado por el ruido ensordecedor

---

38 La autora debe de estar haciendo referencia a la catedral luterana de Nidaros, en Trondheim.

39 Antiguo nombre de Drontheim (nota del original).

de la cascada. ¡Esa voz continua y formidable que clamaba fuera, era la protesta constante de la creación eterna de Dios contra la creación efímera del hombre!

En la fundición, me aconsejaron llegar a la otra cascada por un sendero trazado a orillas del río. La lluvia había cesado; el sendero se abría ante mí todo cubierto de hierba tupida estrellada de margaritas y botones de oro; una maleza bien verde lanzaba sus ramas caprichosas alrededor del tronco liso de algunos abedules; de hecho, era un sendero encantador; pero el cielo estaba oscuro. La prudencia me decía: «Sube en coche», mi fantasía me decía: «Toma el sendero». Tomé el sendero.

Al cabo de diez minutos, la lluvia recomenzó; al cabo de veinte, cayó a torrentes y arrastró con su violencia el talud donde se apoyaba el sendero del lado del río; mi paseo se convirtió entonces en un cansancio intolerable, y se convirtió casi en un suplicio. El sendero colocado y resbaladizo se hizo impracticable; caí en un barro del que no podía salir; mis ropas mojadas vinieron a sumar mis penas; mi vestido, un viejo vestido de terciopelo que había puesto por el frío, tragó tanta agua que no pude llevarlo y me privó de mover las piernas; llegué a arrastrarme como una babosa. Para no deslizarme en el río, me aferraba a las plantas y a las ramas; pero tantos esfuerzos agotaron mis fuerzas; aquella lluvia persistente me congeló, y llegó un momento en que, renunciando a salir de aquel sendero interminable y maldito, me senté en el barro llorando de rabia. Afortunadamente mi cochero había tenido la voluntad de venir a mi encuentro por la carretera principal con personas de la fundición; me descubrió en mi angustia, me envolvieron con un manto, tomé el brazo de un robusto campesino provisto de un largo bastón herrado y, después de dos o tres caídas menos peligrosas que las anteriores, pude volver al coche. No hacía falta añadir que ya no pensaba en ir a admirar la otra cascada de Leerfoss, y que di la orden de llevarme lo antes posible a Drontheim. Llegué al hotel a las diez de la noche, medio muerta de cansancio y frío. Las miserias de aquel día no terminaron allí: debía embarcarme al día siguiente para Hammerfest; en mi ausencia, mis cajas habían sido transportadas a bordo; no tenía nada a mi disposición para cambiarme, ni vestido, ni zapatos, absolutamente nada. Tuve que deshacerme, a fuerza de abluciones, de la capa de barro que me hacía una especie de estatua, ponerme una sábana, toallas y pasar la noche limpiando y secando mi ropa. Debo de ser completamente inmune a la pleuresía, ya que no la cogí tampoco esta vez.

Adiós, vuelvo a salir; ahora no tendréis noticias mías más que fechadas del Cabo Norte.

CUARTA CARTA

Hammerfest

Heme aquí por fin en Hammerfest, querido hermano, después de muchas penas, de muchos accidentes y, sobre todo, después de un número demasiado grande de noches pasadas sin dormir, cuyas huellas de fatiga se leen en mi rostro; pero ¿quién conoce mi rostro?…

Al día siguiente de mi llegada me entregaron una carta vuestra: la carta me buscaba desde Christiania, y me había acompañado en el barco de vapor; ¡aunque la hubierais pagado hasta París, tuve que pagar veintiún francos! Para el correo habitual, esta tarifa podría parecer enorme; pero en mi situación no me parece que haya tenido que pagar demasiado para tener noticias vuestras.

¡Hammerfest! ¿No os hacen sentir de forma extraordinaria esas diez letras? ¡Es un nombre cualquiera, un nombre de diez letras como Châteaudun o Carpentras! ¡Hammerfest! Sin embargo, es una ciudad única en su género, una ciudad excepcional entre todas; es la ciudad más septentrional que existe; es el último grupo de viviendas de Europa.

Llevo dos semanas en Hammerfest, y más tarde os contaré en detalle qué vida he llevado en este extraño rincón del mundo, pero antes quiero contaros cómo se llega.

Hasta hace pocos años se tardaba un mes en hacer el trayecto entre Drontheim y Hammerfest; ahora, gracias al barco de vapor con el que el rey Bernadotte dotó a Finmark, se hace en ocho días. Para comprender lo sorprendente que es que semejante viaje se haga tan rápidamente, hay que echar un vistazo al mapa de Noruega y mirar esa larga costa que delimita Noruega de Drontheim hasta el Cabo Norte; se ve el mapa cubierto de pequeñas manchas y pequeños puntos negros de diferentes tamaños. Estas pequeñas manchas de todas las formas son innumerables islas, y los pequeños puntos negros son miles de rocas. Mirando un mapa marino, donde se muestran todos los escollos, incluso los escondidos bajo el agua, es difícil imaginar cómo el hombre pudo hacer navegar grandes barcos en lugares tan peligrosos.

Antes era una empresa temeraria ir de Drontheim a Hammerfest; el viaje se hacía en barcas de pescadores apenas cubiertas, se estaba expuesto al frío, a la lluvia glacial, a las nieblas espesas y malsanas; se avanzaba lenta y penosamente, luchando sin cesar contra corrientes pérfidas y fuertes vientos; cada noche había que acercarse y contentarse con el pobre alimento de algún sucio bacalao para pasar la noche. Ahora todo ha cambiado mucho: si no se es demasiado proclive al mareo, se puede embarcar sin miedo; el barco de vapor es sólido, el capitán instruido, el piloto experto; a bordo se encuentra comida adecuada e instalaciones convenientes.

La bahía de Drontheim nos dio una despedida muy desagradable; cuando la dejamos hacía un frío vivo y un fuerte viento; el mar rompía violentamente contra los arrecifes a nuestro alrededor, y ponía un penacho de espuma blanca sobre sus cabezas de piedra.

Al cabo de algunas horas de navegación, la niebla se volvió espesa hasta el punto de impedirnos maniobrar; estábamos en una atmósfera de algodón gris: era imposible respirar; echaron el ancla, y permanecimos seis horas en una pequeña bahía, brutalmente sacudidos a pesar de haber soltado las amarras.

Al amanecer, algunos rayos de un día aburrido se filtraron a través de la niebla, y pude mirar la costa cerca de la cual habíamos encontrado un refugio. Vi cuatro chozas de madera pintadas de rojo sangre de buey, cubiertas de césped, rodeadas de cobertizos donde se secaban algunos pescados. Inmediatamente detrás de las casas se levantaba una gran roca gris; jaspeadas aquí y allá, manchadas por algunas placas de nieve que empezaban el deshielo, estas pobres casuchas estaban apretadas entre el mar siempre furioso y los relieves siempre áridos, como entre dos obstáculos infranqueables que las aislaban del resto del mundo.

–¡Qué situación tan horrible! – le dije al capitán del barco, que hablaba muy bien inglés y con quien había tenido una conversación. – ¿Cómo pueden los hombres vivir en un lugar así?

–No solo viven allí – me respondió –, sino que además se niegan a abandonarlo; estos pobres pescadores de Finmark están muy apegados a su país. Hace algunos años, ricos mercaderes de Copenhague me encargaron que les propusiera a algunas familias de nuestros campesinos costeros que vinieran a establecerse a Dinamarca para ejercer su industria de saladores de pescado, pero en vano les mostré las ventajas pecuniarias que se les ofrecían y los encantos de un clima muy suave comparado con el de aquí; todos se negaron a abandonar esos horribles rincones de tierra estéril que llaman su patria.

Al escuchar al capitán, me preguntaba qué sentimiento profundo e inexplicable une al hombre con el lugar donde nació. ¿Hay algún tipo de misteriosa simpatía entre su corazón y los primeros objetos que se cruzaron con su mirada? ¿Por qué los más groseros prefieren sus recuerdos a su bienestar? Oh omnipotencia del alma, ¿no es ésta una de tus manifestaciones más conmovedoras?...

No os contaré los nombres de todos los pequeños refugios en los que paramos cada día: son desconocidos y es inútil que se conozcan; no os haré una descripción de cada uno, porque retratar uno es describirlos a todos. Nuestro primer anclaje os da una idea completa de todos los demás; el único aspecto diferente era este: a veces las casas eran grises en vez de rojas o su número variaba de tres a diez; por lo demás, en el horizonte, siempre las mismas rocas, y en los primeros planos, siempre los mismos arrecifes. Es imposible imaginar nada más tristemente monótono. El tercer día de nuestra travesía, me alegré al ver un cambio en medio de nuestra invariable decoración: pasamos ante una montaña abierta de par en par por uno de los juegos de la naturaleza. La larga galería de esta especie de túnel es el refugio y el palacio de las aves marinas, las únicas aves que se ven en estos parajes; las grandes gaviotas blancas, tan elegantes y de todos los tamaños y las aves de pico grande, de plumaje gris y rojo, llamados vulgarmente loros de mar, estaban allí por bandas innumerables; pero vi, sobre todo, una prodigiosa cantidad de eíderes. El eíder es una especie de pato ágil que proporciona plumas para el relleno. No es necesario matarlo para procurarse su precioso plumón, él mismo lo arranca de debajo de sus alas para adornar su nido; en la época de la puesta de huevos, se buscan los nidos siempre escondidos en los huecos de las rocas al borde del mar, y se roba el plumón; la valiente bestia se despoja entonces de nuevo para volver a preparar el nido donde sus crías deben nacer.

Cerca de la montaña perforada, el barco de vapor fue flanqueado por una barca en la que gesticulaba un hombrecillo muy impaciente por llegar a bordo; este hombrecito – bien vestido con un traje de tela verde, camisa blanca fina, y con el pelo cuidadosamente arreglado contrariamente a la costumbre noruega – me causó el efecto de que se tratase de un turista bastante elegante; estaba rodeado de varias cestas cerradas que embarcó con él. Apenas estuvo sobre el puente abrió sus cestas; estaban llenas de cuchillos de diferentes dimensiones, se trataba de un elegante cuchillero que se procuraba clientes con su barco a vapor.

Este cuchillero tenía una reputación en todo Finmark, y vienen a comprarle desde muy lejos porque sus productos son excelentes y además son muy bonitos, detalle que no es menor. Es una especie de cuchillero artista y primitivo a la vez; esculpe e incrusta los mangos de sus cuchillos y dagas con un gusto infinito, y fabrica las hojas según el antiguo método de las armas escandinavas de cobre, con un simple borde de acero para el filo.

Ese hombrecito parecía despierto, inteligente, curioso y muy sociable. Después de ponerlo de buen humor comprándole una cantidad razonable de cuchillos, me divertí haciéndolo hablar. En pocas palabras me contó su vida.

Vivía solo con su mujer y sus hijos en una península cercana a la montaña; en invierno, hacía cuchillos en familia, siendo los trabajos de la ferrería, como sabiamente señalaba, los más alegres que se pudieran elegir en un país donde el frío dura nueve meses; en verano, pescaba y gozaba del día; después, los pasajes en barco de vapor los vivía como si fueran grandes fiestas. Esos días sacaba del armario su traje de bodas de tela verde y la fina ropa tejida por su mujer, y, llenando sus cestas de sus mejores cuchillos, iba a bordo. Para él, el barco era un espectáculo espléndido, un lugar lleno de encantamientos. Ver este gran y sorprendente barco que caminaba sin velas, sin remeros, vender cantidad de cuchillos, beber vino, charlar con mucha gente, le hacía experimentar todos los placeres a la vez; era su feria, su regalo, su carnaval todo junto, todos los placeres, todas las alegrías de un año centrados en unas pocas horas. Hacia la tarde, bajaba en su barca, con el bolsillo lleno de plata, la cabeza llena de vino, y volvía a su casa aislada. Volvía a poner el traje verde en el armario, pensando ya en el día en que lo volvería a sacar. ¡Cuántas personas están en París que todos los días tienen vino, sol y mundo, y se aburren! La felicidad es solo cuestión de comparación.

Después de pasar la montaña abierta, nos encontramos en un brazo de mar lo suficientemente estrecho como para parecer un río. A veces las murallas de granito de la costa se acercaban de tal manera que no dejaban al barco más que el lugar necesario para pasar. Nuestra maniobra en estos momentos me recordaba a algunos juegos de acrobacias del circo, donde se ve a los escuderos saltar por estrechos aros o entre piquetes cercanos.

El barco era lanzado a todo vapor entre dos pilares de granito; una desviación de un metro nos habría aplastado como una mosca sobre estos terribles escollos; pero todas las veces pasábamos entre ellos con tanta gracia y agilidad que, después de haber temblado ligeramente, confieso que terminé disfrutando de esta victoria de la habilidad sobre el peligro. Debería haber estado completamente tranquila desde el principio, porque no hay nada como la precisión y la habilidad de los pilotos de Finmark. De vez en cuando la muralla natural se interrumpía a nuestra izquierda, y entonces el mar abierto irrumpía a nuestro alrededor con un triunfo y una furia que daba gloria verlo.

Después de haber doblado no sé cuántos cabos, bordeado innumerables bancos de rocas y evitado millares de arrecifes, el 19 de junio, a las cuatro de la tarde, pasamos el círculo polar ártico a 66 grados de latitud norte, como vosotros sabéis. En los alrededores del círculo polar, las montañas de la costa se vuelven más altas y escarpadas; la nieve que, cerca de Drontheim, aparece por manchas, invade poco a poco todas las laderas; la vegetación disminuye; a intervalos raros, algunos abedules delgados y sin hojas muestran sus cabezas despeinadas como enormes pelucas a lo Luis XIV; el liquen solo cuelga sus raíces tenebrosas en las grietas de las rocas roídas por la nieve.

Como contraste con este triste paisaje, el barco presentaba el aspecto más animado. Frecuentemente nos deteníamos en pequeñas bahías para recoger o dejar pasajeros. Estos llegaban siempre en las mejores condiciones, de modo que nuestro puente estaba siempre abarrotado por una multitud inquieta y alegre. El barco de vapor desempeña en Finmark el papel de ómnibus; él solo favorece las comunicaciones entre los grupos de viviendas normalmente separadas por diez o doce leguas de una costa peligrosa. Las montañas del interior son infranqueables. El barco de vapor es el vínculo precioso que une a los habitantes de Nordland entre sí. Se ve llegar cada año con gozo este símbolo de todas las alegrías: el barco es la vida que vuelve, es el verano y sus rayos benéficos, son los amigos, las procedencias del sur, y las modas, y las noticias, y las novelas, y a veces incluso los extranjeros, cosa rara, sin embargo.

¡Y cómo se celebra el barco, cómo se saluda, cómo se aclama, cómo cada pequeño puerto alza rápidamente su bandera nueva cuando parece, cómo toda mujer vacía sus cajones para visitarlo!… Para una noruega de posición acomodada, el barco representa aún más que todo esto: permite el lujo supremo de un viaje de placer que durante tanto tiempo fue imposible. Todas las mujeres elegantes de Nordland reservan su baño para esta época, ¡y Dios sabe lo que se puede ahorrar o las cosas hermosas que se pueden hacer en un año! Ahorra tanto que al final tienen demasiado, y como solo cuentan con un día para sacar todo al sol, pues ¡lo pone todo a la vez! Solo veía a mi alrededor vestidos de seda de los tonos más alegres, sombreros rosados, bufandas de colores, cachemires preciosos, plumas, cabellos rubios, cintas, flores, encajes, marabúes; ¡y oro! Oro en abundancia: ¡en el cuello, en las orejas, en el cinturón, en los dedos, en el pelo! Cada mujer era una mezcla de perchero y estuche, un complicado llavero de una cesta. Era muy original en conjunto, y tenía su colorido local; no hace falta añadir que todos estos trajes tenían la loable pretensión de imitar nuestras modas. Se copian los modos franceses en todas las latitudes. Lo primero que encontramos en los rincones más remotos del mundo es a una mujer vestida a la moda de París. Si la mirada del artista es mediocremente satisfecha desde el punto de vista escénico, la autoestima nacional del turista tiene algún motivo para ser halagada. En efecto, la supremacía de Francia aparece completamente cuando se hace un viaje: nuestras ropas, nuestros libros, nuestros periódicos, nuestras obras de teatro se encuentran en todas partes; sometemos a las demás naciones por dentro y por fuera, por el traje y por las ideas; ¡les damos nuestras modas y nuestros libros, se trata de una doble y pacífica conquista dando cada año un paso a la mayor gloria de la civilización!

El 20 de junio, por la mañana, vi delante de nosotros un grupo de altas montañas; por una casualidad bastante frecuente en el mar del Norte, nosotros estábamos entonces en una zona de espesa niebla, mientras que estas montañas estaban rodeadas de una atmósfera pura; a través de nuestro velo de niebla, no distinguía bien su base; pero sus cumbres de nieve, iluminadas por un pálido rayo de sol, formaban una gigantesca sierra blanca que comenzaba la bóveda azul del cielo. Al cabo de media hora estábamos bastante cerca de estas montañas, y supe su nombre: eran las islas Loffoden; su aspecto me pareció miserable y horrible. Imagínese una playa estrecha, semicircular, cuyo suelo está formado por un inmenso aluvión de guijarros negros y grises, continuamente movidos por las olas con un ruido uniforme y sorprendente: es el puerto. En todos los puntos de esta playa se levantan grandes andamios de madera semejantes a horcas, donde cuelgan grandes trozos de carne lívida, retorcida, horrible. Las horcas son secadoras, y la carne colgada es bacalao. En medio de todo esto, hay algunas chimeneas, cuya madera se ha vuelto casi negra bajo la influencia del frío y la humedad. El ojo, para consolarse, no puede ni vagar alrededor de la playa, ni descansar en la extensión; encuentra inmediatamente la ladera árida y oscura de las grandes montañas de granito. Añada que todos los planos de este sombrío cuadro son negros, grises o blancos; no estamos acostumbrados a esta ausencia de color en las obras de Dios, y experimentamos una impresión extraña; no es un paisaje, es un inmenso dibujo a carboncillo, dibujado por el ángel de la desolación.

Las islas Loffoden son probablemente un cúmulo de rocas traídas desordenadamente por el océano en alguna perturbación diluviante; en todo el grupo de islas, no se encontraría suficiente tierra para hacer crecer un lote de cebada; pero en compensación – en el caso de que los peces compensen las espigas – Dios envía toda clase de peces, sobre todo bacalao. El bacalao aparece en estos parajes numerosos y excelentes; los pescadores de Christiania e incluso de Bergen vienen a Loffoden durante toda la temporada de pesca. Es una vida dura la de estos pescadores. Primero hacen doscientas o trescientas leguas con malos barcos en un mar de los más pérfidos; llegados a las islas Loffoden, habitan en miserables chozas, donde apenas están protegidos de las inclemencias del tiempo; tienen una comida malsana que a menudo les hace enfermar de escorbuto; por último, durante su estancia exponen sin cesar su vida en los trabajos de la pesca. ¡Al final de tantos peligros y penas, hay un beneficio que nunca supera los tres o cuatrocientos francos! Y sin embargo estos hombres no se encuentran infelices; no están tristes, de hecho, prefieren esta dura existencia a cualquier otro oficio; el hijo del pescador es siempre pescador; ama su vida sin cesar disputada en el mar, y desdeña la suerte más suave y monótona del campesino, que cultiva su campo estrecho y se duerme sobre un suelo sólido. El pescador es el amante del peligro, esta poesía de los hombres primitivos.

Al salir de las islas Loffoden, el tiempo se volvió terrible; una ráfaga de viento sacudió violentamente desde detrás de las islas y nos arrojó a un lado, al mismo tiempo que grandes nubes negras nos cubrían con un aguacero glacial. La cabina del barco, muy abarrotada de gente, se había vuelto inhabitable; los silbidos del viento, los gemidos de la máquina luchando penosamente contra las grandes olas, los ruidos agudos de todos los vasos y de todos los platos que se mezclaban, los golpes sordos de los globos mal amarrados caían unos sobre otros, los crujidos de las mesas, de las camas, de los bancos, los gritos inarticulados de las mujeres asustadas, los gruñidos de los enfermos, todo hacía el más inexpresable ruido que se pueda soñar; la orquesta de un charivari[40] compuesto de quejas, como debe de haber en el infierno. En las habitaciones, en las escaleras, el desorden era nauseabundo y horrible: no se sabía dónde refugiarse. Encontré que la lluvia era preferible a la infección del mareo, y me confiné en el puente desde donde miré filosóficamente al mar jugando con nuestra cáscara de nuez. Tuve en mi rincón una compañía que no me esperaba en absoluto, y que al principio me sorprendió mucho: fue la de dos hermosas ballenas. Vi elevarse sobre el agua, muy cerca de mí, una especie de pequeño montículo negruzco, de donde salían dos esbeltos chorros de agua; un poco más lejos, vi un segundo de la misma forma: eran las cabezas de estas bestias monstruosas. Los esqueletos que se hallan en el Jardín de las Plantas no nos dan una idea de cómo son; aunque estaba advertida, me espanté pues me parecía muy fácil que estas enormes masas derribaran nuestro barco, si lo deseaban. No tenían tan mala intención, y supongo que la simple curiosidad las atraía cerca de nosotros; querían sin duda examinar de cerca este pez de elices de una especie desconocida. Por momentos se nos acercaban por completo, y podía distinguirlas perfectamente, a pesar de la espuma de nuestra estela y de los remolinos de agua que lanzaban al aire. Lo que me impactó fue el insoportable olor de su respiración, un olor putrefacto, cadavérico y sofocante. Alguien a bordo me dijo que este olor es causado por un gran número de parásitos horribles, por los cuales estos pobres monstruos son

40 La palabra charivari se refiere al concierto de ruidos provocados por medio de diferentes utensilios utilizado como muestra de desaprobación o como muestra de alegría para los jóvenes casados. Asimismo, este término se usaba para hacer referencia a las canciones improvisadas que los marineros entonaban para llenarse de energía ante trabajos que precisaban una fuerza extrema. En España, esta palabra de origen francés, se populariza gracias al periódico dedicado a la crítica y a la literatura satírica fundado por el escritor José Martínez Ruiz, conocido como Azorín, a finales del siglo XIX.

devorados vivos; estos parásitos se apegan a ellos y les hacen, especialmente en la boca, heridas profundas donde empieza la putrefacción.

La explicación me parece plausible; no sabría decir si es exacta.

De las ballenas, mi interés pasó a lo que podía formar con ellas el contraste más completo; me ocupé de un ramo. Os explico por qué: había entre los pasajeros un gran joven pálido, rubio, delgado, silencioso, en contra de la costumbre noruega, que veía varias veces al día encerrarse en su camarote con una jarra de agua; sus inexplicables y frecuentes cara a cara con una jarra me habían llevado a pensamientos culpables: había supuesto, y me acuso de ello, que la jarra podría contener algo más que agua. Un día, por la puerta abierta tuve la respuesta a mi enigma: el contenido de la jarra era para un ramo, un pequeño ramo de rosas y geranios que este joven cuidaba desde Drontheim con una solicitud de amante o de erudito. El día de la ráfaga de viento, por miedo a un accidente, había transportado con él, sobre el puente, su frágil tesoro, y lo protegía de la lluvia con su propio sombrero. A pesar de sus precauciones, una rosa se había deshojado en un temblor, y miraba tristemente los pétalos palidecidos, caídos sobre un rincón de mi abrigo.

–Señora – me dijo en un inglés bastante bueno–, tenga la bondad de no moverse para que los recoja.

Los recogió y los puso en una pequeña caja.

–¿Va usted muy lejos con este ramo? – le pregunté.

–Hasta Talwig, cerca de Hammerfest, y llevo este ramo a mi madre: le causará una gran alegría. Imagínese, señora, que mi madre no ha visto rosas desde hace diez años; no es noruega, es inglesa; ¡pobre madre! ¡Cómo este pequeño ramo la conmoverá profundamente, recordándole su hermoso país, donde hace calor, donde hay rosales en plena tierra!

Para un noruego, Inglaterra es el sur.

–Pero es muy difícil conservar toda una semana flores cortadas: ¿no habría sido mejor comprar en Drontheim un rosal en una maceta para vuestra madre? Habría disfrutado más.

El pobre muchacho se ruborizó ante mi pregunta y no respondió. No había pensado, al hacerlo, en el precio enorme de un rosal en Drontheim: la adquisición habría estado por encima de sus medios, y no se atrevía a admitirlo.

Al no poder observar en las cabinas a las elegantes señoras de las regiones más allá del círculo polar, continuamente absortas por el mareo, me interesé por una joven que, como yo, permanecía siempre sobre el puente. Era una joven campesina de unos dieciocho años, de aspecto pobre, pero limpia; tenía un hermoso cabello rubio claro, muy abultado, que reprimió sin cesar con una cierta gracia salvaje bajo un pequeño pañuelo de seda negra. Se había embarcado sola;

iba a Hammerfest para ser sirvienta en casa de un negociante. Desde el primer día, la pobre niña sufrió horriblemente por el mareo; las cabinas de segunda clase eran repugnantes, prefirió permanecer en el puente; allí estaba aislada, pobre, doliente, tímida; nadie le prestaba atención, a parte de un gran joven vestido como un mercader rico, que caminaba todo el día fumando, y de vez en cuando le echaba una mirada de compasión. Durante la ráfaga de viento de las islas Loffoden, con la niña extremadamente enferma, el joven se decidió a cuidarla lo mejor posible. No pude seguir todo el desarrollo de este idilio marítimo; pero pocos días después de nuestra cuasi tormenta, lo supe desenredar. Vi a la pareja del joven comerciante y de la pequeña sirvienta conversar, tiernamente apoyados el uno en el otro y sonriendo con un aire feliz, todo con la mayor gloria de la moral: estaban comprometidos; habían intercambiado sus anillos de plata; tan pronto como llegaran a Hammerfest, un sacerdote debía bendecir su unión. Así pues, habiendo partido como extranjeros el uno al otro, llegaron como marido y mujer, y esto en ocho días! Es imposible llevar las cosas mejor, incluso en un vodevil. Me llevé la mejor opinión de aquel buen muchacho para quien una mujer presa del mareo había podido ser seductora; he visto allí la revelación de un buen corazón.

Al acercarse a Tromsoë (pronuncia Tromseu), los escollos se vuelven tan numerosos y tan apresurados que se podrían confundir con manadas de monstruos marinos cuyas escamas ásperas se vislumbran a flor de agua; en cambio, la costa se suaviza un poco; sus montañas se bajan, las grietas se llenan y permiten que pequeños ramos de abedules echen sus raíces; los musgos son más variados; el paisaje es todavía triste, pero ya no está desolado. Tromsoë es la única ciudad que se encuentra en la costa, además de Drontheim y Hammerfest; está situada hacia los 69° latitud norte. Se remonta a una antigüedad bastante alta; desde el siglo XIII, su puerto seguro y profundo era el lugar de reunión de todos los pescadores de bacalao y ballenas. Durante el siglo XVI, Tromsoë disfrutó de una prosperidad comercial casi completamente desvanecida hoy, y que le fue arrebatada por Hammerfest, ciudad más moderna y almacén actual de todo el comercio de Noruega con Rusia. Utilizo la palabra ciudad, y me temo que esta expresión os dé la más falsa idea de los lugares de los que hablo; son ciudades extrañas como Tromsoë y Hammerfest, y muy poco dignas de ese nombre. Juzgad: Tromsoë, es un puerto rodeado de cobertizos de madera, y una calle, una sola calle, la Canebière del lugar, mirando de un lado al mar y acabada en el otro extremo por un glaciar; un enorme glaciar verde y azul, muy completo, muy real, muy capaz de tragarse una avalancha, si tuviera la curiosidad de observarla demasiado de cerca. Esta calle de singular perspectiva es montruosa y está sin pavimentar; desde el deshielo, el suelo está totalmente destrozado, lleno de agujeros llenos de barro negro y grueso; se han tirado en medio del camino algunas grandes piedras y largos tablones, con la ayuda de los cuales el fango llega solo hasta los tobillos. Los dos lados de esta difícil avenida están bordeados de casas de madera revestidas con la capa de pintura roja o gris, uniforme e invariable de las viviendas de Finmark; la mayoría de las casas están colocadas sobre pilares de madera y se mantienen en el aire como sobre mesas bajas; precaución sabia contra las nieves del invierno, pero que produce para los ojos franceses el efecto más extraño. Todas estas casas están habitadas por comerciantes: son más tiendas que negocios; el arte de llamar al comprador por las seducciones del escaparate es totalmente desconocido para los comerciantes de Tromsoë; sería por lo demás poco útil; no hay nada inesperado en un lugar como este, y los viajeros como nosotros quizás no se vean cada veinte años. En cuanto a las viajeras, tuve el honor de dar la primera muestra. Las tiendas son, pues, grandes salas, donde reina un inexpresable desorden compuesto de pescado salado, pieles y cintas, tres objetos que resumen las necesidades del pueblo de Nordland: se alimenta de pescado, se cubre de pieles y cintas. Estas cintas difieren mucho de las nuestras: mezcla de indigencia y lujo, casi siempre son de algodón con rústica de oro o plata; las de seda son muy raras y muy caras. Tromsoë, como toda la costa estéril de Noruega occidental, solo es alimentada por las procedencias extranjeras; los rusos traen mantequilla, harina, aguardiente en grano; los daneses y los holandeses, patatas, vino, carne salada, ovejas, gallinas, jamón, etc. Se vive mal y caro; solo el pescado y la carne de reno son baratos. Hablando de carne de reno, fue en Tromsoë donde me sirvieron por primera vez este venado desconocido en el Café de París y en la Maison d'Or. El reno tiene un púlpito negro y tierno que recuerda un poco al hígado de ternera, con un gusto bastante salvaje que sorprende al paladar; es uno de esos manjares que se medita primero y luego se aprecia. El resto de nuestra comida consistía en patatas cocidas con agua y una sopa hecha con granos de cebada y cerezas secas nadando en agua enrojecida. Este caprichoso caldo abusaba demasiado de nuestro apetito para ser aceptado; se mantenía firme, regado con vino de Oporto. La comida se servía en una especie de recipiente hecho de tablas blanqueadas con cal, de las que disfrutamos un día entero. El banquete y este palacio costaron dos *species* (alrededor de once francos) por persona; es verdad, que sobre la puerta de esta casa tan duramente hospitalaria, se habían escrito pomposamente, o más bien irónicamente, estas palabras: *Hôtel du Nord.*

Pasamos un día en Tronsoë; es mucho más tiempo del que se tarda en conocerlo de memoria y tener prisa por abandonarlo; así que me volví de buen grado, y al día siguiente estábamos en Hammerfest.

Hammerfest se encuentra entre los 70° y los 7° de latitud norte, en una pequeña isla llamada Hwaloë (isla de la Ballena). La ciudad no está precisamente en el Cabo Norte, dista en unas veinte leguas; el Cabo Norte forma el extremo de la isla Mageroë (isla *Maigre*), donde no existe ninguna vivienda. Hammerfest, ya os lo dije, es la última ciudad del mundo; las casas son de madera, como en todo Nordland. La piedra abunda por todas partes en estas regiones; pero en ninguna parte se construyen viviendas; la piedra no resiste como la madera a los rigurosos fríos de estas latitudes; se agrieta, se separa, se disgrega incluso a la larga; por lo tanto, los buques deben llevar a Hammerfest, además de todos los alimentos, madera y combustible. La ciudad, cuando se llega, se parece bastante a Tromsoë; el puerto es circular, rodeado de grandes almacenes que, sirviendo solamente de almacenes, carecen de ventanas y tienen enormes candados en todas las puertas: esto los asemeja mucho a las prisiones.

El primer día de mi llegada tuve la sorpresa más completa de mi viaje. Mejor o peor me había establecido y mi primera acción había sido ponerme a escribir a mi madre; acabada mi carta y sintiéndome cansada, me ocupé de instalarme para pasar la noche. Llamé a mi criado.

- Francisco, ¿qué hora es?
- Señora, son las doce y cuarto.
- ¿Cómo? ¿Es medianoche? ¡Es de día; os equivocáis, no es medianoche.

Entonces Francisco, con la gravedad de un hombre que tiene la razón de su lado, fue a buscarme el reloj y, poniéndolo delante de mí:

- La señora puede ver–, dice.

El reloj marcaba las doce y diecisiete minutos de la noche.

- ¿A qué hora se pone el sol aquí? -pregunté entonces a Francisco-; ya habéis venido a Hammerfest el año pasado, debéis saberlo.
- Pero, señora, no se pone en esta época del año.
- ¿Y cuánto dura?
- Desde mediados de junio hasta finales de agosto.

Salí para ver aquel extraño sol de medianoche; el tiempo era bajo, triste, cubierto, pero se veía perfectamente tan claro como durante el día. Durante mi travesía había olvidado observar la longitud creciente de los días; cada tarde iba a descansar durante algunas horas, y así había alcanzado, sin darme cuenta, esa región del globo donde la oscuridad no aparece en el cielo durante toda una temporada.

Hammerfest es la única ciudad donde realmente hay tres meses de día y tres meses de noche.

Hammerfest tiene la forma de una luna creciente; las casas se agrupan en el pequeño espacio que queda libre entre las montañas y el mar; estas montañas altas, negras, infranqueables, le prohíben extenderse más lejos. Cada año, en la época del deshielo, los bloques de roca se desprenden de las montañas y van rodando en medio de las casas; los habitantes de Hammerfest se han acostumbrado a este peligro inevitable y no se preocupan; cuando oyen crujidos en la nieve, se retiran hacia el puerto, y, cuando ha caído la terrible avalancha, vuelven a sus casas, si no han sido aplastados. Hammerfest tiene alrededor de quinientos habitantes y se compone de unas sesenta casas de madera, manchadas de ocre, entre las cuales una docena como máximo son habitables; las otras son chabolas construidas por los noruegos pobres, o las chozas donde se refugian los lapones costeros. Los edificios son cuatro casas de dos pisos, pintadas de blanco, adornadas con redes verdes y azules, precisamente como los platos de los pequeños restaurantes. Aquí es donde respira la aristocracia del país; aristocracia mercantil, como bien creéis; porque la rabia del comercio puede comprometer a los hombres ricos a residir en un lugar tan horriblemente miserable.

Cierto comerciante de Hammerfest, un tal Sr. A., que tenía el arte de pescar en el aceite de ballena una fortuna de un millón, y que tiene la ineptitud de no gastarla en otra parte, posee incluso un jardín; hace unos días me ofrecieron mostrármelo; acepté. Me hicieron entrar en un cercado de quince metros de extensión, donde pequeños compartimentos de tierra negra se dibujaban sobre callejones también de tierra negra, en los que no se encontraba ni una sola mancha de verdor; se podían distinguir los callejones de los macizos de flores solo porque unos estaban en tierra batida y otros arados.

- ¿Este es el jardín del que tanto me han hablado? – dije mirando esta especie de patio sin pavimentar.
- Sí, señora, sí.
- Pero no hay ni una flor ni una brizna de hierba.
- ¡Oh! Sin duda, pero hay semillas sembradas, y en unos días crecerán; si el verano es hermoso, quizás tengamos algunas ensaladas; el año pasado tuvimos doce, y amapolas y ranúnculos para hacer al menos tres ramos.
- ¿Por qué me trajiste aquí antes de que hubiera nada que ver?
- ¡Cómo, señora, que nada que ver!, ¿y toda esta tierra?

Era la tierra acumulada en tanta cantidad lo que ofrecía a mi admiración.

Hay que ir a Hammerfest para comprender bien que los diamantes y las flores son en el fondo lo mismo, son las diferentes formas del mismo pensamiento de

Dios. Las piedras preciosas son especies de flores raras que la tierra esconde en su seno; en París, donde hay pocas, donde cuestan caro, toda mujer las admira y las desea, aunque tenga rosas para nada: en Hammerfest, donde las flores son más que raras, son casi imposibles, las mujeres las adoran, y ninguna tiara de piedras preciosas ha sido mejor recibida en el mundo de lo que en este rincón del mundo lo es un ramo que una elegante parisina tiraría sobre un mueble a su regreso del baile.

Una mujer de Hammerfest posee, desde hace muchos años, un rosal que no da una rosa al año y sigue siendo objeto de la envidia universal; otra colocó un día ante mí, sobre su cómoda, plantas de patatas; esperaba verlas florecer, y su alegría era extrema.

La única calle de la ciudad es de unos doscientos pasos de largo, diez de ancho; toma la media luna del puerto en diagonal. No está pavimentada, sólo se han colocado fragmentos de rocas planas a lo lejos en el suelo, sin los cuales se hundirían completamente en el barro. Esta calle tiene por ramales algunas callejuelas estrechas, absolutamente inaccesibles en cuanto llueve.

Las casas de madera despliegan su fachada sobre la calle principal. Las callejuelas están bordeadas por las chozas noruegas; estas humildes viviendas no tienen más que una planta baja; las paredes están hechas de troncos de abetos, cuyos intersticios están llenos de musgo o de viejas cuerdas rotas. Una cabaña está dividida en dos compartimentos: la sala de entrada sirve de cocina, sala de estar y comedor; una inmensa chimenea, construida con láminas de piedra gris, ocupa un trozo de pared casi entero; esta chimenea, de forma totalmente primitiva, se eleva hasta el techo sin encogerse. La habitación del fondo es el hogar de toda la familia, también hace las veces de almacén para la ropa y las provisiones; es el *gaard* de la Noruega meridional, encogido, empobrecido, entristecido bajo la influencia de una tierra inculta y de un clima asesino. La mayoría de estas casuchas tienen pies como las casas de Tromsoë, y se apoyan sobre cuatro grandes troncos de abeto. Están cubiertas de césped que forma las únicas placas verdes del paisaje. Es muy singular ver cada mañana a las mujeres montar a sus cabras en el techo con una escalera, para que las pobres bestias puedan comer algo fresco. La parte inferior de las casas alberga, como lo haría un cobertizo, las redes para la pesca, la madera, los trineos, las herramientas y todos los utensilios que molestarían en el interior. Sorprendentemente, todos estos objetos están así en la vía pública, al alcance de todo el mundo, y nunca se comete un robo.

Los habitantes de Finmark combinan la mayor probidad con un amor extremo por el lucro; rescatan sin piedad a los pocos extranjeros que ven cada año, ponen todas las cosas usuales a precios exagerados, pero no se llevarían ni un solo trozo hilo. Venden sus productos tres veces más de lo que valen; pero se alojan en su casa sin la garantía de una cerradura, y nunca se les roba. La dificultad de las comunicaciones, la imposibilidad de que el culpable se desprenda de un objeto robado, ayudan a su buena naturaleza; pero, a fin de cuentas, valdría la pena verificar tal circunstancia.

El puerto no está rodeado de muelles; solo, para la comodidad de los embarques, se construyó una plataforma de madera, especie de balcón circular que corre a lo largo de todos los hangares. Cuando un buque quiere descargar un cargamento, basta con colocar una tabla larga entre la puerta del almacén y la cubierta del buque para establecer un vaivén. Esto puede ser muy conveniente para los marineros, pero sin duda es muy feo; porque esta plataforma prohíbe el tráfico en el puerto y priva al viajero de la única vista hermosa, incluso en Hammerfest, la vista del mar.

Durante los meses de verano, los barcos extranjeros llegan en gran número al pequeño puerto; los rusos y los holandeses se muestran en su mayoría; traen casi todo lo que se consume y se desgasta a Hammerfest. Los rusos están cargados de harina, mantequilla, madera; los holandeses traen patatas, vino, productos coloniales; algunos edificios de Hamburgo comercian con telas, jabón y muebles. Entre los marineros, los rusos destacan por su particular fisonomía; producen un marcado contraste con los habitantes del Finmark, que parecen sufrir más que ellos los rigores de su horrible clima; los marinos rusos son generalmente grandes, rubios, vigorosos, barbudos y coloridos; los noruegos son frágiles, feos, pálidos, tienen el pelo claro y la barba rara. El carácter de los dos pueblos también difiere: los rusos pasan por inteligentes, activos y alegres; los noruegos me parecieron lentos, habladores, curiosos, y, aunque nunca roban, buscando siempre engañar, lo que, entre los comerciantes, no pasa por ser lo mismo.

Los tres meses de verano, o más bien los tres meses de claridad, son para el comerciante de Hammerfest el momento en que debe realizar su beneficio de todo el año y gastar toda su actividad; a partir del mes de septiembre, los barcos no llegan más; los que están en el puerto se van uno tras otro. Los rusos fueron los primeros en marcharse, porque regresaron a su país doblando el Cabo Norte, donde el hielo llega temprano, y regresaron a Arkhangel por una de las costas más peligrosas del mundo; los barcos holandeses e ingleses partieron después. Poco a poco el puerto se convierte en un desierto, el cielo se oscurece, las noches, primero cortas, se alargan rápidamente hasta que la oscuridad sea absoluta, hasta que las noches de veinticuatro horas hayan sustituido los días de veinticuatro horas. Un frío del que no podemos hacernos una idea, que alcanza generalmente treinta y cinco grados bajo cero, aumenta el horror de estas tinieblas y añade a ellas su sufrimiento. No se puede pensar sin un sentimiento de profunda compasión en el destino de los desgraciados condenados a pasar toda su vida en condiciones tan duras; pero lo que parece incomprensible, es ver a hombres suficientemente excitados por la sed de adquirir para venir a buscar la fortuna en esta tierra desheredada, y para renunciar por una esperanza de lucro al sol, que toda alegría como toda flor necesita para florecer.

En la punta norte de la media luna que forma la ciudad se levanta la única gran construcción de Hammerfest; es el templo donde estos adoradores del oro recogen sus riquezas, en la forma ciertamente menos tentadora que puede tomar la riqueza: la del aceite de pescado. Cuando nos acercamos a esta especie de laboratorio, se desprende un olor desagradable; si entramos, casi nos asfixiamos; sin embargo, entré. El interior es muy oscuro, apenas iluminado por aperturas desiguales en las paredes, tapado en verano con tela de vela y cerrado herméticamente en invierno. En medio del cobertizo, en un inmenso depósito de hierro fundido, hierven incesantemente peces despellejados; una zanja inclinada que comunica con la parte superior de la cuba recibe el aceite que sube a la superficie del agua y la conduce a huecos de piedra, donde se enfría antes de ser puesta en barriles y entregada al comercio; esta monstruosa olla siempre en función, los trozos de carne colocados en amplias mesas, los huesos enormes de las morsas y de las ballenas amontonados en las esquinas, dan a este lugar el aspecto fantástico y horrible de la cocina de algún ogro colosal; cuando uno entra, le juro que no tiene ganas de volver.

En el extremo sur de la media luna está situada la casita de un hombre llamado Bank, que ejerce en este país perdido el oficio original del posadero; su casa de madera de abeto no tiene más de cuatro metros, y el apartamento de honor, para mí, consta de dos habitaciones de ocho pies cuadrados cada una, y techos bajos, que puedo tocar con la mano. Evidentemente, el arquitecto del edificio no había previsto más que a las laponas; el mobiliario se reduce a su más simple expresión: una cama donde compiten la tabla y el edredón, formando la antítesis más desagradable, una mesa y dos sillones de madera. El viajero es libre de poner clavos en las paredes, única manera de remediar los armarios que faltan. Las ventanas y las puertas son miniaturas proporcionadas a las habitaciones; unas tienen tres pies y otras apenas cinco; no se puede mirar hacia fuera sin quitarse el sombrero ni entrar sin agacharse; además, los habitantes aman tanto la claridad, nunca ponen nada en las ventanas para interceptar la luz. Por lo tanto, uno debe, en verano, sufrir la claridad perpetua o crearse una oscuridad ficticia con la ayuda de chales y abrigos que se cuelgan ante sus ventanas. A pesar de este recurso, al que había recurrido, me costó mucho acostumbrarme a estos días sin límite: me dejaban en un malestar y una ansiedad inexpresables; el orden de mis hábitos estaba totalmente invertido; me levantaba al mediodía, cenaba a las once de la tarde, iba a pasear a las dos de la mañana; no sabía cuándo debía acostarme ni levantarme, y el sueño se me había hecho casi imposible. Si no tuviéramos en Hammerfest un reloj y un calendario, pronto no sabríamos cómo vivir, y podríamos llegar a estar quince días antes o tarde con el resto del mundo, sin darnos cuenta. El régimen de esta estancia no toca el lujo por ningún lado, como imagináis; si uno está mal alojado, uno está peor alimentado, y la monotonía del menú al que se reduce no es el menor defecto. El becerro y el salmón forman el fondo inmutable de la comida; las sopas varían entre la cebada con rodajas de limón y el centeno con cerezas secas; en los días de gala se obtienen patatas, renos asados y leche. Bajo la influencia de este tratamiento, se llegaría a hacer locuras por un caldo; pero las locuras no habrían bastado para alcanzar este sueño de mi estómago afligido: hubieran sido necesarios prodigios que ningún Dios hizo a mi favor. El ordinario insípido de la casa Bank cuesta cuarenta francos por persona por semana.

Cuatro veces al mes, los lapones llegan en masa a Hammerfest; traen el producto de su pesca y vienen a comerciar con los rusos. En esos días, la pequeña ciudad cobra vida de una manera pintoresca e interesante; el puerto se llena de barcas forradas de pieles de foca, y una población extraña se extiende por todos lados. A cambio de su pescado, los lapones se llevan mantequilla y ropa; a veces le añaden harina, y siempre aguardiente. Los mercados se hacen más a menudo sin la intervención del dinero, y es curioso ver la dirección rusa luchando con la astucia lapona. Normalmente cada uno se vuelve contento, convencido de haber cogido a su pareja, que se alegra por su parte por la misma causa; a veces hay disputa, y entonces los gritos estallan de una parte y de otra y no tardan en alcanzar el diapasón más violento. Pero el viento se lleva siempre la furia de los adversarios: el lapón lesionado no pasa nunca de la injuria al ataque frente al ruso cauteloso; el enano recuerda a tiempo el vigor del gigante; la disputa se extingue con el aguardiente, que sirve a ambos: ayuda a uno a olvidar su desgracia y al otro a alegrarse de su éxito.

No solo vienen los lapones a Hammerfest para comerciar, sino que algunos de ellos viven allí y han abandonado la vida nómada por la vida sedentaria. Mi estancia de varias semanas en esta ciudad podría haber estado llena de interés y haber sido fecunda en nuevas observaciones, si hubiera sabido hablar o al menos comprender el sami y el noruego; mi desconocimiento de estas lenguas me ha reducido a juzgar todo por mis ojos solamente, así que se me han escapado muchas cosas, y me veré obligada a daros bocetos en lugar de retratos. Sin embargo, ya que ha llegado el momento de hablaros de este pueblo, tan poco conocido todavía, lo haré con algunos detalles, y este será el tema de mi próxima carta.

QUINTA CARTA

Los lapones

Geográficamente hablando, Laponia es el país comprendido entre los 64° y los 72° de latitud norte y los 22° y los 40° de longitud este. Laponia tiene más o menos la forma de un triángulo con la parte más amplia orientada hacia el norte y con la punta sobre Torneä, en el fondo del mar Báltico. Limita al este con el río Kémi, cuyos afluentes remontan hasta el lago Kola, cerca del océano Glacial, y al oeste con el río Luloä, que nace cerca de Bodoë, sobre el mar del Norte. Además de estos dos ríos, que la encierran como en dos brazos, es atravesada casi en línea recta, del Cabo Norte al mar Báltico, por tres ríos que acaban convirtiéndose en uno, el Alten, el Muonio y el Torneä. Para ser totalmente exactos, debería llamarse Laponia solo a la región que comienza más allá del Círculo Polar Ártico; pero muchos viajeros y geógrafos designan con este nombre provincias situadas al sur de Torneä, por lo que no creo asignar a Laponia límites demasiado amplios, limitándola como acabo de hacer.

Se han dicho y aceptado muchas fábulas absurdas sobre los lapones y, a pesar de los progresos que en nuestro tiempo hacen bastante fáciles los viajes lejanos, Laponia sigue siendo materia de curiosidad. Pocos viajeros se aventurarán jamás en regiones tan peligrosas e ingratas de explorar, por lo que creo que no debo descuidar ningún detalle sobre los raros y extraños habitantes de este país.

Una investigación etnológica profunda me está prohibida por mi ignorancia; pero, sin pretender hacer ciencia, parece evidente que los lapones tienen su origen en pueblos asiáticos, mongoles, o más bien en los antiguos escitas uralianos, con los que tienen una analogía física muy marcada. Sus cabellos negros y rectos, su rostro cuadrado, sus pómulos salientes, su nariz aplanada, sus ojos pequeños y levantados en las esquinas los hacen diferir demasiado de todas las poblaciones del Norte para que sea posible asignarles un origen común. Otra diferencia es su tamaño: los lapones, sin representar precisamente a los pigmeos que Hércules llevó en su piel de león, son de una estatura que contrasta con los hermosos tamaños de las regiones septentrionales. Es raro encontrar entre ellos a un hombre de cinco pies de altura, frecuentemente miden entre cuatro pies con cuatro pulgadas y cuatro pies con diez pulgadas, por lo que, como se ve, su promedio es mucho menor que el de los otros pueblos de Europa. Su lenguaje lo convierte también en un pueblo aparte; hablan un idioma incomprensible para los rusos o los noruegos, con los que están constantemente en contacto.

Lo que apoyaría mi opinión sobre su filiación es la gran semejanza de ciertas expresiones utilizadas entre ellos con la lengua de los tártaros. Su traje es el traje elemental de todo pueblo primitivo y cazador, y no debe diferir del de Magog, hijo de Jafet. Sus gastos principales se van en las pieles de animales; llevan en todo momento, como primera prenda, una piel de oveja cuya lana se gira hacia dentro, esta especie de sayo se cubre, en invierno, con una bata de piel de reno, en verano, con una bata de *wadmel* gris o azul oscuro, equipado con tiras de sábana de varios colores. El cuello de estas blusas, siempre levantado y alto, está adornado con pequeños trozos de sábana roja, láminas de estaño decoradas con punturas bastante hábilmente ejecutadas; la hendidura de la blusa y las muñecas reciben los mismos embellecimientos. El cinturón de piel de reno que sostiene la bata sirve como muestra del lujo de cada uno; todo lapón le ata placas de cobre, botones de estaño o placas de plata toscamente talladas, según su fortuna. Los hombres llevan el pelo largo flotando sobre sus hombros, y se cubren la cabeza con una capa de sábana adornada como la blusa de rayas de varios colores; protegen las piernas con polainas de piel de reno y se calzan con unos zuecos de la misma piel, idénticos a los nuestros de madera, pero formando media bota, lo que permite fijarlo con finas tiras de cuero. Llenan los zapatos con pasto seco y meten sus pies descalzos.

Las mujeres van vestidas como los hombres, a excepción de su peinado, que es muy extraño: imagínese un casco de tela azul o verde, que envuelve la cabeza como un gorro y, a veces, incluso es arruinado por un encaje de algodón, lo que hace que la mujer que lo lleva se sienta tan orgullosa como fea. Esta forma de peinado se obtiene mediante un trozo de madera tallada como una cresta que colocan sobre la cabeza antes de ponerse el gorro. Esta cresta obliga a la tela a mantener una forma marcial, que hace que todas las mujeres laponas parezcan cómicas Minervas; para completar este conjunto y distinguirse de los hombres, cortan su pelo muy corto, por lo que si con el tocado parecen desagradables, cuando se lo quitan, se vuelven horribles. Algunas entrecruzan en sus piernas cintas de lana roja que de lejos parecen medias; todas llevan a su lado una pequeña funda de piel que contiene hilo, tijeras y, algo menos femenino, tabaco. No existe ninguna Lapona que no fume, sin contar el período de la primera juventud, y este hábito contribuía, y no poco, a que confundiera los dos sexos al inicio de mi estancia en Hammerfest. Parece que en invierno es aún peor: hombres y mujeres añaden al traje que acabo de describir una última y amplia prenda con capucha, hecha de pieles de renos cuyo pelo se deja fuera; así curtidos, lapones y laponas parecen grandes osos grises que caminan sobre sus patas traseras.

Me doy cuenta de que he olvidado el punto esencial del equipaje de los hombres, es decir, la bolsa de piel atada al cuello por dos tiras y que descansa sobre el pecho entre la primera y la segunda blusa; esta bolsa representa a la vez su arsenal, su despensa y su caja fuerte. Un día conseguí que un lapón vaciara esta preciosa reserva ante mí; sacó un cuchillo, una gran pistola vieja sin cañón a la que parecía dar mucha importancia, cuatro *species*[41], tabaco (no he visto a nadie olerlo) una caja de corteza de abedul llena de mantequilla de leche de reno, un trozo de pescado ahumado y todo un suministro de heno pequeño destinado a sustituir el de su zapato en caso de haberlo mojado; debo añadir, a pesar de la falta de elegancia del detalle, que el heno ya le había servido para este fin. Con esta imagen, puede entender que de estas bolsas se desprende un olor tremendamente repulsivo.

En medio de todas estas fealdades, una cosa llena de un gusto encantador se ofrece a los ojos del viajero. Se trata de la cuna de los niños pequeños: todo el lujo, toda la poesía del pobre lapón se refugió allí; la ternura materna supo encontrar la elegancia; el corazón lleno de un dulce sentimiento supo crear la gracia. El niño lapón se coloca en un objeto que sirve al mismo tiempo de mueble, ropa y cuna. Esta cuna, hecha de madera ligera recubierta de cuero, tiene la forma de un zapato muy redondo en un extremo, un empeine que sirve para bordearlo todo alrededor y una capota que se redondea sobre la cabeza del niño y lo protege sin molestarlo. La ligera estructura está forrada con varias capas de piel de lindas liebres blancas como el plumón de cisne, y, para que la pequeña criatura, blanda y cálidamente envuelta en esta suave piel, no pueda caer, bajo la cuna se sujetan delgadas correas que se cruzan varias veces y la mantienen sin apretarla. Alrededor de la capota cuelgan collares de perlas de color y pequeñas cadenas de cobre o plata, cuya vista y pequeño chasquido entretienen y alegran al niño. Esta cuna es muy inteligentemente apropiada a los hábitos de un pueblo nómada; su peso, su forma, su materia, todo es conveniente para la madre. En las largas caminatas, la lapona ata la cuna de su último hijo a su espalda como una guitarra; no le causa vergüenza ni fatiga. Durante las paradas, lo cuelga con una correa a una pértiga plantada en tierra, y el menor movimiento del niño imprime en su cuna un balanceo que le impide darse cuenta de que ya no lo lleva su madre.

Además de estas cunas tan bien construidas, los lapones fabrican un cierto número de pequeños muebles y utensilios para su uso; tallan la madera de

41 Moneda noruega equivalente más o menos a cinco francos con quince céntimos de Francia (nota del original).

abeto en cofres y en cucharas, y la madera de abedul en cajas donde guardan la mantequilla. Hacen mangos de cuchillos y soportes con cuerno de reno. Las mujeres cosen con destreza los cinturones y los dobladillos de las chaquetas; adornan también, con gusto un poco primitivo, los arneses de fiesta de sus renos. Casi todos saben construir un trineo o patinar. No existe nada más extraño que ver a un lapón adaptando a sus pies esos patines infinitamente más largos que su altura. Estos patines tienen de seis a siete pies de longitud; tienen la forma de una tabla estrecha curvada por los dos extremos, sobre la cual el pie está retenido hacia el centro por una correa; la tabla está cubierta con una piel de foca, la cual tiene un gran parecido con la piel atigrada del leopardo. Esta piel corta y rizada permite deslizar los patines sobre la nieve con una velocidad asombrosa.

Como los escitas, sus probables antepasados, los lapones no tienen ninguna noción de agricultura; son cosacos a pie; viven en tiendas como nómadas en tiendas; unos cazan renos, otros pescan focas. Algunos de estos últimos se han instalado en Hammerfest en los últimos años y sus humildes cabañas forman la última categoría de las viviendas de la ciudad, si se puede llamar viviendas a esas chozas de forma cónica cuya base se hunde bastante profundamente en el suelo; me pareció que estuvieran construidas con viejos restos de barco y musgo prensado y cubierto de tierra. Si se me permite utilizar esta expresión, diré que creí ver tiendas de tierra. El interior no tiene división; el fuego se hace en medio de la choza, sobre piedras planas, y el humo se escapa por un agujero dejado en la parte superior del tejado; por lo general, el mobiliario de estas pobres casas se compone de cajas utilizadas como camas, rellenas de algas marinas secas, algunos cubos de madera y una caldera.

Los lapones no deben ser juzgados definitivamente por su comportamiento en Hammerfest; rara vez vienen a la ciudad a hacer negocios o comprar y en estos días son presa de la pasión común a todo pueblo salvaje: ¡la embriaguez! Los encuentras por doquier en grupos de cinco o seis, sentados bajo alguna casa entre viejos trineos, herramientas y fardos, y allí, estrechamente abrazados, se susurran al oído confidencias entrecortadas por el hipo, y a cada minuto intercambian un *coulak* ablandado (*coulak*, su palabra favorita, que ponen sin cesar en sus discursos, quiere decir *escucha*); beben así juntos de la misma botella de aguardiente, hasta que se duermen en una borrachera colectiva...

Bajo la tienda, en sus largos viajes, en su choza, en los días ordinarios, el lapón no es esa especie de animal inmundo que se afana en el barro presa de la brutalidad provocada por el alcohol; vive tranquilo, laborioso, se ocupa de los cuidados del hogar, prepara la comida, mientras que su esposa cuida de sus hijos o trabaja en la confección de algunas prendas de vestir. Pero, desde cualquier perspectiva que se considere, la situación de este pobre pueblo es siempre miserable e ínfima. Para nosotros, puede ser resumida con estas pocas palabras: en cuanto a la pobreza material, no comen pan y no visten ropa blanca; en cuanto a la pobreza moral, ignoran todas las ciencias y todas las artes.

El lapón nunca canta; ni siquiera cuenta con esa música que se podría llamar natural y que toda población salvaje, según dicen, conoce. El guerrero *piel roja* de América del Norte, el colosal habitante de la Tierra del Fuego, el Cafre estúpido y grosero repite su canto de guerra, de muerte o de triunfo, sobre un ritmo cadencioso y con destellos de voces que forman una especie de armonía extraña y primitiva. El lapón, por su parte, no tiene esto; parece que el canto, esta manifestación de la alegría humana, no puede producirse bajo este cielo helado y en medio de tinieblas casi continuas.

Los lapones son cristianos desde hace unos doscientos años; fue Federico IV de Dinamarca quien, hacia el año 1622, envió a los primeros misioneros a Laponia, para dar a conocer el Evangelio, y durante más de un siglo, los reyes de Dinamarca continuaron financiando misiones con este fin. El cristianismo tuvo poco efecto sobre los lapones; enderezó sus conciencias ignorantes, sin despertar sus espíritus apáticos; por eso, hoy siguen siendo más o menos como eran antes de su llegada; han sustituido el dogma divino y civilizador por las ficciones de una mitología oscura y extraña, sin que sus costumbres se hayan modificado. Por lo demás, como toda la religión se reduce para ellos a la tradición oral, la devoción de cada uno se corresponde con su memoria. En estas condiciones, un lapón que sabe el alfabeto corresponde para nosotros a un joven que se gradúa con honores en la Escuela Politécnica.

Los lapones no comprenden nada del gran sentido moral de la religión; observan rutinariamente sus prácticas, porque toda ignorancia necesita supersticiones y toda debilidad autoridad. No conocen otros pecados capitales más allá de la pereza, la avaricia y la intemperancia; todas las virtudes son negativas; su dulzura es blanda, su continencia fría, su probidad indiferencia; no se ve en ellos ni ira, ni lujuria, ni envidia, pero tampoco valor, imaginación, pasión o diligencia. No tienen desarrollo intelectual o industrial y ni siquiera buscan adquirirlo. Tocando la civilización por tres lados de sus límites (Noruega, Suecia y Rusia), no han absorbido nada, no han entendido nada, no han deseado nada; viven en su inercia casi sin necesidades, sin goces, sin aspiraciones. En suma, se trata de un pueblo miserable y grosero, que vegeta en una especie de entumecimiento moral y físico, perfecto para habitar este pedazo helado del mundo, del cual toda vida se retira con el sol.

Me hubiera gustado asistir a algunas de sus ceremonias religiosas, pero durante mi estancia en Hammerfest solo pude ver una boda.

La iglesia de Hammerfest se parece más a un granero que a una iglesia: es un gran edificio de madera pintado de gris, insignificante y frío en el exterior como todas las construcciones de tablas, y desnudo y triste en el interior como todas las iglesias reformadas. Los bancos de abeto, apretados unos contra otros, cubren las losas verdosas y desiguales, y están dominados por un púlpito que se parece demasiado a una garita.

El día del matrimonio del que hablo, una numerosa multitud llevó a los esposos hasta el umbral de la iglesia. Allí, los parientes y amigos íntimos de los novios entraron solos con ellos y se colocaron delante del púlpito, los hombres a un lado, las mujeres a otro. El novio, uno de los más pequeños lapones que he visto (no debía de medir más de cuatro pies de altura), llevaba un traje de *wadmel* gris bordeado por tres bandas de telas grandes azules, rojas y amarillas, de las que parecía muy orgulloso. No era particularmente feo; su grueso cabello negro enmarcaba bien su rostro cuadrado, sin pelo, y hacía resaltar su tez bronceada y sana. En cuanto a la mujer, era de una fealdad amarga, apenas atenuada por su extrema juventud. Sus pequeños ojos hundidos y bordeados de rojo, su boca enorme mostrando dientes agudos y separados, su piel oscura y áspera, su tamaño masivo, sus manos cortas y sucias, la hacían parecer una especie de monstruo. Así se representaría a la hermana de Cáliban[42], o a una de las hijas del ogro de los cuentos de hadas. Era una visión más que fea: repulsivo. Vestía el traje típico de las laponas, y no había añadido para la solemnidad del evento más que un tocado-casco decorado con pequeñas placas de plata, detrás del cual colgaba un enorme manojo de cintas de algodón tejidas con cobre y plata. La generosidad de su familia o de su prometido le habían permitido, además, atar una cierta cantidad de pequeños pañuelos de lana y de algodón de fábrica ingleses de los colores más brillantes. Todo esto estaba colgado alrededor de ella de forma desordenada, como en un perchero, y esos tonos cortantes, esos jirones flotantes, ese desorden chillón y golpeado, contribuían a hacer su traje tan antiestético como su persona.

Todos estaban de pie y en silencio alrededor del púlpito. Pronto llegó el ministro. Leyó los versículos sagrados, unió las manos de los novios, intercambió sus anillos, y luego les dio en lengua lapona un discurso que debió de ser conmovedor, porque todo el mundo se puso a llorar ardientemente.

---

42 Calibán es un personaje de la obra *La tempestad* (1611) de William Shakespeare. Hijo de la bruja Sycorax y de un demonio, es descrito como un monstruoso salvaje, de hábitos y aspecto extraño.

Mi ignorancia de la retórica lapona no me permitió participar en la emoción general; pero mirando las contorsiones de la fisonomía de toda aquella horrible pequeña comunidad, vislumbré en la fealdad humana horizontes variados e infinitos que ni siquiera había sospechado hasta entonces.

Terminada esta parte de la ceremonia, el novio volvió, en medio de sus amigos, a un lado de la iglesia, y la novia, cerca de sus compañeras, al otro; luego toda la audiencia entonó un salmo con una voz tan desentonada y ronca como para hacer huir incluso a los burros.

Es la única circunstancia en la que he oído cantar a los lapones, si lo que oí entonces se puede llamar canto. Una observación a propósito de la voz lapona, es que generalmente las mujeres tienen el timbre sordo y ronco, mientras que los hombres, por el contrario, lo tienen frágil y estridente. Con los ojos cerrados, a menudo se puede malinterpretar su sexo.

Al salir de la iglesia, quedé deslumbrada por un rayo de sol; era casi el primero que había visto en Hammerfest, y de repente me recordó tanto a Francia que mi corazón se llenó de una emoción inexpresable. Este tiempo raro y admirable me dio la idea de hacer una excursión a pie a lo largo de la costa oeste de Hammerfest. No sin dificultad subí las rocas que defienden la bahía por todos lados; a cada instante mi pie se atrapaba en una grieta, o se hundía en pequeños terraplenes blanquecinos, blandos como lana, vestigios de la vegetación del año anterior, pequeñas matas de plantas atrapadas por la nieve antes de florecer, ¡pobres flores envueltas en su mortaja antes de que el sol pudiera hacerlas vivir!

Después de una hora de una caminata digna de una cabra salvaje, finalmente llegué a una alta meseta que dominaba toda la bahía, y fui ampliamente compensada por mis dolores. El gran velo de niebla que hasta hoy había escondido el horizonte estaba finalmente desgarrado por todas partes; los rayos de luz que caían oblicuamente sobre los tejados de césped de Hammerfest los hacían brillar como un puñado de esmeraldas arrojadas sobre una sábana negra. Frente a mí, las islas Soroë elevaban en el cielo sus picos agudos cubiertos de nieve, donde brillaban todos los colores del prisma. Las grandes rocas basálticas de la costa estaban cubiertas de eíderes que saludaban aquel buen tiempo con sus gritos alegres. Finalmente, a lo lejos, entre las Soroë y la punta de Hwaloë, vislumbré el paso del Norte, el camino del Spitzberg; las grandes olas verdes del océano Glacial venían a morir en la playa con un sonido solemne y suave, y, escuchándolas, pensé en que pronto llegaría cerca del polo, de dónde venían.

Mi paseo fue largo; exploré completamente toda la meseta transitable que dominaba la costa; volviendo a la casa de los Banks, encontré en mi trayecto un pequeño cabo bastante alto, formado por una gran roca en medio de la cual se abría una estrecha cueva, o más bien una especie de pequeño nicho en el que descansé cómodamente durante una hora; este hallazgo fue precioso: me permitía, asegurándome un refugio, venir en el futuro a pasear sin temer las frecuentes lluvias del cielo de Hammerfest. Desde aquel día, subía a menudo hasta esta especie de observatorio, y disfrutaba viendo los barcos entrar y salir del puerto. Fue durante una de estas vigías voluntarias que vi, escudriñando el horizonte, la hermosa vela de un gran barco; el barco se acercó, y pronto distinguí el pabellón tricolor unido a uno de sus mástiles. ¡Era la *Recherche*, la corbeta que esperábamos! Al verla, sentí una emoción que no me esperaba; sentí estremecerse en mí todas esas fibras profundas que responden a la palabra patria.

No sabía ni los nombres de mis futuros compañeros de viaje; entre ellos, solo el Sr. Gaimard me era conocido. Sin embargo, aquel barco me traería a mis amigos más queridos y no lo podría haber acogido mejor en mi corazón; vería rostros franceses, oiría hablar mi lengua y dejaría Hammerfest. ¡Triple alegría!

La corbeta fondeó sin problemas; los oficiales y los miembros de la comisión científica llegaron a tierra y el Sr. Gaimard nos presentó a todo el personal. Recibí una veintena de saludos a los que respondí con otras tantas reverencias; mi marido recibió de estos señores la acogida más cordial, luego se ocupó inmediatamente de nuestra partida hacia Spitzberg. La corbeta, al salir de Brest, se había detenido unos días en las Islas Feroë, de ahí un retraso que no le permitía permanecer mucho tiempo en Hammerfest. Sin embargo, decidimos aprovechar la llegada del barco de vapor de Drontheim, previsto para el día siguiente, para hacer una excursión a Havesund, cerca del cabo Norte.

El capitán del barco de vapor accedió a retrasar su partida un día para favorecer esta pequeña expedición, y a la mañana siguiente, a las siete, con tiempo despejado y un mar tranquilo, partimos hacia Havesund y al mediodía ya habíamos llegado.

Havesund es una pequeña bahía bien protegida, donde hay una sola vivienda; esta casa, construida de madera, sólida, espaciosa, pintada de gris, es similar en todo a la de los comerciantes acomodados de Hammerfest. Sin embargo, Havesund merece una mención aparte, una atención especial.

Havesund es el último asentamiento humano del mundo, el último lugar habitado en las fronteras del norte de Europa. ¡Con qué recogimiento se observa esta pobre casa frente al inmenso océano desde una roca elevada! ¡Havesund es el límite del hombre proyectado sobre el infinito de la soledad! Entre Havesund, donde un día dura tres meses y una noche otros tres, y el Polo, el eje del mundo, donde el año se divide en un día y una noche, solo hay cuatrocientas cincuenta leguas de mar, el trayecto que hace un barco de vapor en seis días. Detrás de Havesund, están todas las casas de Europa; delante, no hay más que el mar insondable y los hielos eternos. ¡Qué lugar para un pensador! ¡Qué parada para un creyente!

Havesund es el hogar de un rico comerciante llamado Sr. Ullique, que pasa su vida intercambiando aceite de ballena por aguardiente y pieles de foca por harina. Digo su vida, debería decir su verano; porque en este lugar horrible, tan pronto como llegan las noches y con ellas los fríos, el mar se congela, y todas las comunicaciones son necesariamente interrumpidas. Durante los ocho o nueve meses de invierno, el Sr. Ullique no puede sino calentarse y contar las ganancias del año. ¡Tienen que ser hermosos para pagarse tan caros!

Havesund no es solo un punto geográfico único, sino también un lugar histórico.

Un día de verano, en 1795, un joven llamado Froberg, acompañado de un amigo llamado Muller, desembarcaron de una pequeña nave danesa y bajaron a la costa cerca de Alten; de allí continuaron su camino a caballo hasta Hammerfest, donde un barco los llevó a Havesund. Llegados allí, los dos amigos recibieron la hospitalidad del padre del Sr. Ullique, que los llevó él mismo al cabo Norte, destino final de su larga peregrinación, y no les dejó partir hasta llenarlos de los cuidados más afectuosos. Algunos años más tarde, el padre del Sr. Ullique se enteró de que este joven extranjero, cuya distinción e instrucción le habían dejado un recuerdo profundo, tenía otro nombre que el de Froberg: se llamaba Luis Felipe de Orleans; su compañero Muller se llamaba Sr. de Montjoye.

El buen padre Ullique permaneció toda su vida bajo la emoción retrospectiva del honor vivido en su casa, y sus sentimientos de admiración y simpatía por el príncipe de Orleans le hicieron criar a su hijo con los sentimientos más entusiastas por todo lo que lleva el nombre francés.

El príncipe de Orleans, convertido en rey de los franceses, no había olvidado tampoco la cordial recepción de la familia del mercader de Havesund, y nosotros fuimos los encargados de consagrar su memoria ofreciendo al Sr. Ullique un fuerte busto de bronce, retrato y presente del rey de los franceses.

La familia noruega estaba encantada.

La inauguración del busto se hizo con una cierta solemnidad, al ruido de veintiún cañonazos, disparados a bordo del barco de vapor, acompañados de los ensordecedores vítores de los noruegos llegados de todos lados y del burbujeante champán, cuyos corchos saltaban por todas partes.

El Sr. Ullique tiene cinco hijas rubias y rosadas, que ayudaban muy graciosamente a su madre a hacer los honores de esta pequeña fiesta. Las muchachas me hicieron ver la casa con el mayor detalle, y luego me llevaron a una especie de pequeño jardín-invernadero, medio abrigado y medio cubierto, donde habían logrado hacer crecer unas esbeltas flores a fuerza de artificios. No dudé en despojar a este tesoro de la horticultura polar, para trenzar una corona que nosotros íbamos a depositar sobre la cabeza del rey. Reuní todo lo que había florecido en el precioso jardín: tres violetas, dos andrómedas de flores azules, algunos ranúnculos amarillos, saxífragas estrelladas y un manojo de nomeolvides; agregué hojas de acedera y cochlearia, en una guirnalda un poco demasiado culinaria, pero hecha solo con las hojas verdes que pude conseguir.

La corona más humilde jamás tuvo honores tan hermosos. Los noruegos se maravillaban al ver tantas flores y las señoritas de Ullique miraban con igual orgullo su jardín devastado y el busto coronado.

Pensándolo bien, este busto del rey y yo – yo, que ya en Drontheim les había mostrado la primera cara de francesa que se hubiera visto nunca en Finmark – este busto y yo, digo, éramos algo bastante inusitado, en estos 71° y 10' de latitud. Sin embargo, no tuvimos el honor de la extrañeza; había allí algo, os aseguro, mucho más imprevisto, mucho más singular, mucho más inesperado que el rostro fundido en bronce de aquel rey que, cincuenta años antes, había venido pobre y proscrito a este mismo lugar, o la figura de una parisina, que un día, saliendo de la Ópera, se había ido a explorar las regiones polares. Sí, había aquí algo aún más increíble. ¡Apostaría una fortuna a que nunca adivinaría! – ¡Había un loro! ¿Qué? ¿Un loro en Havesund, en el fin del mundo, en ese hielo, en esa oscuridad? Sí, un loro vivo; es decir, debía de ser un loro, pero casi había dejado de serlo.

Así descubrí al animal.

Mientras visitaba la casa con las muchachas, vi una jaula envuelta en lana, protegida de las corrientes de aire por un pequeño biombo de madera y colocada cerca de una estufa tibia. En un rincón de la jaula estaba con aire lamentable y desolado un pájaro suspicaz; las patas acurrucadas y gotosas, el pico descascarillado y pálido, las plumas despeinadas y colgantes, todo revestido de un color tan dudoso y tan improbable que no pude aclarar si se trataba de verde grisáceo o de gris verdoso. A pesar de los estragos que causaba el clima del Cabo Norte sobre el pájaro, sobrevivía. Al sonido de mi voz, volvió hacia mí su cabecita calva, me miró con su ojo redondo, opaco y triste, y luego volvió a su quietud. La minuciosa inspección de estos restos del animal me demostró que pertenecían a un loro.

- ¿Habla? -pregunté a la mayor de las señoritas Ullique, que comprendía un poco el inglés.
- No, señora, no ha hecho ningún sonido en diez años; solo hace un pequeño ruido a menudo estornudando.

- ¿Y cómo vive?
- Come poco y duerme casi siempre; no despierta del todo hasta que el sol brilla.
- ¿El sol brilla de vez en cuando en Havesund?
- ¡Ah, señora, cinco o seis veces al año como máximo!

Desde lo alto de las rocas de Havesund se percibe, a poca distancia, en la punta de la isla Mageroë, una enorme masa de rocas algo parecida a una torre cuadrada, colosal y medio en ruinas: es el Cabo Norte.

Veía, por fin, levantarse junto a mí la gran fortaleza de tierra que desde hace tantos siglos defiende Europa de las invasiones del océano furioso. Nos damos cuenta de que la victoria persistente del "gigante de granito" no siempre ha sido fácil; sus amplios flancos están surcados por profundas grietas, sus gigantescas capas de roca están sacudidas y desgastadas, aquí y allá, se distinguen algunas fisuras: es el punto donde una ola arrancó un bloque de piedra. Veía por fin aquel célebre Cabo Norte, alcanzado por tan pocos viajeros; lo veía bajo un cielo despejado, cuando las olas verdes del océano calmado echaban apenas algunos bordados de espuma blanca sobre sus pilares macizos; lo veía bajo su aspecto pacífico, iluminado por la magia de un buen día y me conmovió. ¿Cómo debe ser el invierno, cuando el océano inflado de tormentas precipita sus montañas líquidas sobre la montaña sólida; cuando las masas de hielo se rompen con estrépito contra los cantos de granito, mientras que los huracanes desencadenados mezclan sus estruendos con estos truenos, y que el pálido y vago resplandor de la aurora boreal proyecta sus pálidos rayos sobre esta lucha eterna y terrible? ¡Oh! ¡Debe de ser un espectáculo que espante la mirada humana!

Habría deseado vivamente hacer la ascensión del Cabo Norte, pisar por primera vez con un pie femenino la plataforma que lo termina, y recoger uno de esos bonitos nomeolvides azules que se encuentran, me dijeron, en una de sus laderas inferiores; dulces flores de un gran azul que crecen cerca de los abismos, como los pensamientos de esperanza que surgen en medio de las tormentas de la desesperación. Pero mi deseo era irrealizable, ya nos habíamos detenido demasiado tiempo, las horas del barco de vapor estaban contadas y el capitán insistió en volver a Hammerfest. Se despidieron del hospitalario Sr. Ullique y de su graciosa familia; innumerables vítores noruegos nos saludaron al principio, y su ruidoso entusiasmo debió de sorprender los ecos solitarios de las rocas del Cabo Norte. La travesía de regreso fue encantadora; el tiempo, aunque frío, era admirable; el mar parecía un espejo de esmeralda; a grandes profundidades se veían peces nadar, jugar y seguirnos; el cielo azul pálido, salpicado de pequeñas nubes blancas, iluminado por la luz misteriosa de las noches polares, tenía reflejos y vetas de seda, y cuando vencida por el cansancio de aquel activo día me dormí en un pequeño bote puesto en cubierta, no sabía si era el cielo el que parecía un paño mojado o si estaba bajo un dosel decorado como un trozo del firmamento.

Al día siguiente de mi regreso a Hammerfest, me embarqué hacia Spitzberg.

SEXTA CARTA

Spitzberg

Mis salidas suelen estar marcadas por accidentes causados, sin duda, por las pequeñas conspiraciones ocultas de los genios que se oponen a mi humor viajero: al atravesar París, tuvimos problemas por un caballo mal enganchado que decidió arrojarnos desde un principio; en Le Havre, el mar nos golpeó de forma tan violenta que rompió varias palas del timón; en Amsterdam, nos encallamos en un banco de arena; en Drontheim, una niebla nos obligó a echar el ancla prácticamente en el puerto. Al salir del puerto de Hammerfest, un viraje realizado demasiado cerca de tierra casi destruyó nuestro bauprés y, apenas en el mar, las olas causaron fuertes averías al bote del piloto y pretendía hacernos volver al puerto para repararlo; pero todo se arregló: el carpintero vino en ayuda del pobre piloto, y después de ponernos en medio del océano Glacial, pudo volver con el corazón contento cerca de su mujer y de sus hijos.

Habíamos salido de Hammerfest el 17 de julio, y no sabría explicaros cuáles son mis impresiones de los primeros días: sería demasiado monótono, porque me pareció estar muy enferma; oía decir a mi alrededor que el viento estaba al sur y que íbamos muy bien; pero esto no era una compensación suficiente para el estado triste en que me ponían las complicaciones del cabeceo y del balanceo. Sin embargo, me habitué y al cuarto día me sentí lo suficientemente fuerte como para subir a cubierta e ir a ver qué aspecto tiene el mar a 74° de latitud, bajo el cual nos encontrábamos el 20 de julio. Me pareció hermoso y terrible; ya no era mi nana de Havesund. Las olas rugían a nuestro alrededor precipitándose sobre nuestro frente como si hubieran intentado bloquearnos el paso; un viento helado retorcía las cuerdas y sacudía bruscamente las velas; los mástiles crujían bajo el esfuerzo de su resistencia; la corbeta iba tumbada por un lado, orientada de gran ancho, que es una manera de colocar las velas un poco sesgada para favorecer la marcha. Todo el mundo estaba contento, avanzamos rápidamente. Eché un vistazo, curiosa por este espectáculo tan nuevo para mí, luego bajé para echar mano de mi reserva de franela y poder continuar mi papel de observadora; porque en pocos minutos, a pesar del traje de hombre que me había puesto y que suele parecer tan caliente a las mujeres, sentía demasiado vivamente el diente agudo del viento polar.

Mientras nos enfrentábamos a las ráfagas de viento y al cansancio, buscábamos la isla Cherry, la cual apareció la mañana del 21 de julio.

La isla Cherry, que muchos geógrafos denominan Beeren-Eiland (la isla del Oso), fue descubierta el 9 de junio de 1596 por un navío holandés que se había extraviado de camino a Nueva Zembla. Guillaume Barentz era piloto de este barco, y Heemskerke lo comandaba: dos nombres famosos entre los más incansables exploradores de las regiones polares.

Al bajar a tierra, la tripulación mató a un oso de nueve pies de largo, y Heemskerke llamó a la isla Beeren-Eiland debido a esta circunstancia. El 17 de agosto de 1603, Étienne Bennet, inglés al mando del barco *The Grace*, abordó Beeren-Eiland, y cambió su nombre por el de isla Cherry, con el nombre del señor Cherry, propietario de la *Gracia*.

Cherry o Beeren-Eiland, para devolverle su primer nombre, parece haber sido antes que nada el lugar donde se dan cita las morsas del océano Glacial, ya que Welden cuenta que, en el verano de 1608, su tripulación mató en las costas de esta isla a más de mil morsas, de las cuales se hizo sobre el terreno aceite que se llevó a Inglaterra.

Nunca, en sus diferentes expediciones, los franceses habían abordado Cherry; nuestros barcos siempre la habían encontrado rodeada de varias leguas de hielo, en medio de las cuales era imposible abrirse paso. Este año, la longitud del invierno, retrasando el deshielo en Spitzberg, dejó el mar libre y permitió que se llegara hasta las escarpadas costas de la isla. Beeren-Eiland no tiene ni golfo ni bahía adecuados para que atraquen los grandes buques; de hecho, está rodeada por un temible cinturón de rocas. El capitán, instruido en estas dos circunstancias, apagó la corbeta a una distancia prudente, y permitió solo a dos lanchas ir a explorar esta tierra desconocida. No tomé parte en esta expedición, y me quedé en el puente admirando el extraño y magnífico aspecto de la costa.

De lejos la isla se asemeja a un recinto fortificado por gigantes; sus formidables rocas, minadas incesantemente por las olas, contrajeron formas absolutamente monumentales; hacia el extremo norte, algunos de estos grandes peñascos, perforados de lado a lado, se adentran en el mar como los arcos inmensos de algún puente antediluviano, que el Océano Polar, con sus arietes de hielo, solo pudo romper. Cerca del puente, se ve un circo rodeado de gradas perfectamente regulares. En el momento en que contemplaba esta arquitectura, obra de la furia de las olas, miríadas de grandes aves de mar, colocadas sobre las gradas del circo, completaban la ilusión y parecían espectadores apresurados unos contra otros.

Las aves marinas se encuentran en cantidades incontables en estos parajes; gaviotas, petreles, escúas, gaviotas, eíderes, araos, y muchas otras cuyos nombres ignoro, revoloteaban en bandadas alrededor de la corbeta. En las rocas de

Beeren-Eiland mataron a varios de estos gansos salvajes que creo que se llaman bernaches[43].

Estas bernaches son las mismas aves que los *rot-gansen* de Holanda; llegan por bandadas cada año a las costas del Zuyderzée, donde las acogen muy bien, o debería decir muy mal, los vendedores de plumas para ropa de cama. Una superstición popular, bastante acreditada, afirma que estas aves depositan sus huevos en los huecos de ciertos árboles y luego los abandonan, dejando al sol el cuidado de hacerlos eclosionar. Para dar a este cuento la mayor verosimilitud, las *ancianas gansas* holandesas añaden que las bernaches siempre eligen árboles situados cerca del mar, para que las pequeñas aves puedan ir a nadar inmediatamente después de salir del nido.

Todo esto es lo que realmente se puede llamar una página de historia natural e incluso sobrenatural. La verdad es más simple. Las bernaches son aves emigrantes; en verano, van a desovar en medio de las tranquilas soledades de las islas del océano Glacial, y en invierno regresan a regiones más templadas. Todas aquellas pobres aves que se encontraron en la isla del Oso eran tan salvajes, que no eran temerosas; las madres incubadoras dejaban acercarse con una mezcla de ternura materna y de confianza que debería haber humanizado a los marineros, y se dejaban noquear en su nido sin tratar de defenderse o huir.

En el interior, Beeren-Eiland presentaba solamente una vasta llanura de nieve; en algunos lugares solamente, el deshielo comenzaba y había formado arroyos que resbalaban silenciosamente sobre la nieve, cintas de plata puestas sobre terciopelo blanco.

El geólogo de la expedición descubrió un hecho curioso para la ciencia: recogió fragmentos de pólipos, semejantes, nos dice, a los que se encuentran en los trópicos. Los hidrógrafos hicieron una rectificación importante para los marineros. En muchos mapas, Cherry aparece indicada en los 74º 30' de latitud norte, mientras que su posición bien definida son los 76º 30' de latitud norte. Es un error de 50 millas.

Apenas las lanchas habían vuelto a bordo, después de una ausencia de algunas horas, una espesa niebla nos envolvió, y Cherry desapareció a nuestros ojos como si una inmensa cortina de gasa gris hubiera sido sacada de repente entre nosotros y una fantástica decoración.

A partir de aquel día, el tiempo volvió a ser constantemente malo; el mar, a veces violento, a veces tempestuoso, no nos daba respiro, y la nieve que cubría a menudo el puente me privaba incluso del descanso del paseo. Durante más de

---

43 Bernaches, *Anas leucopsis* (nota del original).

quince días seguidos no pudimos cenar sin que la mesa y las sillas estuvieran sólidamente amarradas. En cuanto a cómo se servía nuestra cena, me pareció casi divertida. Primero se colocaba sobre la mesa una gran tapa de madera perforada con un número infinito de pequeños agujeros donde se adaptaban clavijas móviles; esto representaba muy bien un inmenso juego del solitario, en medio del cual erraban una cierta cantidad de platos, vasos, etc., y otras necesidades de una cena; los tornillos, hábilmente ajustados, mantenían cada cosa en su lugar, y con este método se podía cenar bastante a gusto, a pesar de las peores sacudidas.

El 28 de julio llegamos a ver las tierras de Bellsund (bahía de la Campana), que las expediciones anteriores no habían podido superar.

El día 29 se celebró a bordo el aniversario de las jornadas de julio; el capitán reunió a todos los pasajeros y a su personal en una gran cena servida en la plaza; la cena fue lujosa, aunque enteramente compuesta de platos conservados, y el humor muy alegre a pesar del frío. Solo anotaré estas dos particularidades: se recitaron versos improvisados juzgados como buenos y el cocinero, para solidificar sus helados, no tuvo más que dejarlos durante algunos momentos expuestos en el puente.

El día 30, recorrimos una larga franja de tierra separada de la gran costa, llamada Isla del Príncipe Carlos. Finalmente, el 31 de julio, entramos en una pequeña bahía profunda, designada en los mapas ingleses con el nombre de Magdalena-Bay (bahía Magdalena).

Habíamos llegado a la meta de nuestro largo y aventurero viaje: ¡al Spitzberg!

El Spitzberg es una isla más al norte que el país de los samoyedos, que Siberia y que Nueva Zembla; es una isla muy bien situada en los confines del mundo; es un lugar extraño y poco conocido en verdad: porque, cuando estaba en Dinamarca y en Suecia, varias personas, habiendo escuchado que iba a Spitzberg, me preguntaron si realmente pensaba subir hasta la cumbre del Spitzberg. La palabra Spitzberg, que significa montaña puntiaguda, las había inducido a error, y en aquella circunstancia imitaban al mono de La Fontaine, tomando el nombre de un puerto por un nombre de hombre.

Por poco conocido que sea, el Spitzberg tiene un dueño; pertenece al emperador de Rusia, que aún no ha pensado en convertirlo en una sucursal de Siberia. Por lo demás, sería un acto de clemencia; allí uno estaría seguro de morir desde el primer invierno. En noviembre, el mercurio se congela, se rompe el aguardiente a golpes de hacha, y se pueden registrar temperaturas desde 45° hasta 50 °C bajo cero.

La isla de Spitzberg está situada entre los 77° y los 81° de latitud norte. Tiene sesenta leguas de longitud y treinta y cinco de anchura. La isla tiene más o menos la forma de una gran N cuya segunda pierna estaría muy desmenuzada. Así, está cortada por dos golfos muy largos, uno al sur y otro al norte, que nunca han sido suficientemente explorados para que se sepa si hay solución de continuidad entre las tierras. Algunos marineros son llevados a creer que el Spitzberg forma dos islas siempre unidas entre sí por un banco ancho de hielo; pero ¿quién irá a comprobar?

Expediciones holandesas e inglesas, que invernaron en estos parajes, trataron de comprobarlo y no pudieron tener éxito.

La costa que bordeamos, en la que se encuentra la bahía Magdalena, es la costa oeste, frente a las tierras aún inexploradas del norte de Groenlandia.

La bahía Magdalena está en el extremo de la isla; es el último fondeadero posible para un gran buque; su latitud es de 80° norte, es decir una distancia de doscientas cincuenta leguas del polo, un poco más lejos que lo que dista París de Marsella.

El último peñón de Spitzberg, el que está directamente frente al polo, se llama la punta de Hakluyt; está separado de la bahía Magdalena por una quincena de leguas. La bahía Magdalena, con el cuello que la precede, representa bastante bien una jarra acostada; está rodeada por todos lados por montañas de granito altas de 1500 o 1800 pies; entre cada montaña se han formado inmensos glaciares cuya altura aumenta cada año; esta elevación creciente de glaciares es inevitable: un verano de pocas semanas no puede derretir completamente estos enormes montones de nieve que se extiende sobre el Spitzberg en un invierno de diez meses, y en un momento dado los glaciares casi alcanzarán la cima de los picos de granito. Estos glaciares tienen todos forma convexa, a diferencia de los Alpes, que son cóncavos.

El día de nuestra llegada llovió de tal manera que no pude abandonar el borde; pero al día siguiente, por la mañana, me apresuré a ir a tierra. Digo a tierra, por costumbre de narrador; debería decir *a nieve*, porque en ninguna parte vi la menor parcela de tierra.

Durante la noche (otra palabra que no debería usar, ya que no teníamos noche), durante mi sueño más bien, el deshielo había comenzado, y la fisonomía de la bahía había cambiado como por milagro. La soledad inmóvil de la víspera había seguido el espectáculo más agitado.

Una pequeña flota de icebergs rodeaba la corbeta y cubría el mar hasta donde alcanzaba la vista. Estos hielos del polo, que ningún polvo ha contaminado jamás, tan inmaculados hoy como en el primer día de la creación, están teñidos de los colores más vivos; se parecen a rocas de piedras preciosas: es el brillo del diamante, los deslumbrantes matices del zafiro y de la esmeralda confundidos en una sustancia desconocida y maravillosa. Estas islas flotantes, continuamente minadas por el mar, cambian de forma a cada instante; por un movimiento brusco, la base se convierte en cumbre, una aguja se transforma en un hongo, una columna imita una inmensa mesa, una torre se transforma en escalera: todo esto tan rápido e inesperado, que se piensa a pesar de sí mismo en alguna voluntad sobrenatural que preside estas transformaciones repentinas. Por lo demás, en un primer momento me vino a la mente que tenía ante los ojos los restos de una ciudad de hadas, destruida de repente por una potencia superior, y condenada a desaparecer sin dejar ni siquiera un vestigio. Veía que a mi alrededor chocaban piezas de arquitectura de todos los estilos y de todos los tiempos: campanarios, columnas, minaretes, ojivas, pirámides, torretas, cúpulas, almenas, volutas, arcadas, frontones, asientos colosales, esculturas delicadas como las que corren sobre los pilares de nuestras catedrales, todo estaba allí confundido, mezclado en un desastre común. Este conjunto extraño y maravilloso, la paleta no puede reproducirlo, ¡la descripción no puede hacerlo entender!

¿No es este el lugar donde todo es frío e inerte, envuelto en un profundo y sombrío silencio? Pues bien, es todo lo contrario lo que hay que imaginar; nada puede dar cuenta del formidable tumulto de un día de deshielo en Spitzberg.

El mar, erizado de hielo agudo, chasqueando ruidosamente; los picos elevados de la costa resbalan, se separan y caen en el golfo con un estruendo espantoso; las montañas se agrietan y se abren; las olas se rompen furiosas contra los cabos de granito; los icebergs, fragmentándose, producen burbujeos similares a ráfagas de escopeta; el viento levanta remolinos de nieve con roncos mugidos: es terrible y magnífico; se oye el coro de los abismos del viejo mundo que precede a un nuevo caos.

Nunca se ha visto nada comparable a lo que se ve y se oye allí; ¡nunca se ha imaginado algo semejante, ni siquiera en sueños! Esto es fantástico y real; ¡desconcierta a la memoria, alucina a la mente y la llena de un sentimiento indescriptible, de una mezcla de terror y admiración!

Si el espectáculo de la bahía me pareció mágico, el de la orilla era siniestro.

Por todas partes el suelo estaba cubierto de huesos de focas y morsas, dejados por los pescadores noruegos o rusos, que antes venían a hacer aceite de pescado hasta esta latitud elevada; desde hace varios años han renunciado a ello, los beneficios no valen los peligros de tal expedición. Estos grandes huesos de pescado, blanqueados por el tiempo y conservados por el frío, parecían los esqueletos de gigantes, habitantes de la ciudad que, cerca de allí, acababan de hundirse en el mar. Los dedos largos y demacrados de las focas, tan parecidos a los de una mano humana, volvían la ilusión llamativa y me causaban una especie de terror. Salí de esta fosa común y, dirigiéndome con cuidado al terreno resbaladizo, fui hacia el interior de la isla. Pronto me encontré en medio de una especie de cementerio; esta vez eran restos humanos que yacían sobre la nieve. Varios ataúdes, medio abiertos y vacíos, habían debido de contener cuerpos que habían sido profanados por los dientes de los osos polares. En la imposibilidad de cavar fosas, a causa del espesor del hielo, se había puesto primitivamente sobre la tapa de los ataúdes un cierto número de piedras enormes destinadas a servir de baluarte contra las bestias feroces; pero los robustos brazos del *gran hombre peludo* (como los pescadores noruegos llaman pintorescamente el oso blanco) habían movido las piedras y devastado las tumbas; varios huesos estaban dispersos en el suelo, medio rotos y roídos: tristes sobras del festín del oso. Los recogí con cuidado y los coloqué piadosamente en los ataúdes. Algunas tumbas habían sido preservadas y contenían esqueletos o cuerpos a diferentes grados de conservación; la mayoría de los ataúdes no llevaban ninguna indicación; en uno de ellos, sin embargo, una mano amiga había inscrito, con un cuchillo, estas palabras: «Dortrecht-Holland, 1783». Un nombre había precedido a esta fecha, pero estaba estropeado hasta el punto de ser ilegible. Otro marino venía de Bremen; su muerte se remontaba a 1697. Dos ataúdes, colocados en un hueco de roca, estaban todavía intactos; los cuerpos que contenían no solo tenían su carne, sino incluso sus ropas: ninguna inscripción indicaba la época del entierro, ni el nombre o la nación de los muertos. Conté cincuenta y dos tumbas diseminadas en este cementerio más espantoso que ningún otro; cementerio sin epitafios, sin monumentos, sin flores, sin recuerdos, sin lágrimas, sin lamentos, sin oraciones; cementerio desolado, donde parece que el olvido envuelve dos veces al muerto, donde nunca se oye ni un suspiro, ni una voz, ni un paso humano; ¡soledad terrible, silencio profundo y helado, turbado solo por el sordo aullido del oso blanco o el mugir de la tormenta!

En medio de estas sepulturas sentí un espanto indescriptible; de repente se me apareció en todo su horror la idea de que podía terminar cerca de ellas; me habían advertido de los peligros de nuestra expedición; había aceptado y creído comprender los riesgos; sin embargo estas tumbas me estremecieron y, por primera vez, eché una mirada de arrepentimiento hacia Francia, hacia la familia, los amigos, el cielo hermoso, ¡la vida dulce y fácil que había dejado por los azares de una peregrinación tan peligrosa! En cuanto a los pobres muertos que tenía delante, su historia era la misma para todos. No eran ni sabios excitados por el amor a los descubrimientos, ni curiosos impulsados por la atracción de lo desconocido; eran honestos pescadores noruegos, rusos u holandeses, venidos allí para buscar, en medio de los más duros trabajos, los peligros más ciertos, la subsistencia de sus familias.

Al principio todo iba bien para ellos: las morsas eran numerosas, las focas fáciles de alcanzar; se las cazaba con éxito, se hacía aceite en la costa misma, se embarcaban los grandes dientes de marfil verde de las morsas, tan estimadas en Suecia, se hablaba del precio del cargamento, y beneficios y alegrías de regreso. Luego, de repente, un frío inesperado sobrevino; el invierno los había cogido de improviso, el mar se había inmovilizado alrededor de su pequeño barco, el camino de la patria estaba cerrado, cerrado por nueve meses, quizás por diez meses; diez meses en ese lugar, es casi una sentencia de muerte. ¡Así, se encontraban expuestos a sufrir cuarenta y cinco grados de frío en medio de una noche perpetua! ¡Qué dramas han visto estas soledades! ¡Cómo deben ser estas agonías! ¿Con qué prodigios de valor y de perseverancia el hombre alejaba su muerte, que cada día era más inevitable? ¿De qué manera apoyaba esta lucha suprema? Primero vivían en el barco, ahorrando las provisiones, calentándose con grasa de oso, huesos de pescado, aceite y todo lo que podía destruirse a bordo sin obstaculizar posteriormente la marcha del edificio, porque no se tocaba el barco mismo; el hombre piensa en el futuro, incluso en las situaciones más desesperadas, y sin duda cada uno de los pobres pescadores pensó ver realizarse para él este milagro tan raro: volver tras un invierno en Spitzberg. Las provisiones agotadas, se privaban cada vez de más cosas, y cazaban con nuevo ardor osos y zorros azules, únicos habitantes de estos parajes. Luego, un día terrible, después de la muerte de algún compañero, después de intolerables sufrimientos, se decidían a calentarse con el barco; cavaban agujeros en el hielo, se organizaba allí una especie de cabaña, se instalaban lo mejor posible y se calentaban. ¡Por fin se calentaban! Sí; pero mientras el cuerpo se reanimaba momentáneamente al calor, el alma se helaba bajo la desesperación; ese fuego consumía la esperanza, ese fuego destruía la mayor fuerza que Dios había dado al hombre. El resto no era más que el último combate del instinto de conservación contra la muerte, y la muerte era siempre victoriosa; uno a uno la pequeña tripulación desaparecía, y cada uno de estos oscuros mártires se iba acostando en el cementerio helado donde los encontré. Todos, todos así hasta el último más robusto y desgraciado que los demás, pues no tenía mano amiga para asistirlo en su última hora y preservar sus restos con piadosas precauciones; este se convertía en presa de los osos tan pronto como había dado el último suspiro, o quizás cuando ya no podía defenderse.

Estuve mucho tiempo sola, cerca de estas tumbas, pensando en estos destinos, llena de piedad, conmovida, absorta, soñando y orando; luego hice el dibujo de la pequeña península donde está situado el cementerio, y como, volviendo a bordo, hice notar que no estaba indicada en los grandes mapas, el capitán la nombró casi isla de las Tumbas.

Durante dos o tres días, el pensamiento de un posible invierno me obsesionó; parece que no era la única a bordo que se preocupaba y así fue como lo descubrí.

Una mañana, estaba silenciosamente sentada sobre un cañón, acurrucada bajo un enorme manto de piel, mirando por turnos el cielo, el mar y sus extraños aspectos, cuando mi nombre pronunciado en medio de un pequeño grupo de marineros llamó mi atención. Las primeras palabras que oí claramente fueron estas:

- ¡Qué idea haber traído a una mujer! ¿Son carreras de mujeres, viajes como este?
- ¡Ah! Eso, es verdad – dijo otro – y si nos quedáramos atrapados en esos hermosos cristales, como acabas de explicar, podemos estar seguros de que ella será la primera en irse.
- Eh, viejo amigo – prosiguió el primero – nos abrirá el camino a todos; la seguiremos de cerca, vamos; tenemos un año de víveres a bordo, pero no tenemos combustible; aquí no encontramos madera para encender una pipa, y en invierno debe soplar un extraño viento, a juzgar por la ola de calor.
- ¿Y qué mujer es? – dice un timonel, en un tono ligeramente despectivo – una mujer pálida, menuda, delgada, con pies frágiles como galletas y manos que no pueden ni levantar un remo; una mujer para romper y poner los pedazos en el bolsillo. Si por lo menos fuera una mujer de nuestra tierra (era bretón). En nuestra región tenemos mujeronas que no tienen problemas para izar una vela y maniobrar una barca; nuestras mujeres valen casi como un hombre; pero ésta, con su carita de parisina, es frívola como un periquito de Senegal. Suponiendo que nos atrapen, morirá al primer frío: seguro.

Hubo un silencio durante el cual cada uno volvió a encender su pipa; luego el que había hablado primero prosiguió en modo de conclusión:

- En cualquier caso, no es asunto nuestro; deben preocuparse aquellos que han cometido la estupidez de traerla. ¡Pues bien! si se inverna, hará lo que pueda; hará como todo el mundo.

El contramaestre había escuchado hasta entonces la conversación sin participar en ella; en ese momento, continuó el hilo de la conversación interrumpido diciendo:

- Hijos míos, lo siento por vosotros, pero habéis perdido el sentido común por un cuarto de hora; ¡cómo es que justo vosotros, los cuatro mejores y más antiguos marineros de la tripulación, no tenéis más ingenio y visión que esto! En un punto, estoy de acuerdo con usted: puede que nos equivoquemos al embarcar a esta pequeña dama, pero es para ella para quien el viaje puede ser infeliz; para nosotros es muy feliz, y más feliz, si invernamos en este perro de país, en lugar de salir de él.

- ¿Cómo? -dijeron los marineros.
- Es muy simple; se lo explicaré. Es débil, es delicada, ¿verdad? ¡Bien! ¿Sería ella la que se iría primero si nos pillara? Mejor aún. Todo eso es razón suficiente para que nos sea preciosa. Lo más peligroso del invierno, como ven, lo más difícil de evitar es la desmoralización de la tripulación. El capitán Parry[44] cuenta que es contra el desaliento de sus hombres que tuvo que luchar, sobre todo; dice que temía mucho más la debilidad de los espíritus atemorizados que los rigores horribles del clima. ¡Pues bien! Nosotros, aquí, no tendríamos nada que temer de esta desmoralización si conserváramos la vida de la joven; se diría que los hombres se ablandarían. Vamos, ¿no os da vergüenza? El frío todavía no es demasiado duro, ya veis, ya que una mujer lo soporta. Y, os digo, habría que hacer de todo para conservar la vida de la pequeña dama; su presencia en medio de nosotros sería el valor y la salud de la tripulación; por lo demás, el capitán piensa como yo, el otro día se lo dijo al primer teniente mientras caminaba con él.
- ¡Ah! ¡Si el capitán lo dijo – reanudaron los marineros – entonces es verdad.

Ya había oído bastante; me deslicé suavemente hacia la cabina, con el temor de ser descubierta, y estaba segura de que ahora, si la terrible coyuntura de una invernada nos estaba destinada, por supuesto, el egoísmo de mis compañeros de viaje me ayudaría a retrasar mi muerte lo más posible. Por lo demás, veía mi muerte como algo seguro, en el caso de que nos cogiera, a causa del malestar del que estaba aquejada, a pesar de los cuidados que me habían dispensado. Ocupaba a bordo el apartamento del capitán, y este había tenido la extrema bondad, cediéndolo, de hacerlo acondicionar de la manera más conveniente y caliente: habían cubierto el suelo con varias pieles de reno, habían cerrado herméticamente todas las ventanas, el lecho estaba lleno de edredones; era, en realidad, mucho más un nido que una habitación y además un nido poco espacioso. ¡Pues bien! A pesar de todas estas excelentes precauciones, sufría mucho por el frío, y a veces me veía obligada a levantarme por la noche para hacer ejercicio para calentarme. Agregad a ello que apenas dormía; nunca me acostaba antes de las dos o tres de la mañana, y a menudo incluso, a esta hora avanzada,

---

44 En realidad, el capitán se llamaba John Perry, no Parry. Perry (1670–1732) fue un capitán que escribió una de las primeras descripciones completas de Rusia, publicada en 1716 en su obra *The State of Russia, under the present czar*. Este libro tuvo una gran fama y, de hecho, fue traducido al francés en 1717.

no podía encontrar descanso. Ese día continuo, ese cielo extraño, invariable, sin sufrir ninguna modificación a la hora en que solemos verlo cubrirse de sombras; la medianoche se convirtió en la hermana gemela del mediodía; la extrañeza de todo lo que me rodeaba, la aspereza del clima, la alteración de todos mis hábitos, y probablemente también el alimento demasiado graso, indispensable en estas latitudes, pero muy inusitado para mí, todo esto me mantenía en una agitación nerviosa particular; me parecía pasar por una pesadilla.

En unas condiciones de existencia tan excepcionales, mi traje también había sufrido profundas variaciones; se había vuelto muy cómodo y perfectamente antiestético: llevaba pantalones de hombre y una camisa de espuma en tela gruesa azul haciendo de bata, una bufanda grande de lana roja, un cinturón de cuero negro; botas forradas de fieltro y una gorra de marinero completaban este conjunto que no tendrá imitación; no hace falta añadir que por debajo estaba llena de franela. Cuando subía a la cubierta, añadía a aquella montaña de lana un grueso abrigo con capucha que me hacía parecer un paquete informe; me había cortado el pelo, que se había vuelto imposible de desenredar, a causa de su longitud, por los espantosos balanceos de la travesía; como veis, estaba extrañamente fea: pero, en este lugar, sólo se piensa en sufrir el frío lo menos posible, y toda la coquetería pasa a segundo plano.

Os hablaré más tarde de mis ocupaciones; pero, por ahora, os mencionaré el único entretenimiento que me estaba permitido y ofrecido por el país; estaba, como vais a juzgar, totalmente en armonía con mi traje. Cuando no nevaba, nos reuníamos entre cinco o seis personas a bordo, e íbamos a jugar a «la montaña rusa», pasatiempo que tiene mucho más derecho a llamarse así que cualquier otro juego similar. Había que subir doscientos o trescientos pies de altura, casi a pico, a lo largo del flanco rojizo de una de las montañas; esta ascensión se veía favorecida por una gruesa capa de nieve; los pies de los primeros viajeros formaban una especie de escalones con los que los demás se elevaban sin demasiadas dificultades. Al llegar a alguna meseta, nos sentábamos en la cuesta y nos dejábamos deslizar hacia abajo, dirigiéndonos como podíamos con las manos, para no perder el equilibrio; así bajamos en dos o tres minutos lo que a menudo habíamos tardado dos horas en subir; era singularmente divertido, y, lo que era aún mejor, muy cálido. Mi habilidad no estuvo enseguida a la altura de mi audacia; las primeras veces a menudo perdía el equilibrio y rodaba como una masa, unas veces sobre la cabeza, otras sobre el costado, levantando a mi alrededor remolinos de nieve en mis esfuerzos por colgarme, riendo de buen corazón de mi torpeza y haciendo reír a los demás, por lo demás, nunca sufría el riesgo de hacerme daño, pues la nieve fresca formaba sobre la pendiente una capa de espuma espesa; la única molestia de este juego de colegiales era poner siempre una cierta cantidad de nieve entre el cuello y la bufanda. Pero arriesgaríamos mucho más para encontrar un ejercicio divertido que hacer en Spitzberg.

Al pie de las grandes montañas de granito, la nieve es muy alta; si con el palo de hierro se cava esta capa de nieve, se encuentra en el fondo, no de la tierra, sino del hielo; dando algunos golpes de palo herrado en este hielo, se divide en una innumerable cantidad de pequeños cristales en forma de aguja, muy similares a los que se ven colgando alrededor de ciertas lámparas de araña; nada más bonito de ver y más agradable de morder, incluso por el frío, y si fuera posible obtener artificialmente algo similar, esto figuraría perfectamente en nuestros bailes, entre los sorbetes y los frutos helados. La nieve tiene también su singularidad: a veces pierde su blanco y proverbial color, para volverse de un verde tierno o de un rosa pálido; esta coloración, que a menudo vemos que invade llanuras enteras, se debe a la presencia de criptógamas imperceptibles que se desarrollan en la superficie de la nieve, bajo la influencia de ciertas combinaciones atmosféricas. Esta es la vegetación más visible de Spitzberg; sin embargo, investigaciones pacientes pueden hacer descubrir en el fondo de algunos valles, en estrechas grietas garantizadas por rocas, pequeñas plantas magras, flacas, encorvadas, que inclinan tristemente su cabeza hacia el suelo: es la saxífraga estrellada, el ranúnculo amarillo, la amapola blanca. Sobre las mismas rocas crece un liquen pedregoso muy adherente, bastante parecido a grandes setas secas; se encuentran también algunos mechones de espuma negruzca, tan impregnados de la humedad que se desprenden por terrones bajo el pie y tienen el aspecto de una esponja mohosa; cuando, después de varias horas de carreras en las rocas, había conseguido reunir un pequeño haz de plantas del tamaño de un fardo de cerillas, volvía triunfante y guardaba orgullosamente mi botín del día en hojas de papel gris. Esto es todo con referencia a la flora de la bahía Magdalena; la nomenclatura de la historia natural no será más extensa.

Se dice que Spitzberg está lleno de osos polares y renos salvajes. Es posible; sin embargo, no hemos visto ninguno de estos animales: ¿es a causa del azar, o habíamos llegado a una latitud que abandonan por no poder encontrar su comida? No resolví la cuestión. En cambio, estuvimos rodeados de un gran número de focas. Vosotros sabéis que la foca es el animal vulgarmente llamado perro marino; es un cetáceo largo de cuatro o cinco pies, cubierto de un pelaje corto y áspero, amarillo sucio o grisáceo manchado de negro como la piel del leopardo; dos pares de manos muy largas le hacen las veces de aletas y patas; las utiliza para nadar y para arrastrarse sobre los hielos; su cabeza se asemeja a la de un perro al que le han cortado las orejas, y está embellecida por dos grandes ojos de color verde mar, suave y claro como los ojos de un niño. Estas pobres focas, con sus aires tranquilos y confiados, me interesaban mucho; no podía ver cómo les disparan un tiro sin sentir un gran pesar, y cuando una de ellas, estando herido, enrojecía el hielo con su sangre y volvía hacia nosotros su mirada casi humana, me parecía haber visto cometer una especie de crimen.

Durante toda nuestra estancia solo vimos una morsa (vaca marina). La morsa es mucho más grande, más singular y más fea que la foca; el nombre de elefante marino le sería más apropiado; tiene del elefante la forma colosal, pesada y antiestética, la piel gruesa y áspera, los ojos pequeños, y, rasgo distintivo, los colmillos. Salen de su enorme hocico aplastado como una cara de león dos largos dientes de marfil, diferenciándose de los del elefante en que se curvan por debajo en lugar de hacia arriba; el marfil es también más verdoso y más poroso. La morsa es anfibia y tiene, como la foca, aletas-manos; sus colmillos le sirven para aferrarse al hielo o a las rocas cuando quiere salir del agua; su tamaño varía de nueve a doce pies de longitud; está cubierta con una gruesa capa de grasa, esto la hace muy valiosa para los pescadores noruegos; la pesca de la morsa es vista por ellos como más productiva y menos peligrosa que la de la ballena. La morsa no es feroz y no ataca al hombre, pero se defiende con indomable valentía. Me contaron en Hammerfest que el año pasado los pescadores, habiendo descubierto una pequeña morsa en una cueva a la orilla del mar, se apoderaron de ella y la pusieron en su barco. El padre y la madre morsas, furiosos por no encontrar más a su cría, persiguieron la embarcación, y uno de ellos, aferrándose al barco con sus formidables colmillos, lo inclinó tanto, que uno de los pescadores se cayó al mar; la morsa se lanzó sobre él con furia, y fue imposible para los pescadores salvar a su compañero.

Además del aceite que la carne de la morsa produce en abundancia, los pescadores aprovechan la piel del animal, con la que hacen cubiertas para los carros, y el marfil de sus dientes, que se emplea de diversas maneras. Los rusos son muy hábiles para trabajar el marfil; fabrican joyas, cajas talladas como encajes, y especialmente cadenas ornamentadas con pequeños anillos, como los llamados *jaseron*: estas cadenas de marfil tan finamente trabajadas recuerdan la maestría china. La mayor parte de estas pequeñas obras de arte y de paciencia llegan de Siberia, donde los prisioneros tallan marfil de morsa como nuestros galeotes utilizan en Tolón el coco. Las morsas, tan raras en Magdalena-Bay, se encuentran en gran número en las costas meridionales de Spitzberg; un barco pescador mata generalmente doscientas o trescientas por temporada.

Aunque no eran tan numerosas como en Beeren-Eiland, las aves marinas aparecían en gran número en los hielos y en las rocas, pero no alegraban nuestra estancia, al contrario. El ave marina es apenas un pájaro; no lo es ni por el sonido ni por las costumbres; es voraz, feroz, clamoroso y rencoroso; aunque, como el arao y la perdiz roja tiene las bonitas patas de coral, no tiene la gracia.

El pájaro de mar no tiene canto, sino un grito que varía del ronco al lúgubre; algunas especies de gaviotas se quejan como niños que lloran; otras, nombradas por los marineros *goddes*, lanzan risitas extrañas: nada descansa el ojo en este siniestro país, nada seduce al oído; todo es triste, todo, ¡hasta los pájaros!...

Algunos zorros azules fueron asesinados por nuestros cazadores; eran pequeños, débiles y feos. Los zorros azules de Spitzberg no se parecen en nada a los zorros de Islandia o Siberia, cuya piel es tan hermosa y estimada. Al estar bien protegidos contra el frío, ya no tienen ni siquiera en el cuerpo una piel, sino varias capas de pelos muy gruesos y tan mezclados, tan acurrucados, que es más bien un colchón que una piel; además, en lugar de ser de color un poco salvaje como los zorros de Islandia, son de color gris ceniza. Su piel es muy buena para hacer alfombras. Como todos los animales destinados a nuestra mesa estaban muertos de frío, intentamos comer estos zorros, pero, aunque estaba muy cansada de la comida conservada, la prefería a la carne de estos animales, que tiene un sabor salvaje muy repelente.

De osos, lobos o renos, no vimos ni su sombra, y los animales de los que acabo de hablarles forman, junto con las medusas azules y algunos otros zoófitos, los únicos seres animados que vimos durante una estancia de seis semanas en la bahía Magdalena.

En cualquier otro lugar que no sean estas regiones polares, un buque anclado está a salvo; en Spitzberg, como os he dicho, la peor suerte no es la de un naufragio, es la de un invierno; de un día a otro, de una hora a otra, la bahía que te alberga puede convertirse en prisión, ¡y menuda prisión! ¡Ningún calabozo inspira semejante terror! Un día me di cuenta: era el 7 de agosto; varias personas de la expedición, viendo el claro y la nieve barrida por un buen viento del este, quisieron ir en lanchas hasta la punta de Hakluyt, el último cabo al norte de la costa de Spitzberg. La excursión debía durar un día; no se me había querido admitir; me quedé sola a bordo con el capitán, que, como sabéis, nunca abandona su barco. La primera parte del día transcurrió bien, y envidié la suerte de aquellos que se acercarían al polo unas cuantas leguas más; quizás iban a llegar hasta el gran hielo, meta de todas nuestras ambiciones. Razoné para calmar mi pesar; terminé por encontrar mi situación ya suficientemente elevada en latitud, y me dije que no había que envidiar demasiado a esos pobres hombres, cuyo orgullo no había exigido más de doce o quince leguas de ventaja sobre mí. Para ocupar esas largas horas en que la corbeta, privada de todos sus pasajeros, me parecía tan desierta, me puse a escribir cartas y a llenar así mi soledad con todos los seres queridos que había dejado lejos de mí. Hacia las cuatro de la tarde me vi obligada a interrumpir; ya no veía en mi habitación; una niebla espesa no dejaba pasar la luz a través de las gruesas arandelas de cristal que me cubrían como ventanas. Subí al puente y encontré al capitán ocupado mirando con su telescopio toda una flotilla de grandes hielos que tomaba posición a la entrada de la bahía; este espectáculo me llenó de una indecible angustia.

- Capitán – dije–, ¿qué pasa? La bahía va a quedar cerrada por todos estos hielos.
- No se preocupe -me respondió el comandante-, no hay nada que temer todavía; no hace suficiente frío para que los hielos se unan; por lo demás, enviaré un bote allí para comprobar si se ha formado una presa.
- Y si se forma, ¿qué haremos?

El capitán no me respondió y dio la orden al bote de partir. Lo seguí con ansiedad; vi a los hombres nadar con ardor, girar los grandes hielos, pasar entre los más pequeños, y luego desaparecer finalmente en este campo de icebergs. Al cabo de una hora habían vuelto; habían intentado en vano salir de la bahía, no existía paso alguno; ese frío, del que no se sospechaba, había sido suficiente para soldar los hielos y hacer de ellos un infranqueable muro de rocas. Aunque un marino acostumbraba a disimular sus impresiones desagradables, el capitán se preocupó al escuchar el informe de los marineros; en cuanto a mí, mi corazón se encogía, y por primera vez el terror me entraba en el alma:

- ¡Y nuestros viajeros! – exclamé–; ¿cómo van a volver?
- Eso es lo que me preocupa – dijo el capitán – sólo tienen víveres para dos días; es una imprudencia.
- Y están en botes sin cubierta, expuestos al frío, a la nieve; ¡Dios mío! Capitán, esto puede ponerse feo; ¿qué piensa hacer?
- Mañana lanzaremos algunos cañonazos sobre todo esto, e intentaremos hacer un agujero; por lo demás, veremos lo que hará el viento esta noche.

El capitán permaneció en silencio, paseando de lado a lado por el puente, con el telescopio en la mano, interrogando en todo momento al cielo y al mar. Durante largas horas nada cambió de aspecto; las puntas agudas de los hielos rasgaban aquí y allá el espeso velo de niebla que se bajaba sobre nuestras cabezas, pero permanecían inmóviles; mi corazón era aún más triste que ese sombrío horizonte, y entonces hice mis primeras reflexiones sobre nuestra imprudencia, de haber venido a exponer nuestra vida en estos horribles parajes, donde todo incidente es una catástrofe, donde un cambio de viento, un ligero descenso del termómetro, pueden traer la muerte.

Un viento que tenía todas las características de un huracán se levantó hacia la medianoche; el viejo océano sacudió con furia su melena blanca de espuma; enormes olas se precipitaron sobre los hielos; el banco cruzó con gran ruido y se desunió; ¡Nunca más terrible tumulto causó una impresión más alegre; ¡la bahía estaba libre, los botes podían volver!... Llegaron unas horas después, y el peligro que habían corrido les preparó una recepción doblemente cordial.

Al día siguiente, los hombres de la tripulación fueron encargados de grabar profundamente, sobre una gran roca situada cerca de la costa, la fecha de nuestra llegada, el nombre de la corbeta y el de todas las personas que formaban parte de la expedición; me hicieron el honor de ponerme a la cabeza de la lista, y si mi nombre no era el más notable de todos, era seguramente el más sorprendente de encontrar en un lugar como este. Esta simple inscripción, que sólo contiene nombres y fechas, está muy lejos del estilo enfático de algunos viajeros; si Regnard hubiera llegado hasta el norte de Spitzberg, no es posible imaginar lo que habría inscrito en esta roca; probablemente habría tenido la pretensión de haber salido de los límites del mundo, él que afirma haber tocado el eje del polo en Sukajerfi, en Laponia, ¡a 67° de latitud, es decir trece grados más al sur que la bahía Magdalena!

Esta roca es el único rastro visible de nuestra estancia; pero los mapas de geografía aumentados de costas cuidadosamente tomadas, los museos enriquecidos con animales, plantas y muestras mineralógicas, dan fe de que no ha sido mal empleado. No trataré de comunicarles el resultado de las observaciones hechas sobre las oscilaciones de la aguja magnética; este es el campo de la ciencia, no el mío; me limitaré a recordarles que nos encontrábamos a una distancia aproximada de 10° de latitud del lugar donde el comandante Ross coloca el polo magnético, que dice estar sobre 70° 5' 17" de latitud y los 96° 46' 45" de longitud. Lo comprobó en 1832, en aquella terrible expedición, en la que pasó cuatro años en esas latitudes, atrapado en el hielo, sin que la temperatura permitiera a la nave retomar el mar. Si tal desgracia le hubiera ocurrido en Spitzberg, donde el frío es más intenso, donde los socorristas esquimales no se encuentran, ningún hombre habría vuelto probablemente de esta expedición, y el mundo tendría que lamentar la pérdida de dos de sus más ilustres viajeros.

Los hidrógrafos tenían una amplia carrera en sus trabajos: costas que elevar, alturas que tomar, montañas que dibujar, no les faltaba ocupación. Los naturalistas y los botánicos eran menos felices: dragaban a ultranza para conquistar solo algunos zoófitos semejantes a trozos de cristal, verdaderas piedras preciosas del mar que había que apresurarse a sumergirlas en el aguardiente si no se quería verlas fundirse y descomponerse en el aire; se exploraba el país en todos los sentidos para traer una pizca de esas pequeñas plantas de las que os hablé; se cazaba con ardor para matar algunas aves marinas, una foca o un zorro. La mayor parte del tiempo nos veíamos privados por la nieve de esos laboriosos placeres y nos quedábamos a bordo; el puente de la corbeta ofrecía entonces el aspecto más triste: desaparecía bajo una desagradable alfombra blanca que lo envolvía todo, a excepción de algunos rincones donde los marineros habían tendido telas enceradas para ponerse al abrigo; nuestros hombres, escondidos bajo grandes ropas de piel o de vellón de cabra, eran los salvajes personajes de este triste cuadro.

Nuestra estancia no podía prolongarse, sin graves peligros, en la bahía Magdalena; también se multiplicaban, en los últimos días, las excursiones en tierra. Casi siempre participaba, y por lo general me aislaba de mis compañeros de viaje; me gustaba encontrarme a veces sola en medio de esta naturaleza grandiosa y terrible; me invadió aquel sentimiento profundamente religioso que domina al hombre cuando se encuentra cara a cara con la inmensidad. Los desiertos tienen su propia poesía: desiertos de arena, desiertos de hielo, siempre es el infinito de la soledad, y ninguna voz le habla al alma en un lenguaje más conmovedor. Sí, cuando tenía delante de mí el vasto océano Polar cargado de bancos de hielo, cuando las grandes rocas negras me ocultaban la vista de la corbeta, si de repente se levantaba el viento, si el mar rugía, si los glaciares se derrumbaban a mi alrededor con sus ruidos formidables, si la nieve me envolvía con sus violentos remolinos, entonces me parecía oír la voz misma del Todopoderoso, cuya respiración puede conmover al mundo, y me recogía en una silenciosa oración.

Un día, sin embargo, un solo día, pudimos ver Spitzberg con buen tiempo: era el 10 de agosto. Desde la mañana, las grandes cortinas de niebla que velaban sin cesar el horizonte fueron arrastradas como por una mano invisible y, ¡milagro! ¡el sol, un verdadero, hermoso, brillante sol apareció!; bajo su influencia, la bahía se volvió admirable, las nubes corrían por el cielo, arrastradas como ligeros copos; las grandes rocas dejaron caer sus mantos de nieve; el mar se agitó y tembló bajo los brillantes hielos que se hundían por todas partes: parecía que los rayos del sol hubieran dado vida a esta tierra muerta y siniestra, y que la tierra empezara su trabajo de primavera. Era el deshielo, el deshielo completo, ruidoso y alegre; el deshielo saludado por todas partes como el final de la temporada triste. ¡Ay! ¡En Spitzberg, el deshielo, la primavera, el verano, todo esto dura solo algunas horas! Al día siguiente de aquel hermoso día, la bruma oscureció el cielo; una oscura atmósfera dio paso al día brillante, el frío volvió a ser más intenso, la ráfaga gimió lúgubre, los hielos permanecieron inmóviles, volviéndose a soldar en las rocas, y todo comenzó a dormirse en aquel sueño helado y fúnebre que duraba más de once meses.

El repentino regreso del invierno nos obligó a pensar en la salida; todo intento de penetrar más al norte se hacía impracticable; cuatro días después de esta advertencia, el 14 de agosto, abandonábamos la bahía Magdalena, llevados hacia el mar por nuestras lanchas, montadas por vigorosos remeros. No me embarqué sin ir a rezar una última oración a la tumba de aquellos desafortunados marineros que, después de nuestra partida, quizás no recibirían nunca más ninguna visita humana.

Vi, con un sentimiento de profundo alivio, desaparecer sucesivamente ante mis ojos las montañas rasgadas, los picos agudos, los inmensos glaciares de la bahía Magdalena; me sentí salvada de un peligro inminente, el más grande seguramente que pude correr jamás. El hecho de estar encerrada en estos horribles hielos y morir allí, como nuestros predecesores, en las horribles torturas del frío, junto con la contemplación de las siniestras bellezas del Spitzberg me había arrojado sobre el espíritu un velo de insuperable tristeza. En efecto, este país es extraño y aterrador, y si no se capta un espanto absoluto cuando uno se le acerca, es que se ha estado preparado en grado para su lamentable aspecto. Las islas de Noruega y el Cabo Norte nos habían acostumbrado poco a poco a la desolación; pero si era posible ser transportado, sin paradas, desde nuestra risueña París hasta esas latitudes heladas, no dudo en que vería, incluso a la persona más valiente, asustarse de verdad.

El viento nos favoreció en el regreso como lo había hecho en la ida; el día 15, ya veíamos los glaciares llamados las Tres Coronas, de los que hablan Parry y Scoresby en sus diarios.

Estas Tres Coronas son tres pirámides de hielo de una dimensión colosal, que dominan el océano como las pirámides de piedra de los egipcios dominan el desierto. ¿Son de hielo puro o son de granito cubierto con una gruesa capa de hielo? Nadie lo sabe; siempre parecen inmutables y resplandecientes al ojo encantado del viajero. No sé si alguna vez fueron abordadas. A medida que volvíamos al sur, encontrábamos un poco de vida a nuestro alrededor, las aves eran más numerosas, algunos delfines blancos mostraban sobre las olas su espalda de nácar. Al cuarto día, nos vimos rodeados de ballenas; venían curiosamente alrededor de la corbeta, como para examinar bien aquel pez desconocido más grande que ellas; a veces avanzaban muy cerca de nosotros, y podríamos haberlas distinguido en detalle, si se hubieran mantenido un solo momento tranquilas; pero estas enormes bestias son extremadamente ágiles, nadan con gran rapidez, siempre hacen rebotes y levantan sus cabezas monstruosas fuera del agua solo el tiempo necesario para respirar; entonces ni siquiera podemos examinarlas, porque el agua que expulsan violentamente por sus respiraderos produce dos columnas de una especie de nieve en medio de la cual desaparecen. El 18 de agosto, por primera vez desde el mes de junio, el sol dejó el horizonte, pero por poco tiempo; porque el amanecer se confundía con el crepúsculo para formar un resplandor incierto e indefinible. Avanzábamos a toda vela con un buen viento fresco hasta el 21; pero entonces el mar agitado se volvió violento y se precipitó sobre la corbeta como todavía no lo había hecho. Sufrimos varias averías; nuestro mascarón de proa se hundió, a pesar de su armadura de hierro; las olas sumergieron el puente; las bahías y los cabos flotaban por todas partes como sobre un pequeño mar; cerramos las escotillas, cargamos todas las velas y dejamos que el viento soplara. En cada momento experimentamos terribles temblores, y el capitán tuvo que tender cuerdas sobre el puente para ayudar a todos; se aferraban a él, porque era imposible estar de pie. Me mareé de manera lamentable; sin embargo, no abandoné el puente, no queriendo perder esta oportunidad de ver un verdadero gran tiempo del océano Polar. Bien empaquetada en mi cobertizo, montada sobre un cañón, agarrada a la barandilla durante todo el día, miraba. Las olas eran altas, finas y transparentes, hasta el punto de que se divisaba el cielo a través de cada una de ellas como a través de un espejo turbio; una espuma ligera se agitaba sobre cada ola como un penacho blanco; todas estas grandes olas se precipitaban una sobre otra con una furia inaudita y hacían un ruido vertiginoso; nunca había visto el mar así, y lo encontré tan hermoso que olvidé temerlo. Este huracán había enfriado considerablemente la atmósfera y, la noche de aquel día, el frío me obligó a estar en mi habitación entre mis pieles de reno y mi edredón. Afortunadamente este frío no duró; al día siguiente se había convertido en niebla espesa. Las variaciones de temperatura en las regiones polares son frecuentes y bruscas; de la mañana a la tarde, de una hora a otra, el termómetro varía de diez e incluso de quince grados; esto produce en el viajero una impresión doble: el efecto físico y el efecto óptico, si me permitís decirlo así. Uno se da cuenta naturalmente de que el tiempo se ha enfriado o calentado repentinamente; pero, además, uno se sorprende de pasar sin transición de un día oscuro a un día claro, y viceversa. Cuando, durante nuestra travesía, el sol, al aparecer, disipaba por un momento la niebla y la nieve que nos rodeaban habitualmente, me parecía salir de una pesadilla terrible para encontrarme en la dulce atmósfera de los climas templados.

El 22, el viento volvió a soplar con una nueva fuerza, y, a pesar de que servía a nuestra marcha, íbamos muy incómodos; el 24, veíamos el Cabo Norte, pero no era posible intentar acercarse a tierra con semejante tiempo: habríamos sido infaliblemente arrojados sobre las rocas de la isla Mageroë. Hubo que detenerse en alta mar y esperar. El 25, por primera vez, la noche tuvo una hora de completa oscuridad. Finalmente, el 26 por la mañana, el viento cayó, el alba nos mostró un mar blanco como una llanura de espuma; se desplegaron de nuevo las velas, y en pocas horas llegamos al puerto de Hammerfest.

¡Oh, triste playa, colinas desnudas y estériles, pobres casuchas, miserables habitantes! ¡Con qué indecible emoción os revivo! Había vuelto, estaba a salvo, me sentía orgullosa y feliz. Si hubierais podido verme entonces, me habríais encontrado muy pálida y bien delgada, pero habríais tenido, espero, alguna consideración por una mujer que ha hecho un viaje que ninguna otra había emprendido antes y que, me atrevo a prever, ninguna hará después.

He aquí una carta interminable, querido hermano, casi un volumen; os contaré todavía mucho en la próxima, porque ya no podré escribiros hasta que no haya cruzado Laponia.

SÉPTIMA CARTA

Mattaringuy

Después de tomar tres días de descanso indispensable, dejé Hammerfest el 28 de agosto, con el mismo y único barco de vapor del Finmark, que ya me había llevado allí; no queríamos volver con él hasta Drontheim, nuestro proyecto era desembarcar en Kaafiord, dejando a bordo del barco todas nuestras cajas y guardando con nosotros solo lo estrictamente necesario para emprender la travesía de Laponia.

Kaafiord (pronunciad Cofior), donde descendimos, es un pequeño puerto en el fondo de una bahía profunda: está situado a veinte millas aproximadamente de Hammerfest. Hace algunos años, había apenas cinco o seis cabañas habitadas por pescadores o lapones costeros; hoy es un gran pueblo rico e industrioso, cuya vista alegra al viajero triste por la miseria de Finmark. El secreto de esta transformación es que en Kaafiord existe una mina de cobre muy rica; el gobierno sueco la conocía, pero, demasiado pobre para hacer los gastos necesarios de los primeros años de explotación, no se ocupó de ello. Una compañía inglesa se formó con la intención de explotar estas minas, y solicitó al gobierno sueco privilegios a tal efecto que se le concedieron fácilmente. El pueblo inglés posee en gran medida el genio de la industria y de la colonización. Los ingenieros que vinieron de Londres a Kaafiord lo demostraron una vez más. Nada desanimó a este pequeño grupo de hombres, ni los rigores de un clima en el que las nieblas del Támesis son calurosos céfiros, ni las dificultades inherentes a un país sin vegetación y sin habitantes. No había madera, se trajo carbón de Inglaterra; se carecía de obreros, se envió a buscarlo a Cornualles; en poco tiempo todo fue transformado, y una pequeña colonia, compuesta solo por dos familias, supo llevar a este remoto rincón del mundo las costumbres civilizadas y parte de la comodidad de la vieja Inglaterra. Cuando llegué a Kaafiord, caminé de sorpresa en sorpresa: encontré, en lugar de las pequeñas casas de Hammerfest, amplios apartamentos, bien amueblados, bien cerrados y bien ventilados al mismo tiempo, estufas y chimeneas dispuestas a la perfección, alfombras, libros, algunos cuadros, un piano; era increíble. Recibimos la acogida más cordial de los Sres. Crowe y Woodfall, concesionarios de las minas, del Sr. Thomas, ingeniero, así como de sus familias. La mesa de Kaafiord ofrecía un completo contraste con nuestros menús de Hammerfest; gracias a las frecuentes relaciones entre las minas y la madre patria, nos sirvieron con abundancia y variedad, y cuando, confortados por una buena cena, alegrados por el espectáculo de estos excelentes huéspedes que se apresuraban a nuestro alrededor, nos encontramos por la tarde tomando el té entre jóvenes mises escotadas y algunos hombres vestidos con ropas irreprochables, nos costó mucho creer que todavía estábamos a orillas de aquel océano Glacial que acababa de ofrecernos aspectos tan terribles y tan desolados. Tan pronto como uno pasa el umbral de la casa inglesa, la ilusión se destruye muy rápidamente, y los 70° de latitud norte se muestran escritos por todas partes.

Kaafiord cuenta hoy con más de mil habitantes, incluidos los obreros, por supuesto; la mayoría de sus mineros son ingleses y suecos; sin embargo, en los últimos años se han unido campesinos de Finmark e incluso algunos lapones, que prefirieron el salario asegurado del obrero a los beneficios inciertos del pescador. Toda la pequeña colonia vive en relativa facilidad y bienestar, comparados con la miserable existencia de sus vecinos; por eso los niños tienen en Kaafiord una cara de buena salud que yo ya no estaba acostumbrada a encontrar.

Al día siguiente de mi llegada, me hicieron el honor de permitirme visitar las minas, y menudo honor porque mi Cicerón, el hijo del Sr. Crowe, como verdadero propietario, no me hizo ni la gracia de una piedra.

Aunque la explotación de las minas de Kaafiord comenzó hace varios años, está todavía muy incompleta; las galerías son numerosas, pero todas bajas y húmedas; recorriéndolas, a menudo se tiene agua hasta los tobillos; las murallas rezuman incesantemente, y se reciben sobre la cabeza gotas de agua helada; para mí, lo peor no era eso, sino el espeso vapor sulfuroso difundido en los subterráneos; estaba medio asfixiada, y me impidió ver a seis pulgadas de distancia, a pesar de la gran antorcha de resina que el Sr. Crowe me hacía llevar. Esta excursión, como veis, carecía absolutamente de alegría; lamenté mucho haberla emprendido, pero pensé que debía a la amable hospitalidad de mis anfitriones mantener una actitud resignada. Durante tres horas anduve por un número infinito de escaleras desiguales, de pendientes húmedas, de escalas vacilantes, de bóvedas bajas y de galerías tortuosas para desesperar a Teseo y a su pelotón. Finalmente, en el momento en que iba a implorar clemencia, me encontré al aire libre, mojada hasta los huesos, cansada hasta el exceso y medio asfixiada por las exhalaciones de azufre.

Durante este desafortunado examen, el Sr. Crowe tuvo la amabilidad de darme explicaciones, de seguir los filones, de abrir nuevas vías, de dirigir las aguas; confieso no haber prestado mucha atención a sus descripciones: no tenía humor para la geología. Mientras escuchaba muy mal, con ganas de salir de aquellas bóvedas negras semejantes a desfiladeros del infierno, creo haber comprendido sin embargo que la mina contenía, además de cobre, o más bien mezclados con cobre, arsénico, cobalto, trozos de cristal de roca, hierro en proporción bastante grande, plata en pequeña cantidad y parcelas de oro puro.

Después de haber visitado la montaña en el interior, quise examinarla al aire libre; un rayo de sol me favoreció al día siguiente de mi visita a la mina, me puse valientemente a trepar por ella, sin otro compañero que mi bastón ferroviario, el mejor guía en tales circunstancias. Atravesé una especie de jardín cuyos colonos ingleses lograron rodear su vivienda, luchando a la vez contra el suelo ingrato y el clima inclemente, y me encontré al cabo de poco tiempo entre las rocas y los desprendimientos.

Esta montaña de Kaafiord, tan salvaje hace algunos años, ha sufrido transformaciones singulares desde que la industria la convirtió en su dominio. En la parte inferior está aplanada, cavada, cuidadosamente rastrillada; en la parte superior, el pico y el polvo la han perforado hasta el corazón; las grúas le han quitado sus grandes huesos de granito; está desgarrada, trastornada, destripada por todas partes. En los lugares que aún no han sido invadidos por los temibles mineros, alimenta a tres o cuatro ramas de pinos delgados y abedules débiles; luego, en los intersticios de todas las piedras, en el borde de todas las grietas, alrededor de todos los pozos, crece la espesa maleza de arándano, y sus matas de un verde oscuro, consteladas de pequeñas bayas azuladas, le hacen como un manto encantador del que esconde sus profundas heridas. Al llegar a la cima de la montaña, alcancé una meseta donde las esposas de los mineros daban a las piedras sus primeras formas machacándolas groseramente. Como estaba al aire libre y a plena luz del día, seguí con interés sus operaciones. El mineral así dividido se coloca en amplios conductos de madera colocados sobre la pendiente de la montaña; estos conductos, especie de ranuras masivas, lo arrastran hasta cuatro enormes cilindros de piedra colocados horizontalmente; estos cilindros, movidos por un torrente, giran incesantemente uno contra el otro con una fuerza que reduce las piedras más duras en polvo. Al salir de los molinos, el mineral se coloca en pequeños vagones y se conduce por un estrecho ferrocarril al edificio de la fundición. Allí sufre las siete formas que le son necesarias para ser completamente depurado, y todo esto se hace tan rápidamente, que bastan dos horas para transformar los fragmentos de la roca de Kaafiord en hermosas barras de cobre rojo, que barcos ingleses se llevan, no sin grandes beneficios para la empresa concesionaria; porque el mineral de Kaafiord contiene, me dijeron, alrededor del 10 % de cobre puro. Desde lo alto de la montaña se tiene un panorama muy amplio y muy pintoresco, reuniendo en un mismo cuadro los aspectos de la naturaleza más abruptos y las escenas de la vida civilizada.

El pequeño golfo de Kaafiord tiene la forma de un embudo; el cuello de entrada es tan estrecho que dos barcos tendrían, creo, dificultad para pasar de frente; a un lado del golfo, sus grandes rocas se elevan a pico sobre el mar; por otro, la montaña desciende en pendientes y forma de vez en cuando pequeñas mesetas donde se han construido las casas de madera de los mineros. En uno de los promontorios de entrada se levantó una iglesia, pequeña, sencilla, pintada de gris, que, vista desde lejos, se confunde con la roca; detrás de la iglesia, a cierta distancia, la fundición muestra incesantemente la boca ardiente de sus hornos y vomita espesos remolinos de humo por sus cuatro chimeneas; al fondo del golfo, tapizada en el lugar más tranquilo y mejor protegido, la casa inglesa aparece con su techo rojo, sus murallas pintadas y resplandecientes, su aire de serenidad y orden, y deja salir a un grupo de niños que van a embriagarse en el pequeño parterre de ranúnculos, amapolas y miositis. La oración, el trabajo, la familia, la vida entera del hombre en su mejor aspecto, está así representada en este pequeño golfo de las costas de Finmark.

Pasé cuatro días en Kaafiord, muy ocupada preparando nuestro viaje a través de Laponia. Los miembros de la comisión científica también tuvieron que hacer este difícil viaje, pero quisimos marcharnos antes que ellos. Mis anfitriones hicieron un gran esfuerzo para alejarme del proyecto de volver por Laponia.

– Ignoráis, señora – me decían todos – los peligros de los desiertos de Laponia; imaginaos pantanos profundos, fangosos, intransitables; os veréis obligada a hacer más de cien leguas sin encontrar techo, sin ver un camino desolado; si queréis explorar este horrible país, esperad al menos a las primeras nieves; entonces, al menos, podréis viajar en trineos sobre la tierra helada, y atravesaréis en diez días todo el espacio que quizás tardéis seis semanas en recorrer ahora. ¡Es una locura intentar llegar a Torneä con esta temporada de lluvia y deshielo!

Todo esto era muy sensato y dicho con las mejores intenciones; el problema es que, para seguir el consejo, habría sido necesario decidirse a pasar el resto del invierno en Estocolmo y prolongar así por tres meses un viaje ya infinitamente largo, por lo que no pudimos aceptarlo.

No hay caballos en las costas de Finmark, serían una ruina inútil; las comunicaciones son imposibles en tierra, por lo que todos los trayectos se hacen por mar; habíamos previsto esta dificultad y, desde nuestra primera estancia en Hammerfest, dado las órdenes necesarias para traer, hacia el 1 de septiembre, a Kaafiord, los seis caballos que necesitábamos; llegaron en efecto el 30 de agosto, conducidos por dos noruegos. Tan pronto como me enteré de su llegada, fui a conocer a nuestros futuros caballos: eran caballos de raza noruega, pequeños, pesados, con el pelo despeinado, grandes piernas y largas colas; habría hecho un mísero espectáculo en una carrera o en un paseo por los Campos Elíseos. Estaban ataviados simplemente con cuerdas y arneses usados. A pesar de este exterior poco alentador, eran excelentes bestias; nos sirvieron valientemente, y su energía nos sacó de más de un mal paso. Al principio me encontré bastante avergonzada; como no se había previsto la presencia de una mujer, nuestros corresponsales habían olvidado procurar una silla de mujer, y me veía ya obligada a hacer todo el viaje cabalgando como los hombres, eventualidad que me habría puesto en dificultad, a pesar de llevar vestimenta masculina, y que me asustaba al no tener mucha experiencia. Uno de nuestros buenos ingleses vino en mi ayuda y me cedió una vieja silla de mujer que, por una feliz casualidad, había traído de Londres, y que creía que nunca emplearía. El 30 de agosto, todo estaba listo para nuestra partida; había, os lo dije, retomado mi traje masculino, y me obligaron a añadirle un par de grandes botas de postillón; las puse por encima de las mías, protegiéndome lo mejor posible del barro líquido de los pantanos.

Nuestra caravana estaba así dispuesta: tres de nuestros caballos los montábamos mi marido, nuestro criado francés y yo; el cuarto llevaba la tienda, una verdadera tienda de soldado en tela gruesa, con un palo en el medio y agujeros por todo alrededor para pasar estacas; los otros dos llevaban nuestras provisiones de conservas y galletas de mar, un poco de ropa, zapatos de repuesto y la olla de hierro fundido que iba a ser toda nuestra batería de cocina durante mucho tiempo. Estos pobres animales se encontraban así muy cargados; por eso cada uno de nosotros tomó detrás de sí, como maleta, un saco de cuero que contenía los objetos indispensables para el aseo, el manto y la piel de reno que debían servirle de colchón y de manta durante el camino.

Me dio lástima despedirme de nuestros colonos ingleses; por su parte, me manifestaron el mismo sentimiento, y ocho o diez de ellos quisieron acompañarnos durante algunas millas. Cuando nos detuvimos para separarnos, besé con una última mirada el techo hospitalario de los mineros, y aquel vasto mar del Norte que desarrollaba más allá del pequeño cuello de Kaafiord sus llanuras móviles: en aquel momento se vislumbraba a lo lejos, medio perdido en la niebla, un pequeño barco que corría bajo todas sus velas orientadas a gran escala, lo que lo hacía parecer un vuelo de aves marinas que emigraban con alas. Rodeamos una gran roca; vimos todavía los sombreros de nuestra amistosa escolta agitarse en el aire en nuestro honor, y luego todo desapareció a nuestros ojos.

Estábamos dando nuestros primeros pasos en el camino a Laponia.

La tarde de aquel día, no probamos todavía nuestra tienda: fuimos a dormir a casa de uno de nuestros conductores que estaba a pocas leguas. La casita del guía Mathisen estaba construida en un lugar lleno de un encanto salvaje: situada a mitad de camino de una colina boscosa, estaba toda escondida por la maleza y, con su techo de hierba, parecía un nido. A cuarenta pies por debajo de la casa espesaba un pequeño lago profundamente encajado en sus orillas verdes; detrás de las orillas se levantaba una muralla de altas rocas: esta fortificación natural solo se interrumpía en un lugar, donde se formaba una garganta estrecha, de la que el lago aprovechaba para extenderse como una copa demasiado llena y huir en cascadas. Por encima de las rocas, la colina era a veces abrupta y árida, a veces arbolada de abedules y pinos, por todas partes agreste e inculta. Lo que captaba el alma de este paisaje era su gracia severa, su calma suprema e indecible: la mano del hombre no había pasado por allí, y, como se podía sentir, las rocas nunca habían sido escaladas, el prado nunca había sido segado, los árboles caían de vetusto unos sobre otros; sin barcas en la parte inferior del lago, sin sendero en la hierba, sin humo en el horizonte; ningún ruido en el aire que no fuera la voz de la cascada o el ligero susurro de las hojas, y, por debajo de todo, la cúpula gris del cielo del norte dejando caer sobre todas las cosas su luz velada y melancólica.

Era una cosa diferente a las soledades embalsamadas de América del Sur, exuberantes de severidad y de sol: era un rincón virgen y desconocido de nuestra vieja Europa, un oasis dulce y encantador colocado por Dios en medio de los desiertos helados, como lo hizo con los desiertos calientes. A algunas leguas más al sur, ya no se encuentra un árbol; a algunas leguas más al norte, ya no se encuentra una planta.

El mobiliario de la casa del guía era muy primitivo: un tronco de árbol servía de mesa, dos o tres escabeles eran los asientos; en cuanto a la cama, se tenía el suelo. Después de haber cenado con una taza de leche de cabra, me tumbé en el suelo sobre mi piel de reno, a poca distancia de un fuego de abeto ya muy necesario, y me dormí con un sueño salvaje.

Al día siguiente, a primera hora de la mañana, todo el mundo estaba bien. Nuestro grupo se componía de diez personas: tres a caballo, os lo dije, los otros siete iban a pie: primero nuestro guía Abo el lapón, jefe absoluto de la caravana, luego los tres hombres conductores de los caballos, un intérprete finlandés (nuestro criado solo sabía hablar noruego), finalmente dos chicos jóvenes de Finmark que habían pedido el favor de unirse a nosotros para pasar a Rusia.

Geográficamente hablando, se llama Laponia a todo el país comprendido entre el fondo del golfo de Botnia y el cabo Norte; algunos viajeros, Regnard en cabeza, la hacen incluso comenzar en Lulea, en la costa oeste del golfo. Todo este país es, si me permitís decirlo así, Laponia de nombre y no Laponia de hecho; porque los lapones no lo habitan. En el lado del Mar Báltico hay finlandeses; en el lado del Mar del Norte se encuentran estos habitantes del Finmark entre los que os he conducido. Esto no impide que se vea a los lapones en Torneä o en las costas de Finmark; pero entonces son viajeros para hacer intercambios con los rusos o los noruegos. Laponia propiamente dicha es un inmenso desierto pantanoso donde los oasis secos son raros, donde la vegetación es casi nula; a vista de pájaro debe parecerse a una llanura profundamente arada, cada surco forma un riego; las colinas están en pequeñas cadenas bajas, y siempre separadas entre sí por un lago, un río o un pantano. Es esta abundancia de agua la que hace tan difícil atravesar el país durante el verano; cuando llega el invierno, los ríos se congelan, los pantanos se endurecen y Laponia es entonces una llanura de nieve a través de la cual corren los trineos llevados por los renos con una velocidad infinitamente superior a la de nuestros caballos de correos.

En cuanto a nosotros, no corríamos al comienzo de nuestro viaje; por el contrario, fuimos lenta y penosamente para subir esas altas colinas que rodean el pequeño lago de Kaafiordal. A medida que avanzábamos, los árboles se hacían más numerosos, y pronto llegamos a un verdadero bosque: ¡no podía creer lo que veían mis ojos; un bosque a un día de marcha de Kaafiord! Miraba a los robustos abedules derribados con hachas por nuestros hombres para abrirnos paso, y me preguntaba si había sido súbitamente transportada de las áridas costas de Finmark a algún bello lugar del interior de Suecia. Estos pocos kilómetros boscosos son, creo, un rincón único de la parte septentrional de Finmark: los árboles llegan a alturas inusuales; tienen un aspecto de verdor y de vigor que no se encuentra más allá. Nuestros caballos parecían tan sorprendidos como nosotros por esta novedad; a veces, su asombro se transformaba en miedo ante la vista de las grandes ramas que avergonzaban su camino; bajo esta impresión, se ponían a correr como locos a través de los obstáculos, a pesar de las raíces a flor de tierra y los matorrales en los que se atrapaban las piernas. No soy lo suficientemente buena escudera para mantener asustado a un caballo: empleaba toda mi ciencia para no caer, y ponía mi habilidad para garantizar mis ojos puestos en el posible peligro de estas carreras desordenadas. Creo que puedo asegurar que La Marche y Chantilly han visto pocos caminos más peligrosos que este.

Al cabo de una hora, el hábito del peligro o el cansancio de montar nos había pacificado; entonces habría deseado tomar el tiempo de detenerme un poco entre las plantas perennes y tupidas de las que estábamos rodeados. Desafortunadamente ya habíamos tenido que hacer una larga parada ese día, y el guía me negó parar. Así que tuve que limitarme a tratar de discernir sus especies como pude; pero mi botánica tiene la vista corta, y sin duda muchas cosas se me escaparon. Mi observación superficial me mostró los helechos de gran tamaño y los altos penachos de la angélica, luego plantas más delicadas: la campánula uniflora, draves de varias especies, la andrómeda azul, la saxífraga inclinada, el capiquí y algunas otras plantas cuyos nombres desconozco. No digo nada de líquenes abundantes y variados allí como en todo Finmark. Toda esta capa de vegetación viva y fresca descansaba sobre la capa marchita del año anterior, que a su vez se había desplomado sobre las plantas que la habían precedido. Hurgando con un palo de hierro, se distinguían hasta gran profundidad las huellas de estas generaciones de plantas. Era como una especie de cementerio vegetal donde los vivos vivían sobre los muertos, como sucede en nuestros estrechos espacios civilizados, cementerios humanos:

> Abismo en que la ceniza se mezcla con el polvo,
> Donde bajo su propio padre se encuentran otros padres,
> Como la onda bajo la onda en un mar sin fondo.

Cruzando el bosque, cruzamos el río Kaafford. Nuestro guía lapón Abo (Abraham), después de haber sondeado aquí y allá con cuidado, indicó el lugar donde el vado era bueno; sin embargo, a los caballos les llegó el agua hasta el pecho. Este río es más peligroso por su velocidad que por su profundidad. En la orilla opuesta, los árboles se despejaron; desaparecieron al pie de una montaña elevada a la que nuestro guía daba el nombre de Kormovara. Esta montaña no tenía nada de alentador; se levantaba ante nosotros sin mucha más dulzura que una muralla: había que avanzar rápidamente. Caminamos a tierra y descargamos los caballos de carga; los hombres se repartieron las cargas, y entonces comenzó una ascensión muy dolorosa. La ladera de esta montaña estaba cubierta de una espuma suave, húmeda, resbaladiza, sobre la cual no se podía tener pie, y que permanecía en las manos si se aferraba a ella. Sin algunos abedules que se encontraban de distancia en distancia, no habríamos llegado nunca, creo, a la cima. Los árboles eran paradas de salvación para todos: animales y personas aprovechaban para respirar un minuto. Los caballos cansados sabían colocarse muy bien sobre un árbol, para utilizar el tronco como punto de apoyo para no resbalar. Hacia el medio de nuestra ascensión, una lluvia penetrante se sumó a nuestras dificultades, y creí que, por mi parte, me sería imposible ver el final de esta terrible montaña. Avergonzada por mis pesadas botas y por mis ropas cargadas de agua, apenas podía dar un paso sin caerme y caminé más sobre mis rodillas que sobre mis pies. Por fin, después de tres horas de esfuerzos inauditos, llegamos a la meseta superior. Estaba medio muerta, y a la vista de un terreno llano, sin escuchar ninguna observación, me acosté en mi manto sobre la tierra, y, a pesar de la fría lluvia, no desperté de aquel sueño de plomo que proporciona el agotamiento.

Dormí así dos horas y, aunque me encontraba bien descansada, al despertar lamenté no haber escuchado las opiniones de nuestros guías: los mosquitos habían aprovechado mi inmovilidad para hacerme heridas crueles: tenía la cara hinchada y magullada para asustarse; fue así como la verdadera Laponia me dio la bienvenida a su territorio pantanoso. Los mosquitos, esta plaga de los países cálidos, son también la plaga de las tierras húmedas; en Laponia se ven nubes, y su compañía nos hizo sufrir tanto que acogimos con alegría el primer día de frío que nos libró de ellas.

Llovía, os lo dije, cuando estuvimos en la cumbre del Komiovara; si el tiempo hubiera sido claro, habría descubierto desde este punto elevado todo el país circundante, habría visto Kaafiord, Alten, Reipass, donde se encuentran minas aún más ricas que las de Kaafiord, el curso del río a varias leguas de distancia, e incluso el gran mar en la distancia. No vi nada; una niebla intensa llenaba todos los valles e interponía su masa turbia entre el horizonte y nosotros.

A pesar de la tristeza del cielo, fue necesario prolongar la parada suficiente tiempo para que los caballos descansaran; antes de recargarlos, almorzaron; nuestros guías, sobrios como noruegos, sacaron de sus bolsas pan de cebada y mantequilla salada. El lapón Abo comió con sus dedos no sé qué extraña mezcla que llevaba encerrada en una pequeña caja de madera, y Francisco nos hizo una sopa de galleta de mar y de jugo de carne conservado, cuyo olor me haría huir hoy, pero que, servida bien caliente, me pareció deliciosa bajo aquella lluvia glacial.

Al salir de la montaña, esperaba, después de haber subido tanto, tener que bajar. No fue así; continuamos nuestro camino en una inmensa llanura cuya línea estaba apenas perturbada por raros movimientos de terreno; esta llanura, árida y húmeda a la vez, lo que no se excluye, era del aspecto más triste, sembrada de piedras y manchada de charcas de agua: las piedras, pequeñas, pulidas, de forma esférica, habían sido enrolladas por las aguas; los estanques, desprovistos de toda vegetación en sus bordes, no eran más que charcos de agua accidentales causados por el deshielo reciente de las nieves. Por todas partes la tierra era blanda, fangosa, agrietada; por todas partes los caballos se hundían en aquel terreno movedizo. A veces el suelo no era más que un vasto lodo: entonces los pobres animales no podían mantenerse en pie, y había que descargarlos para ayudarles a salir del peligro. Cuando nos encontramos con estos peligrosos pantanos, nuestro guía Abo desplegó la más admirable actividad; parecía multiplicarse al servicio de la seguridad de todos. Había que verlo preocupado, ansioso, yendo, viniendo, sondeando por todos lados con un palo largo, y descubriendo con tacto muy seguro los mejores pasajes. Este pobre pequeño ser, miserablemente envuelto en un viejo vestido de piel de reno, con la cabeza apenas cubierta, los pies apenas calzados, era escuchado por nuestra tropa como un general del ejército. Hablaba, se obedecía; hacía una señal, se le seguía; su bastón herrado era realmente un bastón de mando, y en la espesa niebla el fuego de su pipa era la débil estrella que atraía todos los ojos. Era el árbitro de nuestro destino. ¡En qué nos habríamos convertido sin él en estos insondables pantanos, en medio de los cuales no tenemos más que la brújula! El lapón, por su parte, tiene puntos de referencia en la forma de las montañas, en la situación de los lagos, en el curso de los ríos, y sin embargo todavía se equivoca de dirección si no ha hecho a menudo este largo viaje.

Abo tenía consigo a su perro, una ágil bestia, también semisalvaje, que, en los momentos difíciles, añadía su instinto a la inteligencia de su amo para darle a menudo buenas indicaciones. El perro de Abo, de pura raza lapona, era negro y de tamaño ordinario, con los signos distintivos de su especie: la piel de un oso y la cabeza fina de un zorro. En los momentos en que la caravana avanzaba sin demasiados obstáculos, el perro tomaba vacaciones y hacía una caza encarnizada a una especie de pequeñas ratas sin cola nombradas por los noruegos como por los ingleses, *lemmings*. En algunos años, estos pequeños animales aparecen en Laponia en cantidades innumerables, se encuentran en los agujeros más pequeños; están en grupos, en todas las llanuras, bajo todas las piedras. Son pelirrojos y negros, y tienen mucha analogía con el hámster, cuya piel sirve para doblar los abrigos. Los *lemmings* son de la raza de los roedores, y, además, malvados y descarados de una manera sorprendente; el perro que los mata no los hace huir, y lo he visto atacar a nuestros caballos. Ellos los aplastaban sin siquiera verlos, y, en su placida justicia, representaban bastante bien la alegoría de la Gloria que abatía a la Envidia.

Al no haber visto ejemplares de estos singulares pequeños animales en ninguna parte, quise tratar de conservar algunos, con la ambiciosa intención de ofrecerlos a nuestro Jardín de las Plantas; pero, a pesar de mis cuidados atentos, todos los que tomé, en número de una treintena, murieron después de unas horas.

La lluvia había hecho el comienzo de nuestro viaje muy doloroso; nos encontrábamos hacia las siete de la tarde tan mojados y cansados que decidimos acampar en el primer lugar favorable; pronto, al borde de un torrente, encontramos un buen espacio de tierra sólida, y algo que nos hizo gritar de alegría, varios trineos dejados allí por los lapones, para sin duda venir después a recogerlos en la temporada de nieve. Los trineos lapones pueden contener solo a una persona; tienen la forma de grandes zuecos; están construidos de madera y cubiertos de piel de foca. Nos sentamos en la parte que parece el talón del zapato; de esta manera las piernas están protegidas y cubiertas; cerca de la punta frontal se encuentra una pequeña cavidad cerrada por una tapa, donde el lapón encierra sus provisiones. A veces una piel de reno se clava alrededor y forma como una especie de bolsa por la que se introduce el viajero, que queda al abrigo del frío gracias a esta precaución. Se ve que esta instalación está lejos de los trineos de pescado congelado en uso entre los esquimales; es conveniente y yo diría casi cómodo, si esta palabra es posible en Laponia. Estos trineos, en el momento en que nos encontrábamos con ellos, me causaron el efecto de que se tratase de una atención de la Providencia; nada podía ser más agradable, desfallecida como estaba, que la perspectiva de una cama seca, o algo así. Ayudé alegremente en los preparativos de nuestra cena, y me divertí viendo las obras del trabajo de nuestro amigo Abo; molesto como nosotros por la lluvia, se le había ocurrido, para protegerse, hacerse un gorro impermeable con corteza de abedul, y le fue muy bien; cuando se sentó a cenar, hizo un plato de la misma corteza de abedul, y parecía muy satisfecho con la forma en que se comportaban en esa vajilla improvisada el aceite de pescado y el trozo de salmón salado que componían su comida. Le envié un trozo de jamón en uno de nuestros vasos de estaño, aceptó la carne y rechazó el plato, diciendo que prefería el suyo. ¡Uno no puede meterse con un orgulloso inventor! Terminada la cena, levantamos la tienda y cada uno se arregló lo mejor que pudo. Es a mí a la que mejor le fue; porque, siendo la más pequeña de nuestro grupo (exceptuando a Abo, que dormía bajo las estrellas), pude entrar más o menos en uno de los trineos, me hice una almohada con una bolsa de cuero, y no habría estado demasiado mal si no fuera porque al atravesar la lluvia la tienda, escuchaba constantemente las gotas de agua helada caer sobre mi rostro; este pequeño suplicio me mantuvo despierta toda la noche, y al día siguiente me encontré más cansada que la víspera.

A las seis, cuando apenas salí de mi zueco, estábamos completamente rodeados de niebla, y Abo se negaba a continuar el camino hasta que el tiempo mejorara. Tuvimos que esperar y esperar en las condiciones más insoportables. La niebla solo se aclaró hacia el mediodía, y se pudo doblar la tienda.

Apenas habíamos hecho una milla, nos encontramos al borde de un río de muy mala fisonomía: corría rápidamente sobre grandes piedras planas desigualmente superpuestas, formando una especie de escalera interrumpida de vez en cuando por agujeros en embudos; las orillas, hechas de las mismas piedras, eran muy altas y cortadas con ranuras enormes. Los caballos, al ver este lado malo y, en el fondo, este curso de agua ancho y violento, no quisieron avanzar; tardamos cerca de una hora en hacer pasar al primero; los otros siguieron sin dificultad. Estaba alegrándome por ver que nos habíamos librado sin catástrofe de aquel difícil paso, cuando me di cuenta de que acababa de perder en la orilla opuesta el inocente puñal que no había dejado mi cinturón en todas mis peregrinaciones. Me interesaba mucho esta daga; me gustaba imaginarme que podría serme útil; me daba seguridad: era un compañero silencioso y fiel, cuya vista me alimentaba la ilusión de que sabría defenderme en caso de un oso o de un lobo. Me sentí tentada a cruzar el río para ir a buscarlo, pero a mis primeras palabras el guía empezó a gritar, se opuso a mi proyecto, y fue necesario continuar el camino. Mi querida daga yace pues en una soledad lapona; si es recogida y vuelve a manos civilizadas, podrá ofrecer un vasto campo de conjeturas a los anticuarios; ¿cómo explicarán la presencia de un arma española del siglo XIV en el fondo de Laponia? Las suposiciones más extrañas vendrán sin duda a su mente antes de la verdadera, que ya no es simple.

El resto de aquel día estuvimos todo el tiempo en una llanura pedregosa, cortada solamente por grandes grietas donde se habían formado lodazales intransitables. Se veía a nuestros pobres caballos posar sus pies con vacilación sobre pequeños montículos de tierra que aparecían en la superficie del pantano, y hundirse hasta el cuello en un vaso grueso. Entonces el jinete se apresuraba a vaciar la silla, y si por desgracia el caballo estaba cargado de equipaje, los hombres se ayudaban para sacarlo de allí; se ponían cuatro o cinco detrás de él, y le tiraban por la cabeza y por la cola, hasta que estaba fuera de peligro. Este doloroso incidente se repitió mucho durante aquel día, y la lluvia, la odiosa lluvia, no cesaba, por la tarde todos estaban cansados; arrancaron y encendieron algunas malezas de abedul, pero este triste combustible nos dio más humo que calor; entonces levantaron la tienda y se acostaron sobre la tierra mojada sin tratar de secar su ropa. Nuestras pieles de reno de esta cama no valían los trineos de la víspera; la inmersión en los pantanos las había enfriado singularmente; pero todo es para los viajeros cama y colchones. El cansancio nos ayudó a dormir.

Al día siguiente, por la mañana, estábamos en camino. El cielo, cargado de grandes nubes blancas semejantes a bufandas, parecía augurarnos un día mejor, y, en efecto, como primera felicidad, dejamos nuestros pantanos fangosos por un terreno seco. Nos encontrábamos entonces en una llanura que se extendía hasta donde alcanzaba la vista; el suelo estaba cubierto de grandes piedras grises, planas y que se quitaban por láminas como la pizarra; estas piedras estaban tan cerca que nos parecía caminar sobre una carretera pavimentada, mal pavimentada, sin embargo, porque a cada momento nuestros caballos tropezaban al chocarse los pies en alguna hendidura. Cuando se encontraba una inclinación del terreno, las grandes piedras se apoyaban unas en otras en capas horizontales, imitando una amplia escalera: debía de ser el lecho de algún torrente desaparecido. Avanzábamos al menos por este duro camino, y esta convicción daba alegría a cada uno de nosotros; junto a los desvíos, inevitables en semejante país, caminábamos casi directamente de norte a sur, y ya al tercer día nos pudimos percatar de ello. La vegetación tomaba más vigor, y los matorrales de abedules que, en nuestro primer día, se arrastraban sobre la tierra, comenzaban en la tarde del tercer día a parecer pequeños matorrales de dos pies de altura. Noten que no hay que hacer acepción del bosque vecino de Kaafiord del que os hablé; representa un oasis excepcional en Laponia, y debe su belleza a su feliz situación favorecida aún por la vecindad del mar, porque, como saben, la vecindad del mar siempre suaviza la temperatura en las altas latitudes. Desde el tercer día acampamos en medio de un bosque enano; todos estos pequeños árboles tenían un aspecto extraño cuando se los veía de lejos; despojados de hojas, extendiendo por todos lados sus magras ramas caprichosamente abrazadas, parecía un bosque de cuernos de ciervo. Aquel día me había mojado lo suficiente como para esperar llegar a secarme completamente; lo logré gracias al buen fuego mantenido por nuestros guías, y entré en la tienda realmente recalentada por primera vez desde que nos fuimos. François, satisfecho como todo el mundo de tener finalmente fuego, se agitaba alrededor de sus espumas y había dado a la tienda un pequeño aire de fiesta; trozos de vela ajustados sobre pequeños palos formaban una iluminación diurna; la cubierta estaba simétricamente arreglada sobre un manto puesto en la tierra, y bolsas del equipaje estaban dispuestas alrededor para servirnos de asientos. Era lujoso, debo admitirlo, y muy capaz de hacer que los ojos rojos del buen Abo se abrieran cuando pasó su cabeza por nuestra puerta para vernos cenar; examinó todo curiosamente, luego nos dirigió una especie de mueca haciendo chasquear su lengua; ¿fue admiración o fue desdén? ¿Significaba esto: «¡Qué felices son! » o «¿Qué sentido tiene comer tanto?» Esto es lo que no he podido desenredar; otros más hábiles que yo se equivocan cada día queriendo leer sobre la fisonomía de un hombre.

Me temo que sería monótono haceros seguir día a día, con demasiada precisión, los accidentes de nuestra larga peregrinación. Tanto el pintor como el narrador tienen poco que hacer en estos países.

Laponia tiene dos aspectos: llanuras pedregosas y llanuras fangosas. Cuando se cruzan las primeras, si el sol llega un momento a perforar las nubes, la inmensidad del horizonte, la aridez del suelo, el tinte rojizo de las malezas, las hacen parecerse al gran desierto; así el proverbio tiene razón: los extremos se tocan. Lo que es inimaginable es la cantidad de torrentes, ríos, estanques, lagos, lagunas, arroyos, que cortan el país en todas direcciones; si un día el nivel de todas estas aguas subiera un poco, Laponia no sería más que un lago de ciento cincuenta leguas cuadradas. Este país tuvo que ser testigo de extrañas conmociones, de cataclismos violentos; porque a menudo nos encontrábamos con montones de piedras redondas y blancas como huevos monstruosos; eran evidentemente los guijarros gigantescos de algún torrente de un diluvio. Estas piedras tenían a menudo la circunferencia de una rueda de coche; ¡qué fuerza había tomado pulirlas como bolas de mármol! Los paisajes más agradables fueron aquellos en los que encontramos el suelo cubierto de esta preciosa espuma de reno que alimenta a los rebaños del lapón nómada. El musgo de reno es un liquen, como su nombre indica (*lichen rangiferinus*); esta planta tiene mucha analogía como forma y como color con la lechuga de escarola bien madura; es exactamente de este amarillo tierno del corazón de la ensalada. El 6 de septiembre, bajando de la ladera de una colina al borde de un pequeño lago límpido donde queríamos hacer beber a nuestros caballos, vimos a lo lejos un campamento lapón; la curiosidad me empujaba y el terreno estaba bastante bien, puse mi caballo al galope, y en pocos minutos me encontré cerca de dos tiendas y rodeada de una nube de perros negros mirándome ávidamente; en realidad, decir mirándome no es muy justo, mirando a mi caballo sería más exacto; todos parecían muy sorprendidos ante la visión de este animal nuevo para ellos, pero sus ladridos no dieron testimonio de sus impresiones, cosa que me sorprendió; más tarde me aseguraron que los perros de esta raza nunca ladran. Sería un motivo más para convertirla en una raza intermedia entre perros y zorros. Algunos renos, menos valientes que los perros, huyeron al acercarse a mí, y pude entrar sin obstáculos en una de las tiendas.

Todas las tiendas de campaña de Laponia están construidas de la misma manera; al daros la descripción de esta, tendréis una idea exacta de la configuración de todas las demás. Estas tiendas son pequeñas y pueden albergar a un máximo de seis u ocho personas; tienen forma circular; su armazón está hecho con montantes de madera de abedul unidos entre sí por la parte superior y sobre los cuales se ajusta una tela de lana gruesa, negro o marrón; la tela se detiene antes de llegar a la cima de las dimensiones, para dejar pasar el humo. En el interior, una larga y fuerte cruz, colocada aproximadamente a cinco pies del suelo, descansa sobre la madera de la estructura y toma en ella la solidez suficiente para sostener una gran olla de hierro que cuelga por una cadena; por debajo de la olla, las piedras que forman un círculo circunscriben la chimenea y el humo se escapa, como os he dicho, por la abertura dejada en la parte superior de la vivienda. Alrededor de la tienda se colocan las pieles de reno que sirven de cama y los cofres de madera que son a la vez las mesas, los asientos y los armarios del lapón. En ninguna parte, creo, las necesidades de la vida pueden limitarse a una más simple expresión; esta ausencia de lo superfluo produce al menos igualdad, y la tienda del lapón más rico apenas difiere de la del más pobre. La riqueza no tiene más que una forma en este país: los renos; un hombre pobre siempre tiene una veintena; un hombre rico a veces más de mil.

En la tienda en la que entré, había dos mujeres: una vieja, arrugada, sucia, rasgada, fea, ojos rojos raspados y sin pestañas, la tez terrosa, feas pequeñas patas negras y secas, ¡un monstruo de fealdad! La otra era joven y bastante bonita para una lapona; incluso sospeché que tenía algo de sangre noruega que reprocharse: porque era rubia con los ojos azules, por lo demás, con la nariz aplastada, los pómulos salientes; pero, para embellecer todo, una bella frescura. No crean que me hallaba bien avergonzada en presencia de estas maestras de una casa que deseaba para convertirla en un baño; no tenía la posibilidad de dar explicaciones, actúo como en país conquistado. Después de haberles hecho alguna señal amistosa, cerré la puerta de la tienda (cuando digo cerrar la puerta de una tienda de campaña, es necesario siempre entender bajar el trapo que cae ante la abertura de entrada). Me instalé; tomé mi maleta sin asombrar mucho a mis azafatas, y, feliz de tener un poco de tiempo para mí, un buen fuego y agua caliente, procedí a un aseo más completo de lo que podía hacerlo entre los hombres de nuestra escolta. Mientras me peinaba y me lavaba el cuello, la cara y las manos, las dos mujeres se contentaron con mirarme fijamente; pero, cuando fingí desvestirme completamente para cambiar de ropa, salieron apresuradamente manifestando un espanto singular. Durante varios minutos me quedé estupefacta, sin explicarme el motivo de su temor; de repente mi traje masculino volvió a mi memoria, y no pude evitar llorar de risa por su desprecio; su susceptibilidad sobre este punto estaba ciertamente justificada porque mi aspecto, vestida así, era el de un terrible jinete de doce años. Este incidente, que me divirtió mucho, responde, me parece, con autoridad, a las acusaciones calumniosas difundidas sobre estas honestas laponas por el poeta Regnard[45].

Después de terminar pacíficamente mi aseo, salí de la tienda y encontré a toda una banda de lapones rodeando nuestra tropa viajera. Los hombres echaron un vistazo ansioso de mi lado; pero, a la expresión de su fisonomía, tuve que creer que habían sido más perspicaces hacia mí que las mujeres. Se gritaba mucho por ambas partes a mi llegada; una discusión iniciada entre nuestro criado y un viejo sami, pasando con dificultad por el intérprete finlandés, amenazaba con no llegar a buen fin. Francisco extendía su retórica noruega, que apoyaba con un repertorio de gestos expresivos; el viejo lapón, como patriarca curtido, vestido de harapos imposibles, levantaba con cada palabra los brazos al cielo y gritaba como un sordo, para hacernos comprender mejor su lenguaje. Por último, con la ayuda de muy buena voluntad, y el flemático finlandés que

45 Jean-François Regnard (1655–1709) escritor y dramaturgo francés que afirmó que en Laponia se ofrecían las mujeres e hijas a los viajeros.

repetía las palabras pronunciadas por cada interlocutor, llegué a comprender algo. Se trataba de un reno joven; Francisco quería comprarlo para nuestra despensa y el viejo se negaba a venderlo. Por sus gritos, nada pudo decidir al viejo obstinado a entregarnos un reno; todo ello contribuyó a la gran tristeza de nuestros estómagos, ya contentos por la perspectiva de un buen plato de venado que sustituyera a nuestras monótonas conservas. Hubo que partir; pero algunas leguas más lejos la Providencia nos guardaba un resarcimiento: vimos el humo de otro campamento y encontramos un magnífico rebaño de renos. Se habla de renos entre los sami, como se habla de camellos si se trata de árabes. En efecto, es difícil separar estos preciosos animales del pueblo al que prestan tantos servicios. El reno es ciertamente más indispensable para el Lapón que el camello para el árabe; sin él todo un pueblo moriría de hambre, esto es perentorio.

El reno es la Providencia del lapón. Es a la vez su vaca, su oveja, su caballo; lo alimenta, lo viste, lo arrastra; le proporciona leche, mantequilla, queso, una carne grasa y suculenta. El lapón toma la piel del reno y se forma un traje sólido y cálido; dobla su trineo, lo hace su colchón y su manta; cose con los tendones del animal; forma mangas de cuchillos y varios pequeños utensilios con sus cuernos. Cuando cambia de residencia, cuando abandona la costa por el bosque, la llanura por la montaña, el reno sigue allí, fiel y robusto servidor; se le engancha al trineo, y remolca con admirable rapidez al amo, a los niños, a la casa, toda la vida, que se muda según el capricho del humor del lapón nómada. Añada a esta inmensa dosis de utilidad que el reno es un animal magnífico, grande, vigoroso, vivo, ágil; es hermoso verlo en reposo pero es todavía más hermoso verlo correr; es un ciervo, lo sabe, pero teniendo en el aspecto los caracteres de fuerza que faltan a los graciosos huéspedes de nuestros bosques: si me atreviera a hacer mi pensamiento más comprensible a través de una comparación tomada del campo del arte, yo diría que el reno es al ciervo lo que una de las hermosas italianas de Tiziano es a una viñeta de *keepsake*[46].

Los renos pierden los cuernos cada año, y cuando vemos sus enormes ramas, nos sorprende que un año sea suficiente para un crecimiento así. La cornamenta del animal se extiende detrás de la frente sin elevarse perpendicularmente; se despliega más bien hacia el dorso, y a menudo es casi tan larga como el cuerpo. Las hembras tienen unos cuernos ligeramente diferentes de los de los machos.

Los renos de este segundo campamento eran infinitamente más numerosos que los del campamento anterior. Pensé que nos encontrábamos entre los lapones ricos; dos vestidos de *wadmel* azul, bordeados de rayas blancas y rojas, de

46 La autora utiliza el término inglés *keepsake* haciendo referencia a los álbumes de fotos.

los que estaban vestidos nuestros primeros interlocutores, me confirmaron mi primera opinión. No me equivocaba; eran realmente personas fuertes, se ganaron mi simpatía al consentir vendernos un reno joven, objeto de todas nuestras codicias gastronómicas. Perdonad que os hable de nuevo de los intereses de mi asado: ¡pero no se sabe esto en las ciudades! ¡Las personas que cenan todos los días ignoran lo que pueden llegar a ser las ansiedades del viajero hambriento, agotado y preocupado por el día siguiente!

Por tres *species* (unos dieciséis francos), se acordó entregarnos un reno joven; tras las condiciones del mercado, muy largamente debatidas, se decidió que el propietario mataría al reno en nuestro lugar y a cambio le dejaríamos las entrañas, la sangre y la piel. El rebaño, al principio asustado por nuestra presencia, se había ido acercando poco a poco, y los renos parecían fáciles de tomar como perros domésticos; pero no era así: apenas el lapón dio un paso hacia ellos, todo el rebaño se dispersó en diferentes direcciones, no sin recibir buenos mordiscos de los ocho o diez perros negros que le servían de guardianes. El lapón me comprometió a elegir mi reno; designé uno al azar entre los más jóvenes, que, más domesticados, volvían sin cesar a nuestro alrededor. El maestro no trató de acercarse a él; al contrario, dejándole tomar mucha ventaja sobre él, agarró una larga cuerda de la que lanzó con fuerza la punta llena de nudos sobre la cabeza del animal; el reno, retenido por los cuernos, cayó sobre las rodillas; el lapón, avanzando entonces muy rápidamente, capta el momento en que el reno, echando atrás su cabeza avergonzada, descubre su amplio pecho, para sumergirle en el corazón un largo cuchillo que no retiró. El pobre reno tuvo dos convulsiones y cayó de lado: estaba muerto. Este horrible drama, que había visto casi a mi pesar, había durado menos tiempo del que necesitáis para leerlo. El lapón desolló al reno muerto con una destreza sorprendente, luego lo despellejó de tal manera que no se perdiera nada: hizo correr la sangre en escamas de madera y lo puso aparte para la familia; nos dieron la carne, cortada por cuartos y las mujeres se llevaron cuidadosamente los tendones, los huesos y la piel. Se realizaban estas operaciones en presencia de numerosos y atentos espectadores, me refiero a los perros que, ordenados en círculo a distancia respetuosa, mostraban sus colmillos agudos y golpeaban los flancos delgados de sus largas colas; su espera no fue en vano: les dejaron las entrañas, que desaparecieron en un abrir y cerrar de ojos.

Terminada esta primera adquisición, inicié una segunda negociación para comprar uno de estos perros lapones, a la vez tan salvajes y tan bien entrenados. Sabía que no había ninguno en Francia, ni siquiera en el Jardín de las Plantas, y me hubiera gustado tener en París un animal tan raro. Mi proyecto encontró obstáculos infinitos; la cesión de una provincia no habría suscitado, en un congreso, las tormentas que levantó la venta de este perro. Si los lapones, por razones de prudencia material, no quieren deshacerse de sus renos, se niegan absolutamente a separarse de sus perros; no es por afecto, ya que están lejos de estar atados a ellos como podría suponerse; en Laponia se ignora la familiaridad a menudo tierna del campesino y del pastor con su perro. Por lo tanto, los lapones se aferran a sus perros por algún motivo supersticioso, del que se encontraría la fuente en alguna creencia del paganismo, todavía mal sofocado en algunos de ellos. Afortunadamente, teníamos la clave de todas las felices transacciones, el dinero, y tuvimos la precaución de llevarlo en *specie* y no en vales de papel, moneda corriente de toda Noruega, pero mucho menos apreciada por los lapones, aunque ellos conocen su valor. La vista de las *species* hizo aflojar, no sin combates, todos los escrúpulos, y se nos cedió una pequeña perra negra, todavía muy joven, que, desde los primeros momentos, se familiarizó muy bien con nosotros.

Cuando subimos a caballo, la mujer de nuestro vendedor llegó y pareció reñirle severamente por haber vendido uno de sus perros; el hombre la dejaba decir, absorbido por la contemplación de las tres *species*, que movía en sus dedos con un aire de felicidad infinita, pensando sin duda en el momento en que iba a agrandar su escondite con dinero. Casi todo lapón tiene un ahorro, un tesoro grande o pequeño, formado por todas las monedas de dinero que ha podido reunir; a menudo solo él conoce el lugar donde está enterrada su riqueza, y muere frustrando a sus hijos por una parte de su herencia. Esta costumbre se relaciona también con una superstición. Su antigua religión les hacía creer que podrían servirse en el otro mundo de los bienes acumulados aquí abajo.

Dejamos este campamento, después de una parada de dos horas, muy interesados en lo que habíamos observado por nosotros mismos de las costumbres de los lapones, y muy encantados de nuestras dos conquistas: el reno muerto y el perro vivo. Este día fue bastante agradable para nosotros, porque la lluvia no volvió y el terreno se mantuvo relativamente bien; por eso, por la noche estábamos en las mejores disposiciones posibles para hacer honor a nuestro hermoso asado. Esta comida fue para mí no solo un placer, sino un bálsamo reparador; desde mi partida de Kaafiord, mi salud se deterioraba día a día; estaba aquejada de una irritación de estómago que me había obligado a renunciar al té, al café, al vino, esos preciosos recursos del viajero, y tuve que ponerme a dieta con la sopa de galleta para toda la comida. Pueden imaginar la excelente distracción que me dio una rebanada de carne de reno adecuadamente tostada.

Al día siguiente de aquel día tan ajetreado se renovaron nuestras tribulaciones más dolorosas; la lluvia volvió a llover fuerte y fuerte, y cayó durante catorce horas con intensidad inaudita; si nuestros víveres no hubieran sido estrictamente medidos para el tiempo de nuestro viaje, no nos habríamos puesto en camino por culpa de aquel espantoso diluvio; pero nuestros días estaban contados, había que avanzar a toda costa. Nos fuimos, y pronto nos arrepentimos; nos vimos teniendo que atravesar los pantanos más vastos que hubiéramos encontrado nunca. ¿Qué le puedo decir? Estábamos en una llanura de barro apretada entre colinas y torrentes; el suelo absolutamente empapado ofrecía aquí y allá pequeños montículos vacilantes, sobre los cuales había que tratar de poner los pies. Muchas veces el pequeño montículo, inconsistente como una esponja, se escondía bajo el pie; entonces se hundía en el agua, y se escapaba como se podía. Todos los caballos fueron descargados y se decidió llevar el equipaje a lomos de los hombres. ¡Menudas complicaciones! Los hombres caían con su carga; los caballos, más pesados, no encontraban ningún punto sólido y desaparecían en el barro. No es posible hacerse una idea de nuestras penas para poder salvar a estos pobres animales. En medio de semejante conflicto, se cuidaba poco de mí; yo seguía con gran dificultad a nuestra tropa; a cada instante perdía el equilibrio: me ahogaba y me hundía en esa horrible tierra líquida. Mis botas de postillón pesadas por el barro se convirtieron en masas imposibles de levantar; el cansancio me agobiaba, la lluvia me cegaba; aquel día creí que no podría ir más lejos; agotada del esfuerzo, mojada hasta los huesos, queriendo seguir adelante y no pudiendo; veinte veces caí exhausta, el sudor en la frente, la rabia en el corazón, llorando con indecible angustia al ver este repugnante triunfo de la materia sobre la fuerza moral. Así, me decía, ¡aquí hay una lucha entre el más vil de los obstáculos, el barro, y yo! ¡Reuní toda mi energía, toda mi voluntad, y fue el pantano el que triunfó!¡Estaba tan exasperada como aniquilada!

Si finalmente conseguimos salir de estos abismos fangosos, se lo debemos a Abo; fue admirable su perseverancia, actividad, calma, mirada: más alerta que un perro de caza, sondeaba por veinte lugares diferentes casi al mismo tiempo, para ver dónde se haría pie, gritando un poco para hacernos avanzar, gruñendo sordamente cuando descubría un peligro; aquel pobre salvaje era realmente nuestro jefe entonces; de él dependía nuestra salvación, y solo su aliento era capaz de dar a nuestros hombres la energía desesperada que necesitaban. Al final del día, los hombres todavía iban, pero los caballos no querían avanzar más; se detenían agotados, había que arrastrarlos por la brida. ¡Habían recorrido cinco leguas en catorce horas! Cuando finalmente encontramos al pie de una colina un pequeño espacio de terreno sólido y algunos matorrales de abedul, nadie tuvo la fuerza de subir la cuesta para buscar un lugar un poco seco; nos detuvimos en el borde mismo del pantano, y, sin tomarnos el tiempo para comer, nos dejamos caer sobre las pieles de los renos; nuestro hostigamiento era tan completo que, a pesar de nuestras ropas cargadas de agua, a pesar de la lluvia, a pesar del frío, pronto nos quedamos profundamente dormidos.

Esta parada nos había dado fuerzas; por la mañana, nuestros caballos comenzaron a pastar penosamente las hojas y la corteza de los abedules malignos. Fui a explorar los alrededores de nuestro campamento.

En la cima de la colina, descubrí el extraño aspecto del país que nos rodeaba. Primero vi con alegría la ausencia de pantanos; la tierra estaba cubierta de una gruesa capa de musgo de reno. Esta espuma, amarillo-azufre, parecía una alfombra puesta sobre el suelo; magros ramos de abedules elevaban cada cierta distancia sus ramas ennegrecidas, cargadas de hojas teñidas por la humedad del otoño en naranja y en rojo brillante; de lejos se veían, perforando la capa de musgo, grandes piedras redondeadas, unas rojizas, otras de un hermoso gris lila; en ninguna parte se veía una mancha de verdor. Este horizonte amarillo, negro, rojo, lila, causaba el efecto más singular; era una naturaleza artificial, imposible, un paisaje de porcelana china en estado de extravagancia; se bordan semejantes cosas en pantallas, se sueña a veces, pero nunca se ven.

Nuestra tropa descansada se puso en marcha a través de esta fantasía del buen Dios, y durante algunas horas todo fue bien, pero poco a poco los pliegues del terreno tomaron mayores proporciones, y recorrimos un largo festón de pequeñas colinas. Fue entonces un viaje por montes y valles: los *montes* me parecían encantadores, estaban secos y cubiertos de buenas malezas muy agradables para nuestros caballos; en cuanto a los valles, seguían siendo espantosos pantanos: todo comenzó de nuevo, incluso la lluvia, y había que bajar a cada momento. Volver a montar a caballo, siempre era un momento horrible para mí, pues después de haber atravesado un pantano mi silla estaba empapada de agua, todo el arnés de mi caballo se había convertido, no en cuero, sino en una materia blanda, helada, viscosa, del contacto más repulsivo.

Hacia el final de aquel día nos encontramos con un inmenso pantano, diría un lago, si el agua hubiera estado clara; pero era fangosa, negruzca, espesa, con una fisonomía pérfida y una barba enredada de cañas muy espeluznante. Tratar de cruzar al azar habría sido arriesgar la vida de todos; fue necesario resignarse a codearse con este oscuro lago durante dos horas, luego Abo designó un pasaje, y nos metimos, animales y personas, en el lodo; chapoteamos, agotados bebimos el agua negra, casi nos ahogamos allí. En fin, con la ayuda de Dios, salimos; ¡pero en menudo estado!... Me encontráis muy monótona, ¿verdad? ¡Os pintaré la Laponia tal como es!

A pesar de las fatigas y de los accidentes, llegamos una noche al borde del Alten; la vista de un gran río hermoso verdadero después de nuestros horribles pantanos nos alegró, y sin miedo intentamos hacer la travesía. En el lugar designado por Abo, el río no era más ancho que el Sena y se encontraba vado para los caballos en varias plazas; además, en medio del río, una isla cubierta de piedras enrolladas nos ofrecía un punto de descanso para hacer soplar nuestros caballos. A pesar de nuestros cuidados se cansaron mucho porque, como nuestra tropa se componía de once personas, cada caballo tuvo que cruzar tres veces el río. Por mi parte, confieso haber experimentado un sentimiento de inquietud cuando me sentí entregada a la fuerza y al instinto de mi caballo en medio de esta amplia corriente.

Al otro lado del Alten, encontramos un terreno mejor, y, después de haber cruzado rápidamente algunas leguas, hicimos el agradable encuentro de un pino; era el primero desde Kaafiord: era la constatación de todo el camino que habíamos hecho hacia el sur. Lo saludamos como un feliz augurio, y cada uno recogió una pequeña rama; no se toma con más entusiasmo en el bosque de Boulogne el primer espino que anuncia la primavera. Calculando según nuestros días de caminata, debíamos entonces estar aproximadamente por los 69° de latitud norte. Es curioso y entrañable observar en este viaje el crecimiento progresivo de las plantas; cuando, como nosotros, se viene del extremo del mundo donde toda vegetación cesa por falta de sol, se es sobre todo sensible a este renacimiento de la naturaleza haciendo cada día un progreso. Cada planta que habíamos visto cuarenta leguas más al norte, delgada, quejumbrosa, arrastrándose sobre el suelo húmedo, la veíamos de nuevo, sobre el borde del Alten, grande, fuerte, perenne y florecida; para la diapensia y la azalea laponesa, la diferencia me fue sobre todo fácil de constatar; los abedules no se habían quedado atrás, y, después de tener al principio el aspecto de cuernos de renos clavados en tierra, habían alcanzado al cabo de cuatro días la altura de nuestra tienda.

El 7 de septiembre, por la tarde, vimos las casas de madera de Kautokeino, la ciudad lapona, asomándose sobre un cielo claro. Digo ciudad, hablando de Kautokeino, y no sé si conviene hacerle ese honor; en sentido estricto, Kautokeino no es una ciudad, ni un pueblo, ni siquiera una aldea: es la única aglomeración de viviendas que se encuentra al norte de Laponia; se compone de diez o doce casas de madera rodeadas de una veintena de pequeños graneros cerrados. Estos pequeños graneros, llevados sobre piedras como algunos antiguos aparadores, son almacenes donde los lapones guardan su heno, sus provisiones y sus ropas; la mayoría de ellos pertenecen a nómadas lapones y son el lugar de depósito para recoger lo que necesitan.

¿Fue por la comparación? El aspecto de Kautokeino me deleitaba; desde el punto en que se me aparecía, era realmente agreste: veía primero en la cima de una colina la iglesia, cuya masa roja destacaba armoniosamente sobre el gris claro del cielo; a mitad de la colina, las casas, dispersas, con sus capuchones de paja verde, levantadas sobre sus pilares de troncos de árboles, parecían colmenas de abejas; más abajo, las pértigas largas plantadas en tierra sostenían perchas donde se secaba el heno de la cosecha; luego, sobre la hierba, al borde del agua, pequeños niños jugaban entre los jóvenes renos, fingiendo asaltarlos con habilidad y alegría; el río, formando un amplio circuito, daba a este fresco y tranquilo cuadro un borde de plata móvil; era encantador; me detuve unos minutos para contemplarlo; por fin encontraba un lugar habitado; sentía el olor penetrante del heno, veía el humo que se escapaba en espiral de los tejados hospitalarios, oía alegres gritos de niños, mi corazón se llenaba de una emoción inexpresable; me parecía encontrar puerto después de un naufragio!… Y si me hubieran condenado a pasar mi vida en este lugar que me llenaba de encantamientos, habría muerto de desesperación. Ya os lo dije: ¡todo es relativo!

Mientras descargaban nuestros caballos y abrían nuestros paquetes, fuimos rodeados por todos los habitantes de Kautokeino; examinaban curiosamente a cada uno de nosotros, cada objeto de nuestro equipaje, y nos dedicaban una conversación muy animada y, por desgracia, muy incomprensible para mí. En medio de los grupos se agitaba y cantaba con una voz amarga y extenuada una viejecita fea; nunca habéis soñado con un hada malvada más horrible. Imaginaos un montón de pieles de animales de apenas tres pies y medio de altura, de las que salían pequeñas manos delgadas, secas y negras como las de un mono, y una pequeña figura arrugada, áspera, morena, era como un cuero de botas que se habría expuesto al fuego y al agua alternativamente durante largos años. Este estrigue[47] ideal, más audaz que sus compañeros, se acercaba a nosotros, mirando, tocando y perturbando todas las cosas sin preocuparse por las observaciones del intérprete; no las tomaba en cuenta y seguía escarbando. Sucedió que sacó de una de nuestras bolsas el traje de mujer puesto en reserva para el momento en que abandonaría mi vestido de hombre; entre las piezas de este traje estaba un chal de chenilla azul, muy grande y muy calentito; aunque arrugado y bastante empapado por su estancia en el fondo del saco de cuero, pareció agradar a la vieja: se apoderó de él y pareció maravillada por la dulzura de este tejido desconocido. Ella zambullía y volvía a colocar sus abominables pequeñas garras en la chenilla con una grotesca voluptuosidad, y trataba de tirar de algunos hilos para darse cuenta de cómo estaba hecha esta tela tan esponjosa.

47 El estrigue es un ser volador, como una especie de vampiro en el folclore eslavo, que en ocasiones es descrito como una mujer deformada.

Se detuvo, sin embargo, para dirigir vivamente la palabra a un joven sami, al que pareció dar una orden con mucha insistencia; éste se alejó con pesar; llamé a Francisco y al intérprete, quería saber lo que había dicho esa bruja.

- Preguntadle a ella a dónde envió a ese niño – dije a mis hombres.
- Señora, envió a buscar a su madre.
- ¿Su madre? Habrá entendido mal; la vieja no puede tener a su madre, tiene por lo menos noventa años. Pregúntale su edad.
- Sólo tiene 84 años, señora.

Lo que dijo el intérprete me hizo reír.

- Si su madre sigue viva, ¿cuántos siglos tiene?
- La madre tiene ciento tres años.

Fue muy claro. Me impactó mucho ver a una lapona centenaria: mi espera no duró mucho, al cabo de diez minutos vi llegar una especie de momia dotada de movimiento. Era la madre; no era muy diferente de su hija: era más delgada y estaba más envuelta en sí misma; su altura total no debía superar los tres pies. Caminaba bastante rápido apoyándose en un palo, y sus pequeños ojos, aunque muy llorosos, brillaban de vitalidad: al fin y al cabo, estaba mucho mejor para su edad que su hija. Ella compartió la admiración por el chal, y hizo que me preguntaran cuál era el animal cuya lana era tan suave.

«No es lana, es seda. »

No parecían entender la palabra seda, pero cuando, por orden mía, el intérprete añadió que el animal que producía esta materia era una especie de gusano, acogieron la explicación con una risa irónica y herida; obviamente pensaban que me burlaba de su simplicidad.

Sintiendo bien la imposibilidad de justificar mi buena intención, cambié de discurso e hice a la vieja madre cumplidos sobre su vigor y su buena salud; ella acogió mis palabras con aire muy satisfecho, y respondió sentenciosamente: «Estoy bien, aunque vieja; no es de extrañar, la juventud no hace la salud; ¡porque mi hija menor tiene setenta y cinco años, y sin embargo a menudo está enferma!» Llamar joven a alguien de setenta y cinco años me parece propio de la ingenuidad de un centenario.

Al hacer hablar a mis dos viejas, descubrí que la extrema longevidad no es infrecuente en Laponia; a menudo se alcanza la edad de ochenta años, sobre todo en el cantón de Kautokeino, donde el aire es particularmente puro. Los lapones son poco propensos a las dolencias; la única que sufren con frecuencia es la ceguera, producida por la doble causa de la nieve, que ven sin cesar fuera, y del humo, que encuentran siempre dentro de sus casas.

Como me sorprendió no haber visto a ningún lapón marcado por la viruela, el intérprete me aseguró que los renos llevan, como las vacas, alrededor de las ubres, el benéfico virus del *cow-pox* (vacuna), y, como los hombres y las mujeres se entregan al cuidado de ordeñarlos, sin duda se preservan de la viruela por esta vacunación accidental. No son inmunes a otro contagio más horrible: la lepra. Esta terrible enfermedad todavía se encuentra en las regiones boreales; la suciedad, la falta de ropa blanca la engendran, y el rigor del clima contribuye a hacerla incurable. Aparte de esta calamidad, los lapones están dotados de constituciones robustas y son poco propensos a las indisposiciones; cuando experimentan un malestar, una medicina compuesta de algunas parcelas de tabaco infundidas en aguardiente forma toda su medicación: los ricos y delicados poseen un poco de pimienta y canela para semejantes circunstancias; los pobres tienen la angélica, tan común en Noruega, y esta poca medicina les basta.

Todos estos detalles, recogidos entre mi séquito lapón, me interesaban mucho; pero mi fatiga extrema me obligó a un reposo absoluto durante cuarenta y ocho horas: tenía una fiebre ardiente, y tenía miedo de verla impedirme continuar mi camino.

Los viajeros cansados por el duro trayecto de los pantanos tienen la buena fortuna de encontrar en Kautokeino una casa siempre abierta para recibirlos: es la del pastor. Allí hay un techo y un piso, una gran chimenea de piedra, cofres de abeto que sirven de cama, y algunos vasos de madera para contener el agua y la leche: eso es todo. Es mucho para el viajero; es poco para el pastor. Nunca la pobreza evangélica me pareció más completa y noble que en esta humilde casa; me hizo pensar involuntariamente en el establo de Belén. El activo misionero de la palabra de Cristo pasa cada año dos meses en este granero; durante este tiempo instruye a los niños, se casa con los novios, reza sobre la tumba de los que la muerte ha tomado desde su último paso; luego, cuando ha iluminado, bendecido y consolado, reanuda su carrera y va a llevar la semilla divina entre otros pueblos.

Estos pastores errantes son numerosos en todo Nordland, donde un pequeño número de habitantes está disperso en puntos distantes unos de otros; el sacerdote no tiene morada fija, sirve a varias parroquias, permaneciendo algunas semanas en cada una de ellas; normalmente transcurre el año entero para que su recorrido se cumpla. Con emolumentos apenas suficientes para mantenerlo vivo, el sacerdote debe viajar sin cesar en medio de tierras intransitables, expuesto en verano a lluvias torrenciales, en invierno a fríos excesivos; cada vez que llega a una parroquia está abrumado por la multiplicidad de sus deberes. Nada se hace en su ausencia; representa la primera autoridad del cantón, y a menudo sus funciones eclesiásticas son complicadas y aumentadas por el amor mismo de sus fieles, que lo mezclan en todos sus asuntos privados. Su celo es suficiente para todo; apenas termina en un cantón, otro lo reclama y lo encuentra siempre dispuesto y siempre incansable, y así pasa su año. ¡Ciclo admirable de fe y dedicación!...

Me hubiera gustado conocer al venerable huésped del presbiterio de Kautokeino y expresarle mi admiración; pero no se esperaba hasta el invierno, y tuve que renunciar incluso a la esperanza de encontrarlo en nuestro camino.

Mi salud estaba muy alterada, y me preocupaba; un azar providencial me hizo encontrar en Kautokeino el mejor remedio para la indisposición que sufría. Esta cura era una vaca hermosa, que un lapón llevaba de Karesuando a la colonia inglesa de Kaafiord; convencí al hombre a detenerse dándole un buen precio por la leche de su vaca durante dos días; luego, privándome de cualquier otro alimento, me puse a beber leche cortada en cubos; sentí un gran alivio; desde el segundo día el fuego de mi estómago pareció calmarse. Recomiendo esta medicación para las irritaciones agudas causadas por fatigas demasiado grandes. Tan pronto como me sentí mejor, salí de mi cama de heno y fui a recorrer la ciudad.

Las casas de Kautokeino tienen muy pequeñas dimensiones; los pisos, las subdivisiones interiores, no se encuentran; el techo toca casi la cabeza de los habitantes y toca totalmente la de los extranjeros. El día entra en la casa a través de pequeñas ventanas de dos pies de altura, adornadas con vidrios gruesos y turbios como fondos de botellas; la gran chimenea de piedras planas ocupa, como siempre, todo un paño de la muralla.

El mobiliario de estas pobres casas es el de las chozas de Hammerfest: cajas de madera para acostarse, pieles de reno para sentarse, la indispensable olla de hierro, y jarrones de madera para contener la leche de reno. En las casas como en la tienda, los lapones duermen mezclados, hombres, mujeres, niños, sirvientes; si la casa es grande y el amo rico, los renos familiares, los perros y algunos cerdos de lujo traídos de Noruega se unen a la familia por la noche. Al entrar así en las casas, asistí a algunas comidas laponas. Se componían de pescado, carne, leche de reno, todo ampliamente rociado con aceite de pescado; me pareció que los comensales comían con gran placer una mezcla hecha de leche de reno cuajada mezclada con hierbas y con las pequeñas bayas del arándano. La leche de reno es muy espesa y nutritiva; en verano se come así sazonada; en invierno se deja congelar naturalmente y se conserva solidificada en vejigas. Los lapones son muy aficionados a esta forma; añado para vuestro conocimiento que están obligados a utilizar el hacha para dividir estos suculentos cubitos de hielo. No pude probar esta golosina lapona, no hacía suficiente frío; en cuanto a la mantequilla, a la leche cuajada o fresca, la vista de los bueyes que presidían estas preparaciones me quitó todo deseo e incluso toda posibilidad de probarlas.

Los lapones de Kautokeino dejan una impresión diferente a los lapones de Hammerfest. Aunque son los mismos hombres, se trata de las dos caras del salvaje: en Hammerfest, el salvaje de fiesta está borracho, aturdido, horrible; en Kautokeino, en su vida familiar, es dulce, perezoso, terco. Fuera de su casa inspira disgusto; dentro, da lugar a la misericordia.

El 10 de septiembre, pude volver. Cuando salí del techo hospitalario del pastor, el cielo se había transformado en una inmensa regadera, y todo el horizonte desaparecía detrás de una gruesa cortina de lluvia. Decididamente una fatalidad inexorable se aferraba a mí y me hacía la travesía de este pantano de Laponia lo más húmeda posible. El Alten, tan bello y pacífico a nuestra llegada, se desbordaba por todas partes; habría sido imprudente pasarlo con los caballos muy cargados. Decidimos enviar a los caballos con los guías a un lugar llamado Kalanitoe, situado a siete leguas de Kautokeino, y llegar hasta allí en barco. Las sacudidas del caballo me causaron mucho dolor, y me sentí muy satisfecha de poder evitarlas durante algunas horas más. Me extendí en un ligero barco de piel de foca y, soportando con resignación la lluvia que me inundaba a pesar de mis abrigos, miré las orillas del río.

El Alten, en lapón Sapriokki, es muy sinuoso, y sus bordes presentan los aspectos más variados en el pequeño espacio que separa Kautokeino de Kalanitoe: a veces corre ancho e impetuoso como un torrente, precipitándose sobre islotes de piedras; se desliza entre dos orillas verdes, como el río ficticio de un parque inglés. En sus momentos violentos, el Alten está cortado por rápidos y su navegación se vuelve peligrosa.

Los lapones, ayudados solamente por varas largas, tienen una sorprendente habilidad para hacer que sus barcos crucen estos rápidos; toman un punto de apoyo con una precisión perfecta y hacen que el barco, con seguridad, dé los saltos peligrosos que con otros pilotos serían más preocupantes. Cerca de Kalanitoe, saliendo de una especie de lago inmenso formado por el Alten, nos encontramos arrastrados hacia una cascada alta de unos treinta pies, que nos hacía oír un bramido muy espantoso; sin embargo avanzábamos siempre en la misma dirección; un grito de terror iba a salir de nuestra boca, nos veíamos en la cumbre de la cascada, íbamos a ser aplastados, cuando, por una maniobra hábil y rápida, nuestro piloto, haciendo girar la embarcación sobre sí misma, la lanzó en un pequeño brazo del río que aún no habíamos visto; al acercarse, nos dirigió una sonrisa astuta, donde creí leer que había querido darnos una prueba de su talento probando nuestro coraje.

A pocos metros del Alten, encontramos a nuestros guías y caballos. Los hombres se habían refugiado en una choza tosca hecha de troncos de árboles y enmohecida de musgo; entramos también con la esperanza de secar un poco nuestras ropas; pero todos los esfuerzos para encender un fuego fueron en vano; la lluvia caía a raudales desde lo alto del techo y se opuso constantemente. Esta choza en ruinas y abandonada es el único vestigio humano que vimos en este lugar llamado Kalanitoe; sirve, me dicen, de asilo a los lapones en sus excursiones de caza.

Aquel día del 10 de septiembre, iniciado bajo tan tristes auspicios, fue todavía terrible. No vuelvo sobre nuestros desastres de caballos que se hunden, de caídas en el barro, de ropas pegadas al cuerpo, debéis estar familiarizados con todo esto; por la noche no pudimos encontrar una elevación para acampar; nos detuvimos en una especie de isla en medio de un pantano. Nadie pudo calentarse ni dormir, ya que la lluvia continuó toda la noche con increíble ahínco, y las gotas heladas caían sobre nuestras camas de piel de reno. Esperamos con impaciencia el amanecer; apareció poco después de las seis y fue la señal de partida.

Las tribulaciones, los trabajos reanudaron su curso; nueva lluvia, nuevos pantanos; por momentos se encontraba un rincón seco adornado de musgo de reno amarillo y abedules de hojas de carmín, y luego se encontraba el lodo negro, odioso, eterno. En aquella parte del viaje, a menudo creí recoger bellos trozos de esas piedras grises lilas de las que os hablé, y cuando las tocaba, encontraba una sustancia blanda como tierra arcillosa que se doblaba bajo el dedo y conservaba de la piedra solo la fisonomía exterior. No habría sabido qué causa atribuir a esta transformación, si no me hubieran asegurado que el exceso de frío consigue disgregar la piedra y reducirla, después de un cierto tiempo, a la extraña materia de la que he visto tantas muestras en un espacio de algunas leguas.

El 11 de septiembre, por la tarde, la lluvia se transformó en nieve; no la habíamos visto desde Spitzberg; al mismo tiempo se levantó un viento violento que hizo girar la nieve a nuestro alrededor, para impedirnos avanzar. Nuestra pequeña caravana tomó entonces el aspecto más triste: Abo el Lapón marchaba a la cabeza; los caballos seguían penosamente en fila unos detrás de otros, mantenidos por su conductor en el sendero trazado por el guía; cada uno de los hombres, con la cabeza oculta bajo su capuchón, calentando a su vez una mano bajo su ropa, luchaba lo mejor posible contra las dificultades del camino y los torbellinos de la nieve. Todo el mundo estaba triste: se veía el exceso de fatiga en todos los rostros; sin embargo, nos apoyábamos en la esperanza de llegar pronto a Karesuando, pero hasta entonces ¡cuántas miserias más! La tarde de aquel día, después de muchos pantanos y de la cantidad de ríos que pasamos, y que yo pasé, llegamos al lago Suvajervi (lago Profundo). En el lago estaba la casa de un lapón.

Era una casa pequeña y estrecha; pero me pareció un palacio, y entré con un sentimiento que solo comprenderían las personas que conocen los horrores de los vivaques bajo el agua y en el agua. La casa estaba construida como las de las que os hablé, en troncos de madera, y cubierta de césped: la única habitación de la casa estaba rodeada de cofres cubiertos de heno, camas habituales de la familia. Como me había acercado rápidamente a la gran chimenea donde ardían largas ramas de abedul, creí ver que se agitaba algo en uno de los bancos: era la abuela de la familia, retenida allí por sus dolencias o su vejez; este pobre ser parecía tener al menos ochenta años. Digo *ser* porque no pude adivinar si era un hombre o una mujer. Estaba posado y sordo; solo un pequeño resto de vida iluminaba todavía de destellos fugitivos sus ojos, que él giraba a su alrededor sin nunca pararlos en nada.

Por uno de estos contrastes tan frecuentes en la naturaleza, junto a esta ruina humana estaba colocado, sobre una capa de helechos secos, un niño de unos dos años, con mejillas frescas, ojos brillantes, miembros redondos y regordetes, hermoso por la gracia de la infancia y de la salud, y esta cercanía hacía resaltar en todo su horror la decrepitud del habitante del banco.

Al anochecer, el anfitrión y su esposa regresaron acompañados de tres muchachos de entre ocho y quince años; nuestros guías y nuestros criados vinieron a reclamar su parte de refugio; dos perros grandes, un cerdo, tres renos familiares, fueron admitidos también, y la habitación se encontró tan llena que no podíamos ni hacer un movimiento. Me encontré muy feliz en medio de esta aglomeración de seres inmundos, y ciertamente no habría dado, aquella noche, mi parte de suelo y de piel de reno por muchos. Esta confesión es lo único que puede hacer que apreciéis mi sufrimiento de la noche anterior.

Mientras recobraba fuerzas en un sueño reparador, una aurora boreal apareció en el cielo: era la primera del año, y los lapones concluyeron que los días siguientes serían muy fríos. Las auroras boreales aparecen desde el otoño y duran hasta la primavera. Esta larga noche, que es el invierno de Laponia, está casi siempre iluminada por estas luces, y el horror de la oscuridad se suaviza un poco.

Los días disminuyen en esta latitud con una velocidad que no se puede imaginar. El 12 de septiembre, tuvimos once horas de oscuridad; el 22 de agosto, habíamos tenido el primer cuarto de hora de noche; desde aquel momento habíamos hecho casi cien leguas hacia el sur, lo que debía disminuir la velocidad del crecimiento de las noches. El 12 de septiembre, en el Cabo Norte, debemos de tener noches de catorce horas.

El lago de Suvajervi está situado en la Laponia rusa; es bastante cercano al río Muonio, y distante solamente cerca de seis leguas de Karesuando, fin de nuestro viaje a caballo. Es un hermoso lago bien encajonado en laderas verdes y que no necesita estar en Laponia para encantar a los ojos del viajero. Desde la cima de sus colinas se divisa toda la tierra de Kautokeino, en forma de una inmensa llanura cubierta de musgo de reno. Los pantanos, vistos a esta distancia, parecen manchas de verdor; los torrentes y los lagos son espejos donde se refleja el cielo: forma un paisaje que no carece ni de grandeza ni de encanto; ciertamente nunca fue más engañosa la perspectiva.

El lapón propietario de la casa de Suvajervi es rico: posee, nos dice, más de quinientos renos; se ocupa únicamente del aumento de su rebaño y se preocupa poco de sanear o embellecer su vivienda. Al ver por la forma de sus discursos que estaba muy interesado, le ofrecimos llevarnos a Karesuando, mediante dos especificaciones, y aceptó con diligencia; nos pusimos en marcha a pesar de la nieve, y hacia las ocho de la tarde, estábamos al borde del Muonio.

La geografía de estas regiones está poco presente en la memoria; permítanme recordarles que el Muonio nace en la pequeña cordillera vecina de Kautokeino, a poca distancia del lago de donde sale el Alten, y mientras que éste corre en línea recta hacia el norte, el Muonio desciende hacia el sur, recibe el río Torneä cerca de Kengisbruck, cambia su nombre en este lugar por el de su afluente, y, bajo el nombre de río Torneä, desemboca en el mar Báltico, entre Torneä y Haparanda

En Karesuando, el Muonio ya es un río hermoso, violento, rápido, y por lo tanto peligroso para cruzar a nado. Afortunadamente para nosotros, no tuvimos que llegar a este extremo. Al llegar a la orilla, nuestro guía lanzó algunos gritos agudos, e inmediatamente dos barcas se separaron de Karesuando y vinieron a buscarnos. Gracias a la habilidad de nuestros remeros, en menos de diez minutos estábamos en el borde opuesto.

Karesuando es la capital de una provincia de ochocientos habitantes, lapones o finlandeses; las viviendas no son más numerosas que en Kautokeino, y su aspecto es sucio, miserable y ruinoso. No hay ninguna calle en esta metrópoli lapona; las casas se dispersan en el llano a la orilla del río; el campo, muy húmedo, cortado por muchos arroyos, ha permanecido por todas partes oculto. Los habitantes de Karesuando, como los lapones nómadas, viven de la pesca durante el verano y de la caza durante el invierno. Desde hace algunos años, su caza adorna a la vez su despensa y su bolsa, porque venden a comerciantes suecos y rusos las pieles de los animales sacrificados; a menudo hacen un abundante botín de martas de diversas especies, de zorros con cruces de zorros azules y blancos, de lobos y osos. Antiguamente, en tiempos de Regnard, los lapones cazaban con flechas; hoy emplean preferentemente las trampas, que no agujerean las pieles de los animales ni las ensucian con sangre. Varios de ellos también tienen rifles y los utilizan muy bien, pero no les gusta esta arma difícil de mantener y emplear en medio de la humedad. En cuanto a las pieles, cabe señalar que todos los animales, excepto los renos, se vuelven blancos en invierno en todas las regiones boreales, y todos, excepto los osos polares, son de un gris más o menos rojo en verano. El armiño mismo, este emblema de blancura, es gris durante el verano, por lo que solo se caza en invierno. En Laponia encontramos una especie de liebre muy buena para comer y mejor para ver: son liebres-armiños, de un pelaje más blanco que la bella bestia tan estimada en nosotros, y tiene como ella la cola totalmente negra. Estas liebres encantadoras le añaden incluso orejas del mismo color del efecto más singular. Estos animales son infinitamente comunes y su pelaje tiene muy poco valor; los lapones hacen gran uso de ellos; envuelven a los niños pequeños que aún no caminan y forman excelentes mantas contra el frío. Compré en Hammerfest, por doce francos, una docena de estas pieles, y sería la más bonita y la más barata de las pieles, si el poco vigor del pelo de la liebre no la hiciera de un mal uso. Este inconveniente le impide ser difundida en el comercio.

Tanto en Karesuando como en Kautokeino nos alojamos con el pastor. Siendo éste un párroco fijo, lo encontramos en su casa; habría tenido mejor consideración de él si hubiera estado ausente. Este pastor, llamado Laestadius, nos ofreció una desafortunada mezcla de pretensiones eruditas y de grosería rústica. A pesar de nuestras cartas de recomendación, a pesar de lo que le hubiera tocado, el triste estado en el que nos habían puesto nuestros largos días de vivac, nos acogió con el aire enojado de un hombre importante al que molestamos. Con el gorro en la cabeza y la pipa en la boca, nos hizo dar de mala gana una habitación y no se ocupó de nosotros.

Este hombre, porque chapurrea el latín y posee la restringida flora de Laponia, se cree un personaje; toma poses de hombre superior y usa un lenguaje desdeñoso; muestra toda una vanidad por sus méritos que no concuerda con su carácter. Por mucho que sea respetuosa y admire a estos venerables sacerdotes de los que os he hablado, sentía distancia por la falsa dignidad de este oso mal lamido. No encontraba en él ni el cuidado ni la acogida que se me debía, ni siquiera esa vulgar compasión que el lamentable estado de mi salud inspiraba a los lapones. Este huésped molesto nos proporcionó paja picada para la cama, tortas de cebada, un pez del río y nabos, y, para completar la mala opinión que teníamos de él, nos hizo pagar muy caro.

Creo haberos dicho que nevaba fuerte y, el día después de nuestra llegada a Karesuando, observé con interés cómo se enganchaban los renos a los trineos. El reno se ata a este pequeño trineo sabot del que os he hablado por un lomo que, pasando por debajo del vientre entre las piernas, se une a un collar de cuero cubierto con sábanas, colocado al inicio de los hombros; el collar, a menudo hábilmente bordado en hilo de estaño, está rodeado de una multitud de pequeños cascabeles. Se dice que este ruido agrada al reno y lo excita a correr; además, estas campanillas ayudan a los lapones a encontrarse durante la oscuridad de los días de invierno. Para ser más o menos dócil, el reno debe ser adiestrado muy joven, y aun así sucede a menudo que se niega a caminar cuando se le entablilla. Entonces se enoja, se vuelve contra el trineo, lo golpea con los pies delanteros y puede dar al viajero golpes muy peligrosos. La velocidad del reno es incomparable; para hacerse una idea, se piensa en la velocidad a la que puede llegar un ciervo incitado que transporte una carga muy ligera en proporción a su fuerza. Si es salvaje e independiente, también es robusto y sobrio; se alimenta de esta pequeña espuma que recubre las llanuras de Laponia. Cuando la nieve cubre la tierra, sabe muy bien cavar agujeros con sus pies para descubrir su comida. Este precioso *liquen rangiferinus* tiene un sabor soso, ligeramente dulce, presenta una analogía con el malvavisco, cuyas propiedades suavizantes debe de tener. No sé si, en mi descripción de los renos, os he hablado de su pelaje; su pelo es el más grande que se puede ver; es muy quebradizo, extraordinariamente grueso, y aguanta muy poco sobre el animal; si se coge una pizca, se te queda en la mano. Cuando se mata al animal, es mucho peor: el pelo se desprende de la piel tan pronto como se agita; sin este defecto absolutamente capital, la piel de reno haría calientes y excelentes alfombras, porque la piel del reno tiene a menudo tres pulgadas de espesor, y los pelos se aprietan de tal manera que están rectos unos contra otros. Ninguna alfombra de rey produce la sensación que se siente al poner el pie sobre una piel de reno. El tono de esta piel varía de gris claro a rojo pálido. En Karesuando dije adiós a los renos; sabía que no los vería más allá de este pueblo, donde teníamos que salir del camino de tierra para bajar los ríos. En Karesuando, nos separamos de nuestros guías y de nuestros caballos; unos y otros tuvieron que rehacer el penoso viaje que acabábamos de terminar, para volver a casa, en Finmark. Toda nuestra gente se había comportado perfectamente; añadimos pues algunas *species* al precio de cien francos por caballo, que había sido fijado en Kaafiord. Los hombres no habían estado nunca tan tristes; a menudo les habíamos hecho compartir nuestras provisiones, y esta reserva de galleta mojada y de grasa rancia que yo encontraba tan repugnante era, para ellos, comidas excelentes. Los caballos habían tenido que sufrir más; los primeros días, apenas encontraban algunas malezas en el suelo empapado, y dos veces nos vimos obligados a hacerles dar galletas, siendo el lugar de nuestro campamento tan árido como para no producir una brizna de hierba. De todos modos, todo el mundo estaba bien cuando llegamos a Karesuando, y nuestros guías se alegraban de la llegada de la nieve, que les auguraba para el regreso un viaje menos doloroso.

Los guías debían descansar ocho días en Karesuando. Teníamos la intención de hacer lo mismo que ellos; pero el temor de ver el Muonio burlándose del hielo nos obligó a partir sin demora. Rápidamente hice un paseo de observación por la ciudad: entré en las casas, y las encontré absolutamente similares a las de Kautokeino. Visité la iglesia, una especie de granero pintado de rojo, cubierto con un pesado techo de madera, amueblado en el interior por algunos bancos y un púlpito de tablas. Todo esto estaba muy desnudo, muy triste, y ya no tenía para mí el interés de la novedad; por eso no lamenté nada de Karesuando, excepto los pocos días de descanso absoluto que me había prometido tomar.

El río Muonio, sobre el que íbamos a navegar, se parece a los grandes ríos del norte de América, que ofrecieron tantos peligros a sus primeros exploradores. Es, como ellos, impetuoso, violento, caprichoso, entrecortado de rápidos, sembrado de innumerables rocas, su pendiente sufre inclinaciones bruscas y frecuentes que varían de diez a veinte grados y forman cascadas más o menos temibles; con cada masa de rocas que encuentra, la ola se oscurece, se rompe, se hace espuma, luego se separa con ruido o se precipita superando el obstáculo. Gracias a estos accidentes, su curso es muy variado y muy pintoresco, y si la navegación es peligrosa, al menos no es aburrida. Las barcazas finlandesas están construidas para luchar lo mejor posible contra todas estas dificultades; son largas, ligeras y tan planas que hay que estar tumbado en el fondo y permanecer casi inmóvil si no se quiere arriesgar a volcar. No pueden admitir más de dos viajeros, dos remeros y un piloto. Cuando se tiene equipaje, hay que colocarlo en un barco separado, donde ocupa el lugar del fondo, como los viajeros. El piloto, comandante responsable de estas expediciones, se coloca en la parte trasera; tiene una especie de remo, del que se sirve como timón. Los remeros, colocados en la parte delantera, tienen sin cesar los ojos fijos en él y ejecutan sus órdenes con una puntualidad de máquina. La admirable habilidad de estos tres hombres arrastra el barquito con una agilidad de pez en medio de los escollos del río. Cuando se encuentra una cascada, los barqueros deben evitar a la vez ser arrastrados por la violencia de la corriente o lanzados contra alguna roca. Su habilidad suprema consiste en conservar el gobierno de su velocidad en el mismo momento en que son llevados con la rapidez de una flecha. A veces la quilla del barco toca alguna roca del fondo del agua y entonces chocamos. Nos estremecimos; pero, antes de que el miedo nos dominara completamente, el barco rebotó como una bala en medio del remolino de la cascada, que se desquita de los viajeros temerarios cubriéndolos con una lluvia penetrante. Las cascadas están infinitamente cerca; habíamos cruzado cuarenta y cinco el primer día. Su longitud varía de cincuenta a ciento veinte toesas; se dividen ordinariamente en varias caídas; así que se tarda de uno a cuatro minutos para cruzarlas.

Entre Karesuando y Muonioniska, lo pintoresco me pareció concentrado en los rápidos. Las orillas del río tienen un aspecto muy monótono; ofrecen una sucesión ininterrumpida de prados dominados a lo lejos por pequeñas colinas bajas y arboladas de abedules. En este cantón, las orillas del Muonio están desiertas; raramente el humo de la cabaña de un pescador o la silueta de una granja finlandesa alegran la soledad. Al avanzar hacia el sur, el paisaje se enriquece con el follaje elegante de los pinos, que, al principio pequeños, débiles y granizos, adquieren todo su desarrollo solo en los alrededores de Torneä.

Siendo el Muonio el límite de la Finlandia sueca, se aborda alternativamente en la orilla rusa o en la orilla sueca. Muonioniska, donde dormimos el primer día de nuestro viaje por agua, es una aldea rusa compuesta por un centenar de viviendas que están dispersas en una vasta llanura. Las casas tienen un aire fácil, muy diferente del triste aspecto de las casas laponas: son de madera, con grandes tejados con toldos y altas escalinatas recortadas: tienen cierta semejanza con los chalets suizos. No hacía falta más para que Muonioniska me pareciera encantadora a primera vista; al segundo lo encontré todavía muy pobre, porque no pude procurarme otro alojamiento más que una choza de madera sin chimenea, amueblada con dos botas de paja. Sin embargo, decidí pasar un día allí. El pastor de Muonioniska vino a ver: es un hombre instruido, que se ocupa de las ciencias naturales, nos mostró una colección bastante hermosa de escarabajos recogidos en los diferentes cantones de Finlandia, y algunos lepidópteros, entre los cuales me asombró encontrar más nocturnos que diurnos. El pastor me dijo que estas especies vuelan de día en estas latitudes altas.

Dormía profundamente en mi cama de paja, cuando vinieron a llamarme para ver una aurora boreal. Estuve lista en un instante, y entonces fui testigo de uno de los espectáculos más magníficos del mundo. Siendo el cielo muy negro, se formó al principio en el horizonte un foco de luz pálida que tenía la apariencia del precursor de la aurora. Este resplandor se amplía poco a poco para ocupar una parte notable del cielo. Desde el punto central se escapaban las gavillas de luz móvil que tomaban toda clase de formas: a veces semejantes a lenguas ardientes, a veces semejantes a serpientes de fuego, se abrazaban de mil maneras con un movimiento lento y continuo. ¡En el momento en que la claridad se hizo más intensa, el cielo se cubrió de innumerables espirales de llamas retorcidas y difusas, agitadas como penachos al soplo de un viento misterioso!

¡Fenómeno extraño! La aurora boreal, en su momento más hermoso, no borra el brillo de las estrellas, que centellean a través de todos estos destellos. El color de la aurora es amarillo azufre muy pálido; su luz, incierta y pálida, brilla sin iluminar. Es un espectro de luz; ¿cómo nombrar una luz que no produce claridad? La aurora boreal de Muonioniska duró tres horas. Todo este tiempo permanecí inmóvil, atenta, bajo esa impresión indecible que ya había experimentado en presencia de los hielos flotantes. La aurora boreal y los hielos polares son de esas cosas cuya contemplación hace subir la admiración hasta el estupor: el espectador se calla, el narrador está tentado a arrojar su pluma. ¿Quién podría describir el grado de infinita magnificencia que puede alcanzar la naturaleza de Dios?

Muonioniska parece asentado a orillas de un lago de tan ancho que es el río; el agua tiene, para difundirse, las hermosas praderas de la llanura, y permanece allí tranquila y unida como un espejo; pero, a algunas leguas al sur del poblado ruso, el país cambia de aspecto: el Muonio, apretado entre dos cadenas de colinas, se hace tumultuoso como un torrente; arranca sin cesar de la orilla piedras, tierra, ramas de árboles, que él acaricia desordenado. Las pendientes multiplicadas precipitan aún más su impulso, y por momentos su marcha se vuelve totalmente furiosa: arranca los árboles enteros, camina contra los bloques de granito, cuya cabeza se levanta más allá sobre sus olas, salta sobre las enormes rocas que muestran a flor de agua sus picos redondeados como lomos de ballenas. A veces cae en una capa deslumbrante donde se refleja el sol, donde juegan las truchas azules y amarillas. Otras veces se precipita, muge, hace espuma, y luego rasga y se lleva todo lo que puede alcanzar. Desde Muonioniska, su curso entero es una cascada inmensa, y hasta el golfo de Botnia parece bajar las marchas desiguales de una gigantesca escalera.

En medio de estas tormentas, se encuentran a veces grandes terrones de tierra que descienden este río violento con toda su vegetación de hierba, de musgos y de flores; el rebozado del agua los cubre con perlas brillantes, los mosquitos revolotean alrededor, los escarabajos van y vienen al fondo de los musgos; todo un pequeño mundo fresco, tranquilo y encantador, junto a estos escollos, flota sobre estos abismos, y este río, que muele las rocas y muele los grandes abetos, transporta, perdonándolos, los humildes islotes de musgo. Siguiendo sus ojos, los comparaba con aquellas almas simples que atraviesan la corriente temible de los hombres y de los acontecimientos protegidos por su oscuridad y su debilidad; ignorantes de los peligros, llegan sin temblores al final de su viaje a este mundo, mientras que otros, fuertes y valientes, se rompen en su lucha contra obstáculos invencibles.

En su parte septentrional las orillas del Muonio son desiertas; raramente se percibe un humo, indicio de una cabaña, y las granjas donde se acuestan están separadas por grandes distancias. Toda esta provincia es muy pobre; sin embargo, en las viviendas finlandesas se encuentra el primer síntoma de civilización: la limpieza. Cuando nos deteníamos por la noche, nos encontrábamos en alguna gran sala, revestida de piedras grises bien lavadas, largas mesas cubiertas de vasos llenos de leche, y en una esquina, levantándose orgullosamente, como la reina de la casa, una amplia y alta chimenea donde ardían abetos casi enteros colocados verticalmente; esta manera de colocar la madera aviva singularmente la llama y le hace arrojar en la sala luces alegres muy dulces a los ojos del viajero cansado. La mayoría de las veces la cama donde se duerme en estas granjas se compone de paja picada colocada sobre tablas; pero al volver de Laponia no es difícil, y la comodidad parece suficiente cuando se tiene la felicidad de descansar en una plaza seca abrigada por un techo. La navegación en medio de los rápidos no está exenta de peligros; pero son felizmente conjurados por la habilidad del piloto y de los remeros; les hace falta a éstos una fuerza prodigiosa para remar sin descanso con una rapidez que, para dominar el flujo, debe ser el doble que la corriente. La maniobra del piloto, cuando ve una roca formidable, es muy curiosa de observar: gobierna directamente sobre el escollo, y, en el momento en que la barca va a abrirse en un choque, da una sacudida al timón; el barco hace una desviación brusca como un caballo asustado describe un ángulo, y continúa su carrera loca en medio de los remolinos ruidosos. El ruido ensordecedor del agua, la lluvia de espuma de la que uno está cubierto, impiden darse cuenta del peligro; se percibe solamente cuando se mira detrás de uno y se ve a lo lejos la barra furiosa y mugiente de la cascada. Media hora después se oye un gran ruido; es otro rápido y se empieza de nuevo. Esta lucha entre el río y el barco, esta victoria continuamente renovada de la habilidad del hombre contra la fuerza ciega de un elemento, tendría el atractivo de todo peligro afrontado y vencido, si no se uniera el inconveniente poco glorioso de estar mojado hasta los huesos por la lluvia de las cascadas y las olas que se embarcan; añadid el apuro de ser obligado a estar, siempre acostado, inmóvil en el fondo de un barco; y todo esto dura mucho tiempo, porque nos encontramos ochenta rápidos más o menos importantes entre Karesuando y Torneä, en un espacio de unas ciento diez leguas. La más famosa de las cascadas del río está cerca de Muonioniska; se llama Eyanpaikka (el salto de los Muchachos); es, se dice, muy temible, y se toma en el barrio un piloto expreso para cruzarla. Los barcos la evitan ordinariamente y hacen un transporte sobre el borde del agua; me hicieron hacer como a los barcos temerosos, y por un motivo de prudencia no se me permitió dar este salto peligroso. Obedecí, pero con gran pesar; fui a sentarme sobre una roca en el extremo de una isla que comparte el río en este lugar, y desde lo alto de mi observatorio vi perfectamente llegar nuestros dos barcos, que me dieron el efecto de dos cascos de niño llevados por la corriente. El Eyanpaïkka cruzó, fui a retomar mi lugar en el fondo de mi barco; con la prisa olvidé en la isla a mi pobre perra lapona, y ya estábamos lejos cuando me di cuenta de su ausencia; queríamos mucho a ese perro y estábamos decididos a hacer todo lo posible para recuperarlo. Remontar el río, todavía conmovida por el salto que acababa de hacer, era totalmente imposible; se tomó la decisión de abordar, y uno de los barcos intentó girar la isla por el otro brazo del río. Me quedé en la punta meridional de la isla, y, después de haber atravesado una larga pradera recientemente segada, tuve la satisfacción de ver una granja a lo lejos; me dirigí inmediatamente hacia ella, esperando pedir hospitalidad durante algunas horas. Atravesé un gran patio rodeado de setos y pintorescamente lleno de gradas, arados y estos grandes triángulos hechos de tres tablas, que sirven en Suecia y Noruega para trazar caminos en la nieve[48]. En el umbral de la casa fui acogida por una anciana seca y recta, que, después de haber escuchado el relato hecho por mi criado, me hizo entrar de buena gana y me ofreció una taza de leche y una escalera bajo el manto de la gran chimenea; acepté ambos.

La habitación en la que me encontraba era amplia y limpia; las losas de piedra estaban bien barridas, las paredes cuidadosamente encaladas hasta la altura de una persona; no había techos, porque se veían por encima de sí los entrecruces de las vigas del tejado; algunas grandes madejas de cáñamo colgaban de las vigas, y sobre las tablas se colocaban jarrones de abedul y algunas de esas caretas de madera barnizada con flores pintadas que Rusia envía a todas partes como una muestra de su gusto semibárbaro, semiasiático. Una mesa de abeto, ocho o diez escalinatas y un telar completaban el mobiliario. La ventana baja y adornada con vidrios turbios lanzaba un día apagado sobre este interior simple y desnudo; afortunadamente la gran chimenea, donde ardían realmente tres grandes leños colocados en alto, enviaba alegres reflejos a su alrededor.

Después de examinarme curiosamente, la señora volvió a huir a la rueca; pronto vi entrar a una joven de entre ocho y veinte años, alta, robusta, con pelo

48 Se engancha un caballo en la parte superior de uno de los ángulos del triángulo y, a medida que avanza, las tablas colocadas verticalmente expulsan la nieve de cada lado de la carretera (nota del original).

rubio pálido y ojos bien claros, que, después de haber escuchado con asombro el relato de su abuela, se puso delante del oficio y comenzó a tejer con particular fuerza y rapidez. Me acerqué para examinar su trabajo; ella me lo mostró con una complacencia que rozaba el orgullo. Fabricaba una gran tela de lana con amplias líneas de colores brillantes, muy similar a las mantas españolas en las que se cubren los arrieros: estas telas, de una originalidad tan alegre, me parecen hechas para las vistas de un hermoso sol, y no para las brumas de las regiones del Norte. Mientras observaba trabajar a mi hábil anfitriona, estaba muy preocupada por un detalle del mobiliario del que no os hablé; veía salir de los muros, de distancia a distancia, pasadores de hierro rematados por un amplio anillo, y no podía explicarme el uso: eran candelabros; lo vi cuando cayó el día. La muchacha tomó de un rincón los troncos de abeto largos y delgados, los reunió en harapos, luego, introduciendo un paquete en cada uno de los anillos de hierro, les prendió fuego y una viva luz se esparció por la habitación. Debe de ser necesario estar muy habituado para dedicarse a cualquier trabajo con esta singular iluminación, ya que varía en su intensidad; por lo demás produce un efecto extraño y divertido: los destellos del fuego tan vacilantes dan a todos los objetos aspectos fantásticos, los colores brillan extrañamente; los contornos se perturban, y las cosas inanimadas toman una vida ficticia bajo estos reflejos multiplicados y cambiantes. Esta manera de iluminar las habitaciones finlandesas me explicó por qué las paredes estaban blanqueadas a la altura de un hombre y por qué no se hacen techos; la parte superior de las murallas está abandonada al humo; lo cubre con un hermoso color negro; de esta manera, las cámaras son mitad negras y blancas y esto les da una fisonomía bastante extraña. Al final de la noche, el personal masculino de la granja entró; se componía de cuatro jóvenes y de un anciano, marido de la hilandera; a su llegada hubo que comenzar de nuevo, en beneficio de su curiosidad, el relato de mi aventura; entonces una criada preparó la mesa y colocó encima un amplio plato de ternera asada atracada con un gran queso y una inmensa olla llena de leche. Fui invitada a tomar mi parte en este banquete, y consentí gustosamente; todavía estaba en la mesa hospitalaria de estos valientes granjeros, cuando mi buena perra, traída por mi marido, irrumpió alegremente en la sala; saltó, gritó, me lamió locamente y me dio todas las muestras en su poder del afecto más vivo. Me alegré enormemente de encontrarla; aquella perra había llegado a ser muy valiosa para mí porque, además de su rareza, era ciertamente un animal excelente e inteligente; en pocos días había sido adiestrada para obedecer todas mis voluntades.

Con la cena terminada y la hospitalidad pagada por una *specie*, lo que hizo que mis invitados me tomaran por una princesa. Volvimos en barco a pesar de la noche, para ir a dormir a un granero situado más lejos, donde teníamos que llegar aquel día para no perturbar nuestro itinerario, que había fijado nuestras estaciones con antelación.

Esta granja, como os la he descrito, os da una idea exacta de las viviendas de los ribereños del Muonio; al día siguiente de esta parada estábamos en Kélangi, al día siguiente, en Turtula; de cascada en cascada llegamos después y sin más incidentes a Kengisbruck.

Cerca de Kengisbruck, el Muonio recibe el Torneä[49] y deja su nombre para tomar el de su tributario; allí se ensancha, se calma, y sus pasos se ajustan más a la dignidad de un gran río que se acerca a su desembocadura.

En Kengisbruck se han establecido hermosas forjas que llevan funcionando más de doscientos años, y allí, como en todas partes, la industria ha llevado su contingente de bienestar al lugar donde se le honra. La casa del director de las ferrerías está situada a media legua en el interior. Tuvimos que hacer este viaje en la noche oscura, y, aunque estaba muy cansada, no me quejé. El camino pasaba junto a un bosque de abetos maravillosamente iluminado por la luna, en su plenitud; sus rayos penetraban con algunas flechas de plata la bóveda oscura de los árboles; a lo lejos, el humo rojo de las forjas subía en el aire en torbellinos espesos, y en el horizonte una aurora boreal paseaba sus franjas de luz pálida sobre el azul oscuro del cielo; las armonías misteriosas que había en el contraste de todas estas luces, no sabría expresarlas, y el pincel mismo sería inhábil para darlas a comprender.

La casa de las ferrerías de Kengis es rica y hospitalaria; encontramos allí el bienestar del que habíamos perdido el hábito: nos hospedaron en una gran habitación boscosa de abeto; la paja picada de las camas estaba encerrada en la tela, y en vez de pieles de animales para cubrirnos, nos dio un edredón. Estaba a punto de disfrutar de todo este lujo, cuando, al caer la luna, la aurora se hizo tan hermosa que salí a admirarla. La vi agitarse primero con movimientos regulares, como un mar de luz; luego dos grandes brazos de fuego salieron del foco principal y encerraron todo un lado del cielo. Al cabo de un cuarto de hora, estos brazos se separaron moviéndose como los tramos de una serpiente herida; la luz tomó mil formas extrañas: la de cintas inextricablemente mezcladas, la de un peine inmenso, la de penachos tupidos, de gavillas amontonadas. Finalmente, cuando después de dos horas de contemplación regresé para ir a descansar,

49 El Torneä sale del lago Torneä-Trask, situado en Laponia. Cerca de Kengis, forma dos cataratas de alrededor de cuarenta pies de alto. El Torneä tiene de quince a dieciocho pies de largo, y de veinticinco a treinta pies de profundidad (nota del original).

tenía la forma de una corona de flores agudas, colocada en el extremo del horizonte. Esta corona era absolutamente similar a la corona de hierro de los reyes lombardos, cuya efigie vemos en nuestras monedas de la época imperial, y de cada uno de estos picos brotaban mil rayos luminosos y móviles.

Esta magnífica aurora boreal fue seguida de un gran descenso en la temperatura; apenas había desaparecido, una nieve gruesa comenzó a caer y dio a la tierra ese manto blanco del que permanece cubierta, en Finlandia, casi nueve meses del año. Kengis quedará en mi recuerdo por sus admirables paisajes; al día siguiente de aquella hermosa noche, que intenté describiros, cuando llegamos al borde del Torneä para embarcarnos, la aurora coronaba con un tinte de rocío la cumbre de los abetos del bosque; pronto el sol se levantó detrás de los árboles, al otro lado del río, subiendo en el azul, su disco brillante se dobló reflejándose en el agua; la alfombra de nieve de las orillas, los cubitos de hielo de la orilla se tiñeron de púrpura y de oro: parecían piedras preciosas rodeando un espejo de plata. Nunca vi un amanecer tan hermoso.

Desde aquel día, el frío no nos dejó, hizo muy dolorosa la última parte de nuestra navegación. El Torneä nos ofreció todavía muchos rápidos, y las hojas de agua helada no nos fueron perdonadas; a pesar de este inconveniente, mi salud fue muy buena por el descanso obligado. La buena leche de las granjas finlandesas, de la que hice mi comida exclusiva, me curó casi de mis dolores de estómago y, por último, querido hermano, de ríos en cascada, tumbando a veces en Suecia y a veces en Rusia, llegué el 21 de septiembre a Mattaringuy, pequeño pueblo sueco, separado de Torneä solo por una quincena de leguas. Allí reuní todas mis notas dispersas, escritas en la tienda o en barco, y así puedo enviaros un historial bastante completo y muy sincero de mi travesía de Laponia.

OCTAVA CARTA

Finlandia

No he llegado muy lejos desde mi última carta, pero, puesto que un accidente en mi coche me retiene y debo quedarme un día en la no demasiado entretenida ciudad de Calix, quiero aprovechar el tiempo para volver a hablaros de estas curiosas provincias de Finlandia, de las cuales todavía toco la frontera. En mi opinión, se trata de un país todavía poco conocido y todavía poco apreciado.

Los finlandeses o fineses son una raza diferente de los lapones, rusos y suecos, con quienes están en continuo contacto. Ocupan las costas del golfo de Botnia y descienden mucho más al sur sobre la costa rusa; todavía se encuentran sus costumbres y su lenguaje en Abo. En la costa oeste no se encuentran más que suecos, desde que se llegó a la pequeña ciudad de Piteä. Algunos estudiosos quieren ver en los finlandeses una raza oriental procedente de las mesetas de los Urales por lo que señalan que son descendientes de los húngaros; otros afirman que se pueden reconocer en ellos los caracteres de la raza aborigen de todo el resto de Europa. No sé si estas conjeturas tienen algo de verdad, y añado incluso que las cuestiones de filiación de razas, si no aclaran importantes puntos de historia, me parecen búsquedas de una grave puerilidad porque ninguna de ellas conduce nunca a nada positivo. Digamos por un momento que el origen asiático de los finlandeses está probado y ocuparon las cumbres de los Urales. Bien. Y digo yo, ¿qué pasa a continuación? ¿Fueron los primeros en ver los montes Urales? Siempre se llega a esta cuestión tan oscura de determinar quiénes fueron los primeros pueblos indígenas. Todo esto está inmerso en un misterio del que ninguna mano sabia ha levantado aún el velo; por eso, sin romperme la cabeza en tomar partido a favor o en contra de las diferentes opiniones, prefiero atenerme al Génesis y suponer que los finlandeses descienden como nosotros de Jafet, hijo de Noé; esto es más fácil y no es más absurdo que muchas suposiciones sobre el uso de las academias provinciales. A mediados del siglo XII, vemos a los finlandeses aparecer en la historia; el rey de Suecia, Erik el Santo, viene a conquistarlos y, con el pretexto de llevarles el cristianismo, se apodera de su país, ayudado por San Enrique (el inglés), y no les deja otra alternativa que el bautismo o la muerte. Naturalmente, los finlandeses derrotados se convirtieron en multitud, pero durante mucho tiempo mantuvieron en su corazón el amor de sus antiguos dioses. Al abjurar del paganismo, no lo olvidaron; de hecho, mientras hablamos, este paganismo vive todavía en su memoria, solo se ha transformado y de religión se ha convertido en poesía, pero casi no ha caído. Los dogmas sagrados se han convertido en leyendas populares; se cantan durante las largas noches de invierno, cuando el hogar de la granja reúne a toda la familia. Estos poemas se llaman runas.

Por lo que he podido ver en traducciones imperfectas, en estas runas en encuentra toda una mitología complicada, original, misteriosa y extraña a la vez, muy diferente de la mitología escandinava. Fecunda en invenciones, como la antigua religión de los griegos, coloca dioses en todas partes: en el cielo, en la tierra, en el fondo del mar; anima y vivifica los metales, las piedras, los árboles; personifica el calor, el frío, el viento, la lluvia, la nieve, las estaciones; diviniza al perro y al oso; puebla las soledades de Finlandia de una multitud incontable de dioses, diosas, espíritus, gigantes, genios, tontos, enanos, brujos. Algunos habitan en la llanura, otros en los pantanos; los hay que viven en los antros oscuros de los bosques y los hay que en las cavernas de la montaña y las rocas de las cataratas. Cada uno de estos seres misteriosos vive su propia vida y, como en todas las mitologías, está agitado por pasiones que le hacen parecerse al hombre.

Las runas cuentan las aventuras maravillosas e increíbles de todas estas divinidades y las hazañas de una cantidad de héroes-dioses en relación con ellas. Todos tienen nombres extraños, difíciles de memorizar para un cerebro francés; sin embargo, uno de ellos, el valiente Wanaimoïnen[50], el Odín finlandés, se imprime en la memoria por la frecuencia de sus apariciones en la leyenda.

En estos relatos se encuentran a veces expresiones pintorescas y delicadas impregnadas de una verdadera poesía; un día me tradujeron algunos versos de una runa donde una joven madre llamaba a su hija «mi rama verde», «mi pájaro balbuceante», «mi poeta». Esta última palabra es exquisita.

Junto a estos relatos llenos de una gracia primitiva, se encuentran las cosas más singulares: un genio presidiendo el cólico, una diosa de las venas que las sigue y las saca de su carboncillo de bronce.

---

50 D'Aunet se refiere a Vainamoinen, un héroe cultural, representado como un anciano mago y *runoya*, es decir, cantor de runas, que poseía una gran magia expresada a través de sus canciones. Este héroe aparece en las composiciones incluidas en el Kalevala, poema épico compuesto por 50 runas, en el que se narran los mitos sobre la creación y fundación de la región. Esta recopilación llevada a cabo por Elias Lönnrot tuvo una gran repercusión en el Romanticismo europeo por ser una muestra de la identidad nacional finlandesa. Su publicación se produjo en el año 1949, sin embargo, Léonie d'Aunet afirma en una nota que todavía no contaban con una traducción al francés de la obra.

A veces las runas cuentan el origen del mundo y luego forman una especie de Génesis pagano que no carece de grandeza. Una de ellas describe cómo se creó el hierro:

> «Al principio – dice el poema – había tres vírgenes con pechos hinchados y dolorosos que regaron la tierra con su leche; la primera con leche blanca, la segunda con leche negra, la tercera con leche roja; las tres especies de leche, penetrando en la tierra, formaron las diferentes especies de hierro».

Por todas partes se encuentra implicada en la narración la lucha eterna de dos principios, uno bueno y otro malo, que se disputan el imperio del mundo. Así, tanto al norte como al sur, tanto en Finlandia como en Persia, el espíritu del hombre siempre pone en presencia el bien y el mal, el cielo y la tierra, la luz y las tinieblas; en Finlandia, se llama Wanaimoïnen y Hiisi[51], en la India, es Oromaze y Ahriman[52]; los nombres son diferentes, el pensamiento es similar.

Lamento que la rapidez de mi viaje no me haya permitido recoger fragmentos más completos de estas runas, que forman poesías tan nuevas y desconocidas[53].

Solo la tradición ha conservado las runas finlandesas y las transmite de generación en generación, alterándolas o embelleciéndolas. Además de estos versos primitivos que permanecen impresos en la memoria, el espíritu del pueblo se dedica a la poesía: la ama, le gusta y a veces se cimienta con felicidad; las mujeres, en particular, parecen conseguirlo particularmente bien, y algunas de sus producciones son vistas por quienes las comprenden en su lengua como modelos de sencillez y armonía.

La poesía finlandesa todavía emplea el verso rúnico en lugar del verso rimado; este verso de los antiguos bardos se compone de ocho sílabas sin hemistiquio y sin rima y con forma aliterativa. En otras palabras, busca la repetición de la misma consonante comenzando una palabra dos veces en cada verso: repetir la consonante en las dos primeras palabras del verso o colocarla más de dos veces en el verso, se considera una riqueza.

Para hacer comprender mi explicación, quizás oscura, a espíritus acostumbrados a otra forma y a otra armonía, citaré como ejemplo este verso tan conocido:

---

51 Los Hiisi son espíritus malignos y aterradores presentes en la mitología nórdica.

52 Ahriman, Ahrimanes, Arimán o Angra Mainyu, es decir, el espíritu atormentador, es la representación del mal y Oromazes es el principio bueno opuesto, en la mitología persa.

53 En la época en la que escribía esto, no teníamos todavía la excelente traducción de *Kalewala*, del Sr.Léouzon Le Duc (nota del original).

«¿Para quién son esas serpientes que silban en sus cabezas?»

que ofrece por la repetición frecuente de la consonante un excelente verso aliterativo.

Me dieron la traducción en prosa de una canción de cuna, muy popular en Finlandia; intenté ponerla en verso francés, conservando al mismo tiempo su forma aliterativa en la medida de lo posible.

La carta dice así:

Duerme, duerme, pájaro de nuestros campos de cebada,
Dios suavemente te despertará.
Pósate, pequeño petirrojo,
En esa cama que te preparó.

Esa gran rama llena de hojas,
Que mecía un hermoso abedul,
Dios lo dio para que quieras
Dormir bajo tu cuna.

El sueño llega a la puerta,
Y susurrando muy suavemente,
Dice: «¿no quiere que me lleve
A mi palacio a ese pálido niño?

Frágil y resbaladizo bajo la lana,
Calurosamente escondido lo veo;
Pero el pájaro ligero del llano
No está en ningún lugar mejor que conmigo.»

Duerme, duerme, pájaro de nuestros campos de cebada,
Dios suavemente te despertará.
Pósate, pequeño petirrojo,
En esa cama que te preparó.

Esto es poesía popular, compuesta por no se sabe quién y repetida por todos, pero Finlandia presume de poseer verdaderos autores, haciendo imprimir y producir obras donde se descubre un verdadero talento. Me han hablado mucho del Sr. Berndston[54], muy conocido y muy estimado entre sus conciudadanos. Me abstengo de emitir un juicio sobre el Sr. Berndston, al no haber podido leerlo más que por fragmentos traducidos, y sabiendo cómo la traducción altera

54 Fredrik Berndtson (1820–1881), conocido escritor, periodista y poeta romántico finlandés.

en poesía la gracia del original. Me dieron, en Suecia, una balada del Sr. Berndston, sobre la muerte de una joven y encantadora finlandesa, que se mató por desesperación amorosa, lo que es un hecho muy raro en este país de sangre tranquila. Reproduzco esta balada en verso francés; la dificultad de conservar el estribillo me impidió buscar la aliteración. En cuanto a la exactitud de la expresión, es casi textual.

LOS NOVIOS
Balada de Berndston

El fresco amanecer a los rayos amigos
Despertó a la chica;
Se levantó, puso
Su vestido de bodas donde el oro brilla;
En su camino, en el césped,
Las perlas se han acumulado;
Las flores del campo están de temporada:
¡Las rosas ya pasaron!

«¿De dónde viene la palidez de tu tez?
De tus ojos una lágrima cae.
¿Adónde vas tan temprano?,
¡Le dijo su hermana, paloma mía!
- Hermana, vengo de rezar a Dios;
Las lágrimas van a las novias,
Porque su oración es un adiós.
¡Las rosas pasaron demasiado pronto!

Para mezclarlo con mi cabello,
Voy a buscar un lirio salvaje;
Luego, antes de irme, quiero
Vagar sola bajo el follaje.
No me retengas, buena hermana;
Las coronas por ti trenzadas
No podían agradar a mi corazón.
¡Las rosas pasaron demasiado pronto!

Quiero un instante cerca del bosque
Escuchar cantar a la alondra
Y pisar una vez más
La espuma donde crece la violeta;
Quiero respirar los aromas
De los bosques al viento balanceados;
Quiero volver a ver todas mis flores:
¡Las rosas pasaron demasiado pronto!

Si mi madre se inquietara,
Di, hermana mía, que fui,
Mientras todos se preparaban,
A recoger flores en el valle;
Bésame, quiero disfrutar
De las horas que me quedan;
Puedo tardar en volver…
¡Las rosas pasaron demasiado pronto! »

A orillas del lago llegó;
Un hombre estaba sentado en la sombra;
Sobre la muchacha él levantó
Una mirada larga, pero fría y oscura;
En su triste frente se veían
Huellas de esos tristes pensamientos:
«¡Oh, Dios mío! ¡La felicidad me odia!
¡Las rosas pasaron demasiado pronto! »

Acercándose lentamente a él:
«¿Por qué, mi bien amado, dijo ella,
Este relámpago salvaje le tiene
En tu mirada? Soy fiel.
¿No eres dueño de mi corazón?
Si mis dolores se borran,
El dolor me hizo palidecer,
¡Las rosas pasaron demasiado pronto!

- ¿Qué? ¿Dices tus votos?
Vienes a mí, tranquila y alegre;
Adiós, vamos, sé que mientes;
¡En los brazos de otro sé feliz!
Nuestras dulces promesas de amor
De tu memoria se han ido.
Apenas las guardabas un día:
¡Las rosas pasaron demasiado pronto!»

Tomando las manos de su amigo,
Y conduciéndolo hacía la orilla
Donde brillaba el lago dormido:
«Nuestra queja sería tardía;
De nuestros males mostrémonos vencedores
Todas nuestras lágrimas están derramadas;
Ven, el amor solo reina en nuestros corazones:
¡Las rosas pasaron demasiado pronto!

Vamos, como en los viejos tiempos,
En el lago en nuestra barquilla,
Que escuche tu dulce voz
Dime tu canción fiel;
Que por tus acentos amorosos
Mis orejas sean acariciadas.
¡Vamos, amigo, seamos felices!
¡Las rosas pasaron demasiado pronto!»

Entonces el joven hombre subió
En la barca balanceada por las olas,
Y el eco del bosque repitió
La canción de la novia:
En medio de este canto tan puro
Algunas quejas se habían filtrado,
Que decían, subiendo hacia el azul:
¡Las rosas pasaron demasiado pronto!

Sobre el agua la calma se extendió,
Y cuando estuvimos lejos de la tierra,
Entonces la chica dice:
«¿Es, entonces, necesario, amigo
Volver a nuestros dolores?
Aquí nuestras manos están entrelazadas,
Mantengámonos al abrigo de las desgracias:
¡Las rosas pasaron demasiado pronto!»

Su amante la escuchó y sonrió.
Después, agarrando a la que ama,
Se lanzó: ¡y el flujo se abrió
Debajo de ellos en este momento supremo!...
En el lago se oye a menudo
Quejarse de las voces oprimidas,
Mezclándose con los suspiros del viento.
¡Las rosas pasaron demasiado pronto!

Este ensayo, aunque incompleto, puede sin embargo daros una idea bastante justa de esta poesía finlandesa, pálida, dulce y melancólica como el país que la vio nacer.

Finlandia aceptó fácilmente el luteranismo impuesto por la dominación sueca; hoy es completamente luterana, y pocas familias han abrazado la religión griega en las provincias sometidas a Rusia desde 1808.

Los finlandeses siempre han sido pacíficos; lo han demostrado dejándose conquistar por los suecos y resistiendo poco a los rusos, hacia los cuales no ha habido ningún intento de rebelión desde hace casi cuarenta años, aunque el régimen ruso les sea poco simpático. Sin ser belicosos, son valientes y oponen la perseverancia y la resignación a los males de la vida; son leales, pacíficos, melancólicos y agradecidos hasta la más absoluta entrega, y por lo tanto vengativos hasta el punto de no olvidar una ofensa. Como ve, es un pueblo en el que se encuentran elementos nobles e inteligentes; la aspereza de su clima, que les priva del contacto civilizador de los demás pueblos, impide por sí solo, sin duda, el desarrollo de todas sus facultades. Generalmente son labradores y pescadores; pocos son mercaderes de forma fija, pero todos lo son cuando las circunstancias lo exigen. En invierno, salen en trineos y van a Suecia o a Rusia a vender pieles, pescado salado, caza y mantequilla. El resto del año cultivan una tierra ingrata, donde raramente ven madurar la cebada que sembraron.

Como todas las viviendas septentrionales, las casas finlandesas están construidas con troncos de abeto, y compuestas de varios pequeños cuerpos de edificios cada uno con un uso diferente: el más grande es el alojamiento de la familia; los otros sirven de establo, granero, tienda y baño, apéndice de cualquier casa finlandesa. El baño finlandés es el baño ruso tal como lo conocemos: una estufa de madera llena de vapor de agua hirviendo y un tanque de agua fría para las duchas. Solo el mecanismo demasiado complicado de las calderas se sustituye por grandes piedras planas sobre las que se vierte agua después de hacerlas arder en el fuego. Por este medio se obtienen hasta 60º de calor (centígrados). En algunos cantones no se hace uso de las sequías y de las inmersiones de agua fría, y se quita así a este excelente baño sus cualidades tónicas y fortificantes.

Las costumbres son muy puras en Finlandia, y la sangre tibia como los rayos de su raro sol.

En la actualidad, el lenguaje y todas las costumbres finlandesas conservan toda su originalidad y, por ello mismo, es curioso estudiarlos. No ocurre lo mismo con su traje que ha sufrido esa decoloración que desespera a los pintores; el bienestar del pueblo ha ganado sin duda la partida al recibir los fardos de lana alemanes y los algodones de Inglaterra, pero lo pintoresco se ha desvanecido. ¡Adiós a los abrigos de pieles de animales, las ropas extrañamente cortadas, las joyas barrocas, las armas extrañas! Todas estas cosas encantadoras para el viajero han desaparecido: ¡hay que ir a buscarlas ahora hasta la casa de los lapones, y es muy duro! Las mujeres finlandesas llevan largos vestidos de lana de tallas cortas, cuyas mangas se detienen por encima del codo para dejar pasar una manga de tela blanca; atan a su cabeza el *fanchon* sueco de algodón rojo o azul; los hombres llevan chaquetas redondas de *wadmel* gris, pantalones anchos y gorras de cuero con viseras largas. Hombres y mujeres se calzan botas laponas, hechas de pieles de jarrete de reno y, sin este indicio, se parecerían tanto a picardos como a finlandeses. Me dijeron que en las grandes fiestas, especialmente en Navidad y el día de su boda, se ven salir cofres de magníficos trajes: la novia lleva una corona dorada, su pelo flota sobre sus hombros, su vestido está bordado de mil colores y su pecho brilla con el resplandor de las joyas de oro y de plata. Por desgracia para mí, al no haber podido asistir a ninguna de estas solemnidades, tuve que contentarme con el relato de todas estas magnificencias. Sin embargo, me lo creo, pues es sabido que el campesino en el trabajo difiere en cualquier parte del campesino en fiesta. ¿Quién adivinaría en nuestra Normandía el hermoso peinado *cauchoise* bajo el horrible gorro de algodón de las mujeres? Añada a ello el hecho de que solo he atravesado las provincias más pobres de Finlandia. Habría visto hermosos países y hermosos trajes, si hubiera querido penetrar un poco más en Rusia.

Los finlandeses son una raza fuerte y vigorosa; son de estatura alta, generalmente tienen el pelo rubio, los ojos azul pálido o gris y la piel muy blanca. Con estos caracteres exteriores tan diferentes de los de la raza lapona, es sorprendente que se hayan encontrado personas dispuestas a asignarles un origen común. Los estudiosos que sostienen esta opinión la han sacado probablemente de una cierta relación del lenguaje de los dos pueblos, y no de un estudio visual de sus caracteres distintivos. Dos pueblos llevados a tomar palabras prestadas a causa de los continuos contactos se han visto en todos los tiempos. Pero una misma raza que llega, bajo un mismo clima, a dividirse de modo que una fracción de este pueblo cambie su fisonomía, sus costumbres y su traje, esto va más allá de lo razonable. Basta pues con tener ojos y comparar a un finlandés con un lapón, para ver la imposibilidad de la más mínima y lejana confraternidad entre ellos.

Las mujeres finlandesas son robustas y bien proporcionadas; algunas son realmente hermosas; todas son muy frescas durante la primera juventud, pero la belleza dura poco bajo este clima riguroso y a los treinta años parecen viejas. La infancia se prolonga hasta tarde en las jóvenes, su juventud es como su verano: un relámpago rápido y brillante, que hace florecer todo a la vez y es seguido por un largo invierno.

Los finlandeses tienen hábitos de orden y de trabajo, son perseverantes e industriosos. Cada familia es autosuficiente; cultivan sus campos, construyen su casa, fabrican sus muebles, sus utensilios y sus zapatos, tejen su tela y sus sábanas, y, además, educan a sus hijos porque aquí, como en Suecia y en Noruega, todos los campesinos saben leer y escribir; incluso poseen a menudo nociones elementales de historia y de geografía. Esto es un nuevo contraste con los lapones, que viven ociosos, ignorantes y nómadas, esforzándose sólo en satisfacer sus necesidades materiales, y regresando a su aburrida estupidez tan pronto como las han satisfecho. Habría mucho que decir aún sobre Finlandia para darla a conocer, esta tarea se emprenderá sin duda algún día. En mi caso, sólo con estas pocas páginas he querido trazarle un esbozo de este pueblo poco conocido y espero que le haya resultado interesante.

Vuelvo a lo personal, y a Mattaringuy, donde me había quedado.

Para mucha gente, Mattaringuy es el corazón de Laponia; como allí se detiene la carretera que del sur (entienda Estocolmo) sube hacia el norte, los viajeros rusos y suecos no prosiguen su peregrinación, felices de contemplar en la montaña vecina el famoso sol del 20 de junio, que no deja el horizonte durante veinticuatro horas. Por lo demás, penetrar en Laponia remontando los ríos Muonio y Torneä, es una empresa casi impracticable a causa de la violencia de las corrientes y sobre todo de las cascadas, que requerirían transportes demasiado numerosos. Los finlandeses de las orillas de los ríos emprenden este viaje durante el invierno, cuando una gruesa capa de nieve permite a los trineos deslizarse indistintamente sobre los ríos y sobre la tierra.

Mattaringuy adquirió cierta fama científica por la estancia del académico Maupertuis[55]; es cerca de allí, en el monte Avasaxa, que realizó las observaciones necesarias para completar su teoría sobre la tierra. Mattaringuy es un poblado compuesto solamente por algunas casas dominadas por el campanario rojo de una iglesia. Allí, encontré una novedad llena de encanto para mí, una *chiven* (casa de correos), y al leer esta palabra en una puerta, tuve la prueba de que por fin había acabado con los desiertos pantanosos y los ríos violentos. Nos apresuramos a pagar a nuestros barqueros, a despedir a nuestro intérprete finlandés y a pedir al dueño de la casa un coche para llevarnos hasta Torneä. Después de haber hecho una comida muy frugal compuesta de leche en varias formas: sopa de leche, crema fría, leche cuajada y queso, fuimos a examinar nuestro equipaje. Nos presentaron un Tilbury campestre, sin muelles ni cojines, similar a los que utilizan los *förbud* (mensajeros) en Noruega, es decir, un carro muy bonito. El caballo era mucho más elegante que la carroza; llevaba un gran arnés de madera cubierto de borlas de lana y de racimos de cascabeles

55 Pierre-Louis Moreau de Maupertuis (1698–1759) fue un filósofo, literato, matemático y astrónomo francés que ejerció como director de la Académie des Sciences y como primer presidente de la Academia Prusiana de las Ciencias. Entre otros hallazgos, es conocido por su enunciación del principio de la mínima cantidad de acción, que permitía calcular el gasto de energía necesario para realizar un esfuerzo concreto. Tras su expedición a Laponia, profundiza en su principio matemático de la mínima acción para generalizar y convertirlo en un principio metafísico subyacente en cualquier ley de la mecánica. Asimismo, Maupertius hizo grandes aportaciones en el terreno de la biología, como su teoría de la generación o su estudio sobre la herencia.

que balbuceaban muy alto a cada uno de sus movimientos. Este arnés raro y pintoresco hacía sentir la vecindad del gusto oriental de Rusia. La carretera de Mattaringuy a Haparanda bordea el Torneä, cuyo curso se vuelve muy majestuoso al acercarse a su desembocadura. A la derecha, la vista está limitada por un bosque de abetos cortados a raros intervalos por campos de lino o de cebada. Todo esto es de una calma un poco monótona; sin embargo, el camino me pareció encantador, ya que estaba dominada por la alegría de sentirme en tierra firme. Nuestro caballo, más alegre aún que yo, encontró oportuno tirarnos en una zanja, pero, como afortunadamente nuestro vehículo no tenía resortes, se quedó en un salto prodigioso y un retraso de una hora; esa misma tarde entramos en Haparanda.

¡En Haparanda, milagro del progreso, encontré una posada! No quise ni ver nada, ni oír nada, ni comer nada antes de estar en una cama. ¡Hacía veintidós días que no me desnudaba para dormir! Hay que haber experimentado nuestras fatigas, haber sufrido nuestras largas privaciones, para comprender cómo una cama se convierte en la cosa más imperiosamente deseable del mundo.

Expliqué mi deseo a la señora de la posada y, tras pronunciar una sola palabra, una chica alta, rubia y fresca me condujo por una escalera de madera que permanecía blanca a fuerza de limpieza, a la habitación más bella de la casa. Los viajeros son preciosos y raros en Haparanda, por este motivo, sin duda, se les aloja en una especie de cajas. Tomé posesión de una que era muy pequeña, con paneles de madera de color lila rellenos de redes amarillas y muebles pintados de blanco con redes y adornos de color verde suave; el papel recortado de esta caja de caramelos estaba representado por persianas de lona que colgaban delante de las ventanas: ¡todo esto deslumbrante de limpieza, fresco, coqueto, ordenado, encantador! Entonces yo era una buena indigna *papillotte*[56] de este nido digno del vestido de seda de las dragas, lo leí en las miradas de la mujer que me conducía, ¡menudo desastre mi aspecto ese día! Estaba cubierta de polvo, mi desafortunado traje de hombre ni siquiera aguantaba, se deshacía en harapos, existen pocas cosas tan devastadas y horribles; al vislumbrarme en un espejo, yo misma me sorprendí, ¡no me reconocía! Tenía prisa por cambiar de aspecto; me di un largo aseo y me sumergí deliciosamente entre dos hermosas sábanas blancas.

---

56 El término papillote procede del francés y significa literalmente «en paquete». En la lengua española, se utiliza para hacer referencia al envoltorio, generalmente de papel de horno o aluminio, en el que se cocina un alimento al vapor o al horno.

Permanecí cuarenta y ocho horas en esa cama sin poder decidirme a salir y habría permanecido allí ocho días si hubiera podido, pero había que continuar nuestro camino, y quería ver Torneä.

Haparanda, donde se encuentran habitaciones tan coquetas y tan buenas camas, es una pequeña ciudad sueca situada frente a Torneä, en la desembocadura del río que comparte este mismo nombre que, como usted sabe, separa hoy Suecia de Rusia. El Torneä es muy bonito y largo en este lugar, y el viaje en barco de una ciudad a otra dura más de veinte minutos. Vistas desde el centro del río y abrazadas así en su conjunto, estas dos ciudades que se miran ofrecen el contraste más perfecto. Haparanda, con sus casas variopintas, rodeadas de parterres, sus tejados rojos, sus ventanas abiertas por fuera, donde el sol viene alegremente a romper sus rayos, es como un collar de verroterías desparramado en la orilla derecha del río. Torneä muestra murallas grises, gruesas, discretas, superadas de espacio en espacio por pesadas estructuras rojizas, por campanarios o cúpulas cubiertas de plomo, coronadas por cruces de hierro. Por un lado, un jardín lleno de kioscos; por el otro, una necrópolis.

El contraste se completa si se visita el interior de las dos ciudades. Yo acababa de salir de Haparanda, donde todo era movimiento y ruido; era día de mercado, las calles estaban llenas de jóvenes suecas vestidas con enaguas azules o rojas, el cuello adornado con cadenas de plata, llevando sobre sus cabezas cestas donde se amontonaban peces hermosos, caza y verduras; los muchachos jóvenes iban y venían, paseando caballos, vacas, cerdos, ovejas; toda esta gente ocupada, comprando, vendiendo, hablando, riendo, formaba una mezcla activa y alegre. En Torneä vi calles solitarias, donde la hierba escondía las piedras, casas herméticamente cerradas, de vez en cuando, sin ruido, se abría una puerta revestida de hierro para dar paso a una sombra envuelta en un manto de lana negra, con la cabeza oculta bajo un gorro puntiagudo. Ni una palabra se pronunciaba, si una sombra se encontraba con otra: se podría hablar de fantasmas, habitantes de pesadas tumbas que superaban este bosque de cruces y campanas. Campanas mudas, por lo demás, porque nunca vi tantas campanas en un lugar tan silencioso: ese silencio era tan profundo que oía en las calles el ruido de mis pasos y el arrullo de mi vestido. Vagué así varias horas en esta ciudad que se muere, preguntándome qué voluntad desconocida ha vuelto a esta ciudad desierta, a sus campanas mudas, a su pueblo triste; ¿por qué le llega la muerte antes de la vejez? Está despoblada, entristecida, no en ruinas; en la orilla derecha de Torneä todo es joven, alegre y vivo; en la orilla izquierda, todo es desierto e inmóvil.

A veces ocurre que en la existencia de las ciudades como en la de los hombres, su duración se debe a causas misteriosas. Cada minuto del día, la vida de un hombre termina y la de otro comienza; en un momento marcado en el reloj de la eternidad, una ciudad se apaga y otra se eleva. Y vi Torneä a principios de otoño, cuando el sol todavía le daba un poco de vida y claridad, pero durante el oscuro y duro invierno, es mucho peor. Esto es lo que dice Maupertuis:

> «La ciudad de Torneä, cuando llegamos allí el 30 de diciembre, ofrecía verdaderamente un aspecto espantoso; sus casas bajas se encontraban hundidas en la nieve hasta los tejados , y el día no habría podido penetrar en la nieve, si hubiera habido día; pero la nieve que caía siempre o casi siempre no permitía casi jamás que el sol se hiciese ver, ni siquiera al mediodía, durante los pocos momentos en que aparecía al horizonte.El frío fue tan grande en el mes de enero, que nuestros termómetros de mercurio, de la construcción de Réaumur, descendieron a 37°; los de espíritu de vino[57] se congelaron. Cuando se abría la puerta de una cámara caliente, el aire exterior convertía en nieve el vapor que había en ella, formando grandes remolinos blancos. Cuando salíamos, el aire rompía el pecho; el ruido con el que se rompía la madera con la que estaban construidas todas las casas nos advertía del aumento del frío. Por la soledad que reinaba en las calles, se habría dicho que todos los habitantes habían muerto; se veían en Torneä personas mutiladas por el frío, los habitantes de este clima perdían a veces el brazo o la pierna. A veces se levantan repentinamente las tormentas de nieve, y es un nuevo peligro; parece que el viento sopla de todos los lados a la vez; lanza la nieve con tal impetuosidad que todos los caminos desaparecen. El viajero sorprendido por un huracán de esta especie querría en vano situarse gracias a su conocimiento de los lugares o a las marcas hechas a los árboles, pero es cegado por la nieve, y tragado si da un paso».

Y Torneä está a 22 días a pie del Cabo Norte, y a 14 grados de la bahía Magdalena, de dónde venimos. ¡No puedo seguir pensando en ello sin estremecerme por la imagen de en lo que nos habríamos convertido en un invierno del que Dios nos salvó!

He citado esta descripción de Maupertuis porque en el propio país me han dicho que es perfectamente exacta. En otras circunstancias, me he abstenido de pedir mi ayuda al testimonio de los viajeros, temiendo caer en charlatanes como Regnard, que escribió a Sakajervi, a ocho millas de Torneä, algunos versos enfáticos terminados por éste:

> *Sistinus hic tandem, nobis ubi defuitorbis.*
>
> Regnard, 18 de agosto de 1681.

> «Por fin nos detenemos aquí, donde la tierra nos ha faltado»

57 Se trata de un termómetro de etanol, obtenido por la destilación del vino o de otra bebida fermentada. Los primeros termómetros de Fahrenheit estaban hechos de esta forma, pero pronto cambiaron a los de mercurio.

El ilustre autor del *Jugador* y del *Legatario universal* hacía, por lo demás, mucho mejor los versos que las narraciones de viaje, pues la suya es un tejido de fábulas sobre Laponia. Debía de conocerla mal, de no haberla visitado verdaderamente porque se detuvo, no en los límites de la tierra, sino en las fronteras laponas, las cuales apenas superó unas millas.

Dejando aquella oscura Torneä, me encontré con placer en medio de la activa población de Haparanda; recorrí la ciudad con el doble objetivo de verla primero y de conseguirme un coche después. Como todas las nuevas ciudades, Haparanda no tiene como habitantes más que comerciantes; es el almacén de las procedencias del sur, tan útiles al norte, y de las del norte, buscadas por el sur. Sirve de intermediario entre los rusos, suecos, lapones y finlandeses. En sus almacenes, posee pieles de osos, renos, lobos, zorros, armiños, pieles de foca y morsa, tablas, alquitrán, mantequilla, pescado salado, sobre todo salmón y trigo, aguardiente, patatas, vino, algodón, sábanas, cintas, incluso libros, joyas, café, tabaco, y algunos otros objetos como estos, de gran lujo en un país como este. En invierno, Haparanda no es menos activa que en verano; el mar está inmóvil, su puerto cerrado y desierto, pero el frío, congelando los lagos y los ríos, y la nieve, llenando todas las desigualdades del terreno, hacen practicables los países abruptos del extremo norte. En ese contexto, el lapón llega con sus renos, el finlandés con sus caballos, todos con sus trineos ligeros y rápidos, cargados de carne de reno y de caza que se envían hasta Estocolmo en perfecto estado de conservación. La caza silvestre, que abunda en los bosques finlandeses, consiste principalmente en perdices, grévoles y urogallos. El día que visité Haparanda, el frío ya había hecho fructífera la caza, y vi una enorme abundancia de presas en la plaza del mercado; me fue muy grato encontrar la misma abundancia en la cocina de nuestra anfitriona, y finalmente disfrutar de una verdadera comida, con sopa, asado, mermeladas, vino, etc., de lo que me había deshecho muy tristemente.

Después de esta suculenta comida, nos trajeron el coche que debía llevarnos a Estocolmo; era una especie de mylord rústico, colocado sobre trozos de hierro torcidos con la falsa pretensión de ser resortes. El exterior estaba cubierto de un tinte dudoso; el interior era *wadmel*, ocultando cojines de heno; se nos pidió, creo, cuatrocientos francos por este precioso vehículo; hubo que decidirse a donarlos, so pena de invernar en Haparanda. El trato se cerró, y nuestra partida lo siguió de cerca. El primer día, todo fue bastante bien; pero el segundo, al atravesar Calix, una rueda se rompió, y el tiempo que tardó el carretero en repararla, yo lo utilicé para poner en orden todas estas notas y enviároslas.

Ahora, querido hermano, adiós al mundo civilizado, os escribiré el mes que viene desde Estocolmo.

NOVENA CARTA

Suecia Oriental - Prusia

Tardamos diecinueve días en llegar de Haparanda a Estocolmo, a pesar de que nos detuvimos muy pocas veces: un día en Sundswall, dos en Gèfle, uno en Fahlun y eso es todo; íbamos a buen paso con esos caballitos de Suecia, tan feos y vigorosos de los que os hablé. De Haparanda a Umeä (Uméo), hay ciento treinta leguas que se recorren por un bosque de abetos; el primer día, resulta aburrido; el segundo, insípido; el tercero, insoportable. La naturaleza, que posee el soberano arte de hacer las mismas cosas diferentes entre sí, parece haberlo olvidado cuando hizo los abetos; todos los abetos parecen el mismo árbol; metro en mano, apenas se encuentra una diferencia entre las alturas y los grosores de los troncos de los árboles. El abeto, tan hermoso con su tallo esbelto y sus acículas de un verde vivo, cuando se ve en medio de los otros árboles, se vuelve horriblemente monótono si es lo único que se ve durante veinte leguas y ¡al cabo de cincuenta leguas es un horror! A veces, cansada de estas grandes cortinas verdes oscuras que bloqueaban la carretera a la derecha y a la izquierda, bajaba del coche y entraba en el bosque; entonces tenía sobre mi cabeza una bóveda oscura apoyada sobre un bosque de mástiles de barcos; el tronco de estos magníficos árboles es liso, recto y sin ramas a gran altura; el suelo está cubierto de una gruesa capa de agujas secas, que forman como un suelo resbaladizo; nada más triste que tal bosque: ni flores, ni musgos, ni hierbas, ni insectos, ni pájaros. Cuando veía una ardilla roja saltando de una rama a otra, era una alegría; un zorro huyendo al ruido de mis pasos, era un acontecimiento. Este acontecimiento era habitual y me gustaba encontrarme con esos hermosos zorros leonados, cuya cola es a veces semejante a una maza y otras a una magnífica pluma, según el zorro la deje quieta o la agite. Muchas veces veíamos a uno sentado a un lado del camino; nos veía pasar con esa mirada asombrada y confiada de un zorro que no tiene costumbre de ver cazadores, pero si hacíamos el menor gesto que le inquietara, saltaba ligeramente hacia el interior del bosque o atravesaba la carretera con un salto prodigioso. Estos zorros son en verdad ardillas de la más alta potencia; tienen su gracia, agilidad, hermosa cola e incluso el olor. ¡Ay! Si no fuera por este último detalle no habría resistido el deseo de llevarme un cachorro a Francia, porque son fáciles de domesticar. A veces encontramos un espectáculo extraño, el bosque en llamas; el fuego de un leñador o la pipa de un pastor bastan para devastar toda una región. Las llamas se alimentan de esos troncos hinchados de resina y se esparcen como una marea por varias leguas; los grandes árboles reducidos a carbón permanecen todavía en pie, sostenidos por sus raíces profundas. Unos, extienden a su alrededor sus ramas negras, desnudas y espantosas como brazos de esqueletos escapados del infierno; otros, roídos por un lado por la llama, tienen todavía ramas vivas que prosperan y brotan de nuevo sobre un tronco medio calcinado. El suelo está lleno de ramas carbonosas y escombros, en medio de los cuales se levanta una nueva vegetación llena de savia y fuerza, alimentada por el excitante fertilizante de las cenizas enfriadas. El verde brillante de los jóvenes árboles, que crecen en estos braseros apagados, ofrece a la mirada el contraste más singular. ¿Cómo pueden producirse incendios tan devastadores? No tengo respuesta. ¡Una negligencia, un azar los enciende, y se apagan solos cuando todavía tienen alimento a su alrededor! Se ven árboles que sirven de límite al foco incandescente; sus ramas chamuscadas y desecadas mueren sin haber sido alcanzadas por las llamas. ¿Quién contuvo el torrente devastador? ¿Quién le dijo a ese fuego: «no irás más lejos»? Sin duda, aquel que también se lo dijo al océano.

En este extremo de Suecia, el país es triste y desierto; solo algunas parcelas sembradas de cebada o centeno interrumpen la monotonía del eterno bosque de abetos; los caminos son estrechos, pero buenos. La primera ciudad que cruzamos yendo desde Torneä hacia el sur es Calix, desde donde os escribo. Calix es clasificada como una ciudad, a causa de la escasez de viviendas en el norte de Suecia; en cualquier otro lugar, sería un simple pueblo. La ciudad, pues, es una sola calle larga, sin pavimentar, bordeada de casas bajas pintadas de rojo; esta calle está a medio lado de una colina, en cuya parte inferior fluye el Calix, un río hermoso y ancho del cual la ciudad tomó el nombre. Los avances aún no han permitido construir un puente sobre este río: se cruza en un transbordador.

Después de Calix, el camino sigue por la costa a una distancia más o menos grande, y se llega a Luleä (Luléo), también en la desembocadura de un río. Luleä es a la vez más grande y más fea que Calix: tiene algunas casas más y una posición menos elevada, pero sigue siendo muy pintoresca. Después de Luleä, cruzamos Piteä, también sobre un hermoso río, y finalmente llegamos a Umeä. Umeä una ciudad de quinientas almas; tiene tres o cuatro calles bien alineadas, una iglesia espaciosa, una plaza grande y una cantidad razonable de casas bajas con ventanas pequeñas. Sin embargo, allí encontré el primer síntoma de lujo: los muebles de caoba que adornaban mi habitación en el albergue.

Desde Haparanda viajábamos como ya lo habíamos hecho durante nuestro largo viaje por la costa occidental de Suecia, con un *förbud* (correo), para evitar retrasos, y nos deteníamos algunas horas cada noche en casa de los lugareños.

Contrariamente a lo que nos ocurría al comienzo de nuestro viaje, nos encontrábamos cada día con una casa mejor entre los campesinos acomodados. La limpieza habitual conocía refinamientos tales que rozaban la elegancia: el suelo, cuidadosamente blanqueado, estaba cubierto de pequeñas ramas de abeto que difundían en la habitación un olor suavemente resinoso; las sábanas, de hermosa tela, olían bien a colada y atraían agradablemente a las personas cansadas; añadan a esto las comidas de buena caza y de productos lácteos que no faltan en estas hospitalarias casas, y comprenderán lo cómodas que las encontraba, volviendo de mis dolorosas expediciones a Spitzberg y Laponia. Es incluso probable que hayan ganado mucho al ser comparadas con mis recientes miserias; pero, por este motivo o por cualquier otro, les guardo un grato recuerdo. El confort, entre estos buenos campesinos suecos, conserva en sus formas un cierto aire rústico y original, que tiene su estilo propio para el observador. No gastan, como el burgués de las ciudades, en muebles de pacotilla, papeles y telas de mal gusto, para adornar sus casas; no, su lujo sale de sus manos: es el fruto de su perseverancia y de su invención. Ordinariamente las camas, las mesas, los aparadores y las sillas están cubiertas de una pintura roja y azul, esmaltada con estrellas, soles o flores; en la parte superior de los muebles, corren, a modo de friso, cordones de aves fantásticas, que solo tienen pico y alas. Este tipo de ornamentación carece de gracia, pero no de viveza, y combina perfectamente con las grandes mantas de rayas multicolor, con los platos de vidrio donde se pone la leche cuajada, con la vajilla de estaño o de terracota, con los grandes vasos de plata y con las paredes revestidas del tinte claro de la madera de abeto.

Entre Umeä y Sundswal, el aspecto del país cambia, se embellece, los bosques se aclaran, los árboles son de distintas variedades, los campos y las praderas alegran la vista del viajero, el humo de las granjas se ve más a menudo y empezamos a encontrar rebaños de vacas pequeñas, y buenos caballos suecos que, aunque alimentados con hierbas verdes, son más valientes y más fuertes que la mayoría de nuestros caballos malcriados. En todas las ciudades había albergues, y nos ocurrió que no nos trataron como a los campesinos. Quizás nuestra apariencia decía poco a nuestro favor; el hecho es que al estar reducidos a ir hasta Gèfle (pronuncia Yèvle) teníamos una cara muy triste. Por mi parte, tenía unas pintas muy cercanas a la miseria: ¡qué singular figura debía de tener con mi pelo corto, y una gorra que coronaba un vestido cubierto por una capa de goma! Este extraño montaje debía de darme una fisonomía de gitana y de mendiga; por suerte, llegaba en coche porque, si no, se me habría negado una cama en las granjas.

En Sundswall, encontré en las calles y en las viviendas un aire de gran ciudad que me intimidó y no me atreví a desafiar las miradas con mi atuendo habitual. Sin embargo, como deseaba ver la ciudad, me hice un traje como pude; me puse mi único vestido, que era de terciopelo, hermoso, grueso y sedoso en el pasado, pero ahora tristemente lleno de remiendos que le hacía cada noche. No tenía sombrero, y para colmo de infortunio, después de haber registrado cada rincón del saco de noche que me servía de baúl desde Kaafiord, me encontré tres guantes de la misma mano. Había que ser ingenioso; me puse un viejo velo de encaje negro, escondí mi mano desnuda bajo un gran chal menos maltratado que el resto de mi guardarropa por los numerosos baños de Laponia, y armada de audacia, salí. A pesar de mis esfuerzos por no parecer demasiado extraña, me miraban mucho; ordené a mi criado que adornara de *españolismo*, a los ojos de los habitantes, la singularidad de mi traje: así podíamos explicar la mantilla. El remedio fue peor que la enfermedad: estos buenos suecos conocían Francia, algunos habían estado allí, pero ninguno conocía España. ¡Una española! ¡Qué rareza! La noticia se difunde y todos corren a verme. «¡Oh! ¡Es rubia! ¡Pero es muy grande!» ¡Los libros no los representan así! Me encontraba con ojos enormes y preguntas interminables. Apenas tuve tiempo de refugiarme a bordo del barco de vapor recién llegado, para no ser demasiado víctima de mi mentira. El capitán presidió el desembarco general, pero nos recibió de maravilla. Cuando los curiosos que me perseguían se disiparon un poco, subí al puente y allí tuve una alegría: vi grandes cestas de manzanas, auténticas y verdaderas manzanas, bien rojas y amarillas, como en Normandía: olía al sur de Francia; las lágrimas vinieron a mis ojos; ¡hacía tanto tiempo que no veía nada de nuestra tierra! Estas manzanas no habían madurado en Sundswall, como bien suponéis: el barco de vapor acababa de traerlas, y se celebraban como en París las naranjas. El capitán del barco, viendo mis miradas de lujuria por sus manzanas, me ofreció dos; las comí con deleite. En Francia no me gustan las manzanas, pero en Suecia, al volver del Polo Ártico, era muy diferente. Regresé al hotel sin demasiadas molestias, a causa de una lluvia, protectora de las españolas. Aunque no haya visto demasiado bien Sundswall, os la describiré. La ciudad, construida a orillas del mar, entre dos ríos, es extremadamente húmeda; llueve, me han dicho, todo el tiempo que no está congelada: tiene, como veis, un clima muy feo. Debido a este clima, quizás no se vea a nadie dar ni un solo paseo; los habitantes piensan que, en un país como este, lo mejor es no salir de casa. Sus viviendas, altas y mal construidas, situadas en calles estrechas, casi siempre llenas de barro negro, son espantosas por fuera, pero bastante cómodas por dentro. Sundswall tiene comunicaciones frecuentes con Estocolmo y Abo en Rusia. Sundswall está situado frente a Abo, en la orilla oeste del Golfo de Botnia; el barco llega todo el verano cargado de productos de todo tipo, telas, muebles, etc.

Sundswal es una ciudad de madera, es decir, no hay nada que buscar allí, ni para el artista ni para el anticuario: el caminante encuentra un pavimento de piedras, horrible para los pies y para los coches, y no hay nada que ver además de una gran iglesia y del ayuntamiento, construidos en madera como la ciudad. Estas construcciones de madera son sin duda convenientes y adecuadas para el clima, pero son muy feas para contemplar, sobre todo en las ciudades: una cabaña o un molino de madera pueden ser bonitos, pero una iglesia de madera pintada siempre tiene un falso aire de juguete infinitamente desagradable. En la esquina de una calle estrecha, en una especie de tenderete bajo y oscuro, abriéndose como una caverna bajo una vieja casa, vi, detrás de unas ventanas turbias, algunos volúmenes finamente encuadernados; ¡me encantó ver una librería! En Sundswall encontré fruta, una dulzura de la vida material; y libros, un disfrute de la vida intelectual. Esas pocas leguas hechas cada día, desde hace dos meses, me habían acercado por fin a los países felices para que pudiera sentir, en esta pequeña ciudad de Suecia, los lejanos rayos de estos dos astros que se llaman sol y pensamiento.

No lejos de Sundswall, se entra en la provincia de Gestrikland, una de las más bellas de Suecia; el suelo es muy fértil, el follaje tupido de los robles se mezcla felizmente con las pirámides oscuras de los abetos: son los robles más septentrionales de Suecia; este hermoso árbol no crece más allá de los 63º de latitud norte. Gèfle, capital de la provincia, es una ciudad más alegre que Sundswall; es también un punto importante y próspero de Suecia: era para mí el punto importante donde tenía que encontrar mis baúles. En cuanto llegué al hotel, me apresuré a hacer desembalar lo antes posible, a fin de dejar mi horrible disfraz híbrido. Aquí tengo que confesar con toda la debilidad de mi naturaleza femenina que sentí un gran placer al ponerme un bonito vestido fresco, con grandes volantes, y un sombrero de crepe bien ligero, bien cubierto de flores, lleno de esa gracia de la que tienen el monopolio nuestros modistas parisinos. Así transformada, fui a cenar a casa del cónsul, donde recibí la acogida más solícita de parte de varias amables mujeres que allí conocí. Me hicieron hacer fuertes descripciones sobre estas extrañas regiones árticas y sobre Laponia, muy poco conocida por los propios suecos. Si no hubiera estado tan apurada por el temor de la estación fría, habría alargado gustosamente mi estancia en esta hospitalaria pequeña ciudad de Gèfle; pero mi deseo de visitar las minas de Fahlun requería un desvío bastante largo y tuve que decidirme a resistir a las presiones que intentaban detenerme. Al día siguiente, a primera hora de la mañana, me sentaba de nuevo en mi carruaje. A veinte leguas alrededor de Gèfle, el paisaje es encantador, a la vez fértil y pintoresco; los campos cultivados están cortados por grandes bosques; las colinas rodean lagos en los que se colocan viviendas de campesinos, donde respiran paz y tranquilidad. Al acercarse a Fahlun, el suelo se empobrece, se suben costas peladas, se atraviesan brezales áridos; por último, desde lo alto de una meseta pedregosa, sembrada de algunos ramos de abetos, se divisa la ciudad al fondo de un valle profundo. Las casas bajas, ennegrecidas, están dominadas por la iglesia y otros edificios, cuyos tejados, de un hermoso verde claro y puro, son las únicas manchas de color alegre que se ven. Este bello matiz verde se debe a la oxidación igual y perfecta de los tablones de cobre que forman los tejados. La ciudad es terrible, negra, cubierta de un cielo de humo; en sus calles estrechas se agita una población demacrada, enfermiza, miserable, empañada por una atmósfera de exhalaciones malsanas.

Cuando llegué, caía una lluvia torrencial; el pavimento, formado por guijarros puntiagudos, estaba cubierto de un barro parecido a tinta espesa: ensuciaba y hería a cada paso. A pesar de esto y de las cascadas que caían de todos los tejados sin canalones, quise ir a visitar las minas.

Las minas de cobre de Fahlun son las más antiguas de toda Suecia; el director nos dijo que databan del siglo XIII. Durante un largo espacio de tiempo daban un mineral de una riqueza magnífica; hoy están casi agotadas, y es con gran dificultad que se obtiene el cuatro por ciento de las materias extraídas del fondo de sus abismos al precio de tantas penas y peligros. La larga explotación de la que han sido objeto ha trastornado el suelo sobre un largo espacio. Se llega a la entrada de las minas por un camino en espiral en la ladera de una colina elevada. Las excavaciones necesarias y los sucesivos desprendimientos que han tenido lugar en diferentes épocas han cavado a la entrada de la mina un abismo del que apenas se percibe el fondo, y donde el ojo se sumerge con terror a través de fragmentos de rocas y enormes montones de piedras; el mineral sube, desde el fondo de este abismo hasta el nivel del suelo, en grandes cestas atadas a cuerdas y levantadas por poleas. Hace algunos años, mineral, mineros y visitantes tomaban el mismo camino; ahora uno desciende de una manera menos aterradora en las entrañas de la montaña.

Antes de comenzar este viaje en la oscuridad, el director de las minas, un hombre educado y servicial, nos hizo ponernos un gran traje de capa pelerina de lana, un sombrero de fieltro con alas anchas y botas fuertes; así armados, nos parecíamos más a unos herejes cubiertos del san Benito que caminan hacia el amado suplicio de la inquisición, que a gente del mundo curioso; pero así nos asegurábamos de preservar la ropa de las quemaduras de los ácidos que rezuman sin cesar a lo largo de las paredes húmedas. Cinco mineros mal vestidos, con la fisonomía doliente, pálidos bajo el polvo negro que los cubría, nos fueron dados como guías; uno de ellos llevaba una enorme brazada de troncos de abeto: era nuestra provisión de luz. Estos troncos, reunidos en un anillo de cobre, se mantienen convenientemente encendidos a mano y difunden una claridad al menos igual a la de una antorcha. A cada uno de nosotros nos dio una antorcha y, rodeados de nuestros cinco hombres, comenzamos a bajar. La escalera de las minas está tallada en el seno mismo de la colina; no está cubierta de ningún revestimiento; la mayoría de las veces simples traviesas de madera retienen la tierra y forman las escaleras. A la izquierda tenemos el flanco de la montaña, a la derecha una ligera barrera desde la cual se perciben abismos. Por momentos se desciende entre dos murallas cercanas; pero esto dura poco, y pronto se codea de nuevo con los precipicios. Cuando el ojo se ha acostumbrado a la poca claridad de las antorchas, se distinguen por debajo de sí las charcas de agua negra y aceitosa formadas por la continua transpiración de las bóvedas; esta escalera desigual y húmeda es sustituida a veces por senderos de gran pendiente, rápidos, resbaladizos y peligrosos. Si encontramos una galería explotada y agotada, el sendero y la escalera se interrumpen, y reaparece al final del camino. Las galerías son altas, abovedadas, sostenidas en algunos puntos por amplios contrafuertes en construcción y vigas entre cruzadas; estas precauciones contra los desprendimientos no tranquilizan demasiado, si se piensa en la enorme masa de tierra que pesa sobre estas bóvedas. Se encuentran también un número incalculable de cojinetes y articulaciones. Las minas de Fahlun son muy diferentes de las de Kaafiord, y por ello me presentaban otro tipo de interés: en Kaafiord la explotación es reciente, las galerías están apenas perforadas y están llenas de mineral; en Fahlun, la mina está agotada y el hombre multiplica sus esfuerzos para obtener un rendimiento cada día más débil. En su estado actual, las minas de Fahlun presentan, si se me permite decirlo así, el monumento más magnífico de extracción que la mano del hombre haya podido producir. Imaginaos un laberinto inextricable, inmenso, de calles oscuras que se cruzan, suben, bajan, se acercan, se alejan, se encuentran y huyen; imaginaos algunas encrucijadas que son como los nudos de estos caminos subterráneos que a veces trazan en medio de las tinieblas una especie de estrella cuyo rayo es una galería perdida profundamente en las tierras; imaginaos, por último, una especie de madeja oscura y aterradora de calles, pasillos, puentes, senderos, escaleras y rampas, en la que, incluso bien acompañados, se estremece a cada instante, por miedo a perderse. A medida que bajamos, el aire se hace más escaso; a ciento cincuenta o doscientos pies bajo tierra, nos sentimos muy incómodos por un vapor espeso de exhalaciones sulfurosas; en los raros momentos en que podemos distinguir los objetos, las paredes de las galerías brillan por lugares como murallas mágicas; los filones de cobre mezclados con hierro, plata, oro, cobalto, pirita de arsénico (que en el comercio de joyas toma el nombre de marcasita), han dado al mineral tonos violáceos, iridiscentes, bronceadas, brillantes, del efecto más magnífico; de vez en cuando, un pedazo de granate o de cristal de roca chispa bajo un rayo de luz. Hacia el centro de la mina, se ha cavado un pozo de una inmensa profundidad y de un diámetro de diez a doce pies que recibe las aguas de las galerías de todos los pisos, que llegan allí para este fin; se parece así al tronco de un árbol inmenso en el que estas salas, galerías y calles serían las ramas. Ventanas abovedadas se abren a este pozo en todos los pisos, y permiten a los mineros venir a sacar agua, si la necesitan, sin hacer un viaje agotador. Cuando fuimos a una de las ventanas del piso inferior, dos mineros, colocados en la boca del pozo, echaron en él enormes brazadas de abeto inflamado; los troncos, desparramados, lanzaban vivas luces y, a medida que pasaban por las grandes ventanas, iluminaban las misteriosas profundidades de las galerías. Entonces, durante unos segundos, se tenía una vista fantástica y admirable; el torbellino de fuego descendía burbujeando, haciendo brillar cada gota de agua de las murallas como un diamante, y llenando de destellos resplandecientes todas esas oscuras bóvedas que se intercalan. Luego se apagaba ruidosamente en el agua llana y negra, y cuando se apagaba la última llama, el silencio de los subterráneos me parecía más profundo y sus tinieblas más espesas. Descendimos a más de trescientos pies bajo tierra; allí, el camino toma otro aspecto, el de una viga atravesada de ramas de hierro como una percha de loro, y desaparece, con esta forma, en las entrañas de la mina. Me detuve allí, pensando que ya había visto suficiente, y después de descansar un momento sobre un bloque de piedra, empecé a remontar. Esta última parte de mi expedición no fue la más fácil, y sufrí mucho por el barro resbaladizo, el vapor apestado y las gotas heladas. Al hacer esta ascensión, mi fatiga aumentaba, no siendo sostenida por mi curiosidad. Tardé casi dos horas en volver al aire puro. Finalmente llegué, volví a ver el cielo, la naturaleza, los árboles, la luz y el salvaje valle de Fahlun, su ciudad triste, fea, ahumada; todo esto me pareció un paraíso, comparado con aquel laberinto de tinieblas de donde salía.

Al echar una última mirada a estos abismos malsanos y horribles de las minas, me preguntaba con estupor cómo era posible que hubiera mineros. Sí, los hay, y miles; miles de existencias fluyen en estos infiernos húmedos. Si nos dijeran: ¡en China, multitudes de hombres pasan toda su vida en las profundidades de la tierra, en medio de una oscuridad completa y de vapores sofocantes; están sometidos a un trabajo peligroso y fatigoso que acorta su existencia! ¿Nos creeríamos esa historia? Y esto ocurre ante nuestros ojos, en plena Europa, en la misma Francia, y poblaciones enteras languidecen, sufren y mueren bajo este trabajo abrumador, ¡y por desgracia necesario!, hasta que las máquinas, estos benefactores del obrero, hayan reemplazado a los mineros. ¡Oh, cuántos nombres para añadir a vuestros anales! Hice el camino de Fahlun a Estocolmo bajo una nube cargada de agua; busqué en vano ver el paisaje; de vez en cuando mi velo gris se rasgaba y veía, entre dos lluvias, el día, una perspectiva de campos bien cultivados, o por la tarde, algún fuego colocado delante de una barca de pescador, para atraer a las truchas de los lagos, que eran cogidas con un pequeño tridente hecho para ello.

Por fin, una mañana llegué a Estocolmo, y desde el primer momento me quedé encantada por su aspecto. Por fin encontraba una hermosa ciudad grande, animada y elegante. Pasando rápidamente vislumbraba ricos almacenes, iglesias, palacios, estatuas, y saludé alegremente estos indicios de la civilización completa en medio de la cual iba a encontrarme. Al día siguiente, me quedé muy encantada por mi primera salida: desde la cima de una alta colina llamada Mosebakkan, se tiene el panorama entero de la ciudad; se ve Estocolmo a vista de pájaro, más o menos como se descubre París desde lo alto de los cerros Montmartre. Desde este lugar, debo decir, la comparación es a favor de la capital de Suecia. Estocolmo posee todas las bellezas naturales; su situación es sin duda única en el mundo, situada justo donde el Melär se vierte en el Báltico y reúne los elementos más diversos de lo pintoresco: un lago, el mar, las islas, canales, mechones de verdor agradablemente diseminados; luego, rodeando todo esto, un horizonte sin límites, donde el ojo solo encuentra las llanuras agitadas del mar o las cumbres ondulantes de los bosques. Los campanarios de las iglesias, los mástiles de los barcos, el humo del techo de las casas, añaden a este espléndido paisaje el movimiento y la vida, y completan su grandiosa armonía. Estocolmo, abrazada así con una mirada, aparece realmente como la ciudad reina del norte; sería la rival de Constantinopla, si tuviera sol. Dentro de Estocolmo puede hacerse una división entre la ciudad nueva y la ciudad vieja. El centro de la ciudad es como en París la Cité, construido irregularmente en calles estrechas; las casas son viejas, pero la mayoría carecen de ese carácter y estilo al que se prestan las casas de piedra y no las casas de madera y ladrillo. Los suburbios encierran los barrios elegantes y aristocráticos; las calles son amplias, limpias, bordeadas de viviendas modernas, habitadas por personas ricas, extranjeros y nobles. Pocos edificios llaman la atención; solo uno, la iglesia de Riddardholm[58], antigua sepultura de los reyes de Suecia, es una hermosa y masiva construcción del siglo XIV, pero se la tiene en un gran abandono y el viajero apenas puede leer, bajo el polvo de los siglos, los nombres ilustres inscritos en sus losas sepulcrales. Las plazas de la ciudad reparan en parte el olvido

58 La iglesia de Riddarholmen, cuyo significado es "el islote de los caballeros", es uno de los templos más visitados, antiguo mausoleo de los reyes de Suecia.

que se observa en Riddardholm: vi la estatua de bronce de Gustavo Adolfo y la de Carlos XIII; busqué en vano la de Carlos XII.

El palacio de los reyes de Suecia, como la ciudad misma, tiene su principal belleza en su posición: está entre el mar y el lago; tiene forma cuadrada; una de sus fachadas domina un hermoso puente de piedra echado sobre el Melär. Este puente, cuyo arco central descansa sobre una pequeña isla transformada en un encantador jardín, tiene un aspecto encantador. La arquitectura del palacio recuerda el patio del Louvre, modificado por el gusto pesado, sobrio y frío del siglo XVIII; las proporciones de su conjunto solo se pueden alquilar sin reservas; la fachada del lado del mar, precedida por un jardín, adornada con un amplio balcón de piedra, es un buen efecto, especialmente desde lejos.

El rey y la familia real ocupan una parte de este vasto edificio; los museos de pintura, escultura y antigüedades, la biblioteca real, ocupan el resto. Los apartamentos son de este estilo imperial que consigue hacer cosas antiestéticas, mezquinas y pobres con oro, mármol, esculturas, maderas preciosas y sedas, porque esparce el oro sobre cuellos de cisnes, sobre grifos, sobre flechas, en piñas y en estrellas; porque talla el mármol en vasos llamados Medici o en bustos drapeados como el falso romano del Directorio; porque constela los magníficos tejidos de Lyon de rosetones insípidos enmarcados por espantosas palmetas. Todo esto, por lo demás, hace pensar mucho más en el mariscal Bernadotte que en el rey Carlos Juan.

Los museos de pintura y escultura contienen un pequeño número de obras bastante escogidas; el de las antigüedades escandinavas es igual de curioso, pero menos rico que el museo de Copenhague. El museo que más me interesa no está en el palacio: es un museo de un género desconocido en nuestro país, podríamos llamarlo un museo de recuerdos, si puedo expresarme así; ofrece la colección de las ropas históricas de los soberanos de Suecia, especialmente de las que llevaban el día de su coronación y el día de su muerte.

Esto tiene un profundo interés; un museo semejante sería muy valioso para nosotros. ¡Qué precio tendría para nosotros el gorro que cubría la frente de Francisco I ante Carlos V, el jubón perforado por Ravaillac, el manto de Luis XIV el día de su coronación, o incluso la levita de Napoleón en Santa Elena[59]! Desde hace muchos años, los suecos llevan a cabo este pensamiento nacional, y reúnen en armarios formados por grandes hielos todas estas ropas, algunas de las cuales son reliquias históricas. He visto la camisa de Gustave-Adolphe en

59 Un museo análogo se ha formado recientemente en el Louvre; no existía durante mi estancia en Suecia (nota del original).

Lutzen; el tronco está desgarrado, los puños están hechos jirones, y por todas partes la sangre del héroe de la Guerra de los Treinta Años forma amplias manchas que se han vuelto marrones con el tiempo. Cerca de allí está el traje entero de Carlos XII el día de su muerte; noté sobre todo su amplio sombrero de fieltro todo abollado; en la parte frontal se ve el agujero redondo de la bala que perforó aquel cerebro tan orgulloso, tan heroico y tan loco a la vez. Carlos XII fue alcanzado valientemente en medio de la frente; su última mirada a Federico fue, como siempre, dirigida hacia el enemigo. Cerca de los restos de estos soldados ilustres, se ve un gran vestido de seda de color oscuro, que tiene un desgarro cerca del corazón: es el dominó de Gustavo III. El desgarro fue hecho por la daga del asesino Enkastrom. Y así sucesivamente. La historia misma pasa ante vuestros ojos de una forma vívida y sorprendente, que despierta multitud de recuerdos y se apodera de las emociones. Estas prendas nos hacen sentir que estamos ante espectros, te hacen comprobar si no hay una frente pálida bajo los sombreros abatidos, si una mano helada no levanta los pliegues rojizos de los abrigos.

Las tiaras, los collares, los largos vestidos bordados de oro de las reinas, dejan una impresión más melancólica. ¿A qué mujer han adornado? Apenas se conocen algunos nombres; toda esta pomposidad no trae ningún recuerdo. ¡Pobres mujeres! Tenían juventud, belleza, realeza, triple corona, pero sí, las ignoramos. ¡No tenían más que lo que pasaba!

Dos nombres sobreviven a todo este olvido: la gran Margarita y la gran Cristina; la gran guerrera, la gran política. ¡Oh, mujeres! Amad y sed felices en la vida, o sufrid, trabajad y haceos grandes en la muerte.

En el último armario, medio ocupado, se ve resplandecer el vestido de lana y el manto de terciopelo sembrado de estrellas, llevados el día de su coronación por la señorita Clary, reina de Suecia, mujer del rey Carlos Juan.

Las otras vitrinas están completamente vacías. ¿Quién diría, viendo uno de esos hermosos armarios barnizados, dorados, con sus cristales y sus molduras, que es hermano gemelo de un ataúd? ¡Los dos se llenan el mismo día!

Después de recorrer la ciudad, visitaremos el parque del Diurgard, el Neuilly del rey de Suecia, situado también a las puertas de Estocolmo; el rey pasa allí una buena parte de la temporada. Por una costumbre que tiene algo de patriarcal, el jardín del rey es también el paseo del pueblo; nada de rejas cerradas, ni de garitas, ni de centinelas, ni de guardias ordenados en setos; si el rey sale, lo hace como un paseante más mezclado entre los otros, ante el cual, sin embargo, todos se inclinan con respeto. El Jefe de Estado camina sin miedo en medio de su pueblo: tal confianza honra tanto a un rey como a una nación.

El parque de Diurgard es magnífico; vi robles que me recordaron a los robles de Fontainebleau, un césped digno de Saint-James Park, parterres como las Tullerías; delante de la vivienda real colocaron una pila de pórfido rojo de una sola pieza, la cual tiene nueve pies de diámetro y nueve mil kilogramos de peso, fue sacada de las canteras del sur de Suecia, y se emplearon doscientos hombres para transportarla. Este magnífico lavabo no se pondría delante de ningún palacio, y hace parecer quizás un poco mezquina la fachada burguesa de la casa de campo del rey de Suecia.

Si bien Estocolmo tiene pocas iglesias y monumentos interesantes para el viajero, sí tiene un gran número de salones, la mayoría de los cuales se abrieron ante mí con el mayor entusiasmo. Me encontré allí como en casa, todo el mundo hablaba francés, tenía maneras nobles y afables, un espíritu de conversación vivo y variado, mujeres bonitas y elegantes, una Francia finalmente a quinientas leguas de Francia: muchas de nuestras ciudades provinciales están más lejos de París que algunos barrios de Estocolmo. Con mucho gusto habría pasado dos meses en medio de toda esta buena compañía; pero desgraciadamente el invierno no espera a nadie; había que partir o quedarse hasta el mes de mayo, a causa del hielo del Báltico. Así pues, al cabo de una semana, a pesar de vivas insistencias, a pesar de los atractivos relatos de los placeres que el invierno trae a la capital del Norte: carreras en trineos, cacerías de antorchas, bailes deslumbrantes, me fui, no sin remordimientos, llevándome de esta encantadora sociedad sueca el recuerdo más simpático.

Era realmente una pena correr tan rápido al salir de Estocolmo porque para llegar al puerto de Ystad tenía que atravesar las provincias más bellas de Suecia: la fértil y heroica Dalécarlie, la Sudermania de hermosos lagos, la Scanie de costas felices. Ni siquiera nos detuvimos a dormir; de vez en cuando veía en el paso de un rústico *gaards* a algunos de esos rubios dalarnianos que, con sus grandes sombreros, sus largos cabellos, sus medias rojas, sus zapatos cuadrados con tacones altos, sus pantalones anchos, me parecían caballeros de la corte de Luis XIII convertidos en campesinos sin haber dejado de ser elegantes.

La Suecia meridional ofrece unos paisajes admirables. Tenía siempre ante mis ojos un panorama cuyas bellezas variaban a cada momento: los grandes bosques vertían sus sombras sobre agrestes valles; la esmeralda de los lagos se encerraba en todos los tonos cálidos de las llanuras cubiertas de paja; algún río hermoso iba a unirse al mar entre dos orillas de prados, o bien cruzamos Nykoping y Norkoping, ciudades grandes y alegres donde las fisonomías tienen como un reflejo de la riquísima naturaleza que los rodea. Linkoping, comerciante y bien construida, está incluso mejor situada que las otras dos, estando situada en el trayecto que hace el flujo del lago Weter para llegar al Báltico.

Una noche, cerca de esta última ciudad, tuvimos un espectáculo maravilloso; el cielo se encendió, y una aurora boreal roja vino a pasear sus destellos movedizos. Al principio no habíamos visto más que largas espirales de un rosa pálido atormentadas y retorcidas como juncos entrelazados; luego el rosa se volvió púrpura y los juncos se convirtieron en las cuerdas de un arpa gigantesca cuya mano misteriosa parecía mover las cuerdas silenciosas. Por fin, los contornos se movieron, el movimiento se ralentizó, y no quedó en el horizonte más que una especie de rueda inmensa y roja que desapareció lentamente detrás de las colinas coloreándolas de resplandor, como lo habría hecho un fuego lejano.

Esta aurora boreal, noten, era roja, diferenciándose en esto de todas las que había observado en las regiones del extremo norte, donde nos aparecieron siempre de un amarillo pálido un poco verdoso, color azufre.

Aunque nos habíamos apresurado tanto, entramos en Ystad en el momento en que el barco de vapor calentaba su máquina, y este barco era el último que debía hacer el viaje este año. Desde el primer hielo, las conexiones por mar se interrumpen y Estocolmo recibe sus cartas de Dinamarca. Ystad es un pequeño puerto en el extremo sur de esta inmensa península que comprende Suecia y Noruega; está lejos de Helsingborg, donde puse por primera vez el pie en la gran tierra del norte, por lo tanto, hice un recorrido completo de Suecia, puesto que, habiendo subido las costas al oeste, las he bajado al este, y en este sentido pretendo demostrar a los propios suecos, al menos a los más curiosos, que si viajan, es más fácil visitar Londres o París que explorar sus ochocientas leguas de costa.

Mientras la azafata de Ystad ponía rápidamente en el asador su mejor pollo para nosotros, miré por la ventana del albergue y creí tener ante mis ojos una decoración de ópera-cómica. Una multitud elegante, variopinta y alegre, zumbaba alegremente en una plaza rodeada de casas limpias adornadas con pinturas. Papeles, caballos, barracas de lona y de madera llenaban el terreno; era día de feria y de fiesta en el país. ¡Había que ver los hermosos vestidos, los collares de plata, las finas telas, los bordados de lana y todos los coquetos ajustes que se extendían allí! ¡Ah! Esta vez los armarios, tan discretos para mí, se habían abierto por fin, y antes de dejar este hermoso país cuyos paisajes había visto tan bien, podía echar un vistazo a sus pintorescos trajes. Las mujeres de Ystad llevan un largo vestido de lana marrón o azul, en el que se posa un delantal de color muy brillante; el corpiño del vestido está adornado con varias filas de cadenas y placas de plata con incrustaciones de cristalería que hacen un efecto rico y alegre; su peinado es delicioso: es una especie de boina de lana roja brillante, montada en abanico, colocada sobre el lado de la cabeza; esto añade un toque particular a estas plácidas y rosas caras suecas, y levanta un poco la luz de los cabellos de oro y de los ojos donde parece reflejarse el azul pálido del cielo del norte. Bajé y me mezclé un momento entre esta multitud animada, alegre como una muchedumbre meridional; compré en una hermosa choza, que brillaba como un altar mayor español, un adorno de Escania bien completo; tuve por cincuenta y cuatro francos una cruz grande como mi mano, un collar de seis cadenas y una docena de grandes botones de corpiño, todo en filigrana de plata adornado con piedras falsas y hecho en un estilo ingenuo y original, que hará un muy buen efecto en un baile de disfraces.

Hubo que partir; el barco estaba listo; el vapor gruñía en su prisión como un monstruo cautivo impaciente por devorar el espacio; me embarqué, y en pocas horas esta hermosa, poética y hospitalaria tierra de Suecia desapareció ante mis ojos. Aquella corta travesía de Ystad a Greiswal fue terrible: el mar, atormentado por el viento, nos sacudió sobre olas cortas y bruscas, contra las cuales la máquina luchaba en vano; no puedo deciros hasta qué punto el mareo me agobió durante dieciséis horas, yo que había resistido tan victoriosamente a los caprichos del océano Glacial. Tal vez estaba agotada, el hecho es que llegué a Greiswald incapaz de pararme sobre mis piernas, y tuve que guardar cama cuarenta y ocho horas.

Greiswald es un pequeño puerto de Mecklemburgo cuyo comercio no debe ser muy activo, a juzgar por su aspecto pacífico; lo más hermoso de la ciudad es un hermoso jardín que le sirve de paseo; el resto se compone de calles regulares bordeadas de casas blancas con contraventanas verdes, cuya fisonomía prusiana, grave, pulida y, como se dice, a cuatro alfileres, anuncia la vecindad de Prusia.

Un aparcacoches, poseedor de un inmenso y horrible carruaje, nos condujo lentamente de Greiswald a Berlín; esta manera de viajar es, si hace mal tiempo, el triunfo del aburrimiento, sobre todo si se atraviesa un lugar como esta parte de Prusia. Imagínese la Beauce con sus campos rojos hasta donde alcanza la vista y sus largas líneas de árboles que bordean el pavimento de los caminos. De vez en cuando sin embargo encontramos un pueblo y eso es algo encantador. En Prusia, las chozas tienen toda la gracia por la irregularidad y la armonía que faltan; las más pobres son las más bonitas: se sostienen sobre paños de madera que forman zigzags caprichosos sobre todas las murallas. Sus grandes techos de paja son más altos que las propias casas y las encapuchan de manera pintoresca. Entrad y, gracias a alguna moneda, encontraréis siempre excelentes lácteos, pan grueso y una cordial acogida por parte de una robusta ama de casa con los brazos desnudos, rodeada de un ejército de cachorros despeinados y regordetes.

Berlín no está en las regiones hiperboreas: es una hermosa capital muy cerca de París; demasiada gente ya la ha conocido, retratado y explorado para que pretenda daros una descripción; debo limitarme al relato de mis impresiones personales. Os animo incluso a desconfiar un poco de mi juicio, ya no estoy en una buena disposición de espíritu para apreciar lo que ya no está fuera de los límites ordinarios del viajero; he visto tantos países, he sido conmovida por tan grandes espectáculos de la naturaleza que me siento fría ante la presencia de muchas cosas generalmente admiradas, estoy embotada. Todo esto se debe probablemente a que Berlín, con sus grandes calles, sus amplias plazas y su población rica y civilizada, me molestó mucho. No hubiera permanecido allí dos días, si no hubiera conocido a ese espíritu profundo y ornamentado, esa conversación viva, ese saber inagotable, esa perseverancia gloriosa y probada, ese viajero ilustre, que se llama Sr. Barón de Humboldt. Nuestro maestro de viajes quiso servirme de Cicerón para enseñarme los museos y los palacios de Berlín. El museo de pintura, por el que comenzamos, es muy vasto; está bastante lleno de hermosas obras; se llega por una cúpula sostenida por columnas, rodeada de estatuas de mármol, que tiene el aire de un templo; es de hecho el pórtico del templo del arte. Las galerías, divididas en compartimentos con sus ventanas, están perfectamente dispuestas para hacer lucir los cuadros. Si la obra tiene un gran mérito, se fija a un panel móvil con bisagras y se separa de la pared de modo que el espectador pueda colocarla bajo la mejor luz para admirarla. Las galerías siguen un orden cronológico: la pintura bizantina primero, luego la primera manera alemana, luego el florecimiento completo del arte: las escuelas florentinas, venecianas, flamencas y holandesas.

Un Rafael pálido, el retrato de la hija de Tiziano, y sobre todo dos Corrège[60] admirables son, creo, las principales joyas del museo prusiano. Las dos Corréges merecen ser enviadas a nuestro Louvre: una es la *Leda*, tan famosa y tan copiada, la otra *Júpiter e lo.* En Berlín, una obra de Rembrandt es muy admirada, *El duque de Güeldres insultando a su padre*, aunque no está a la altura de los Rembrandts de Holanda. Añadid a esto un Claude Lorrain, dos Tintorets, etc. El museo es pobre en obras de Rubens, hasta el punto de que tuvieron que admitir copias. Las galerías de esculturas contienen un gran número de bellas obras, entre las que he notado dos Victorias antiguas, una griega y otra romana, de una ejecución irreprochable, los originales del *Adorador* y de la *Niña jugando a las tabas*, y una encantadora *Ninfa desatando su sandalia.* La escultura moderna opone a este grupo de obras maestras a una *Hebe* de Canova, cuya gracia un poco fría seduce sin embargo por la perfección juvenil de las formas. El museo egipcio me fue mostrado por un aficionado anticuario; es decir, que no me perdonaron ni un amuleto, ni un papiro, ni un sarcófago,

60 Se refiere a Antonio Allegri da Correggio

ni una momia; os lo ahorro. Me detuve, sin embargo, ante una colosal estatua de Anubis tallada en un bloque de granito negro del peso de diez mil libras: el Dios-perro está sentado todo rojizo, formando un ángulo perfecto como todos los ídolos egipcios; sus brazos están pegados a lo largo de su cuerpo y se juntan delante de él; la vida se concentra en su cabeza de perro, singular mezcla de formas animales y de fisonomía humana; se le mira, y te detiene como un enigma de piedra, y se piensa en las generaciones que ya han pasado ante este rostro irónico e impasible y en todas las que seguirán pasando, encontrándolo siempre el mismo, indescifrable e indestructible.

Después de París, Versalles; después de Berlín, Potsdam; la proporción se guarda aproximadamente entre las dos residencias reales como entre las dos capitales; el Castillo-Nuevo de Potsdam costó, se dice, veinte millones de táleros[61], que corresponden a los innumerables millones que se emplearon en Versalles; exactamente como el nombre de Federico II responde al de Luis XIV. Si Potsdam es inferior en magnificencia, tiene ventaja en moneda: Potsdam contiene dos palacios, tiene otros tres a sus puertas; por eso se le llama el lugar de los Cinco Castillos. Sans-Souci, el Château-Neuf y el Palais-de-Mall son los más notables de estas casas reales. El Château-Neuf fue construido por el gran Federico después de la Guerra de los Siete Años, para probar, decía, que no estaba arruinado; nunca una protesta fue más enérgica. El Château-Neuf es una vivienda digna del príncipe más magnífico; los jardines son maravillosos, los salones dorados y esculpidos, llenos de obras de arte, bronces y porcelanas de Sajonia exquisitas. El más encantador de estos salones es al mismo tiempo el más original: es el salón de las conchas. Imaginaos una inmensa sala apoyada por grandes pilares de mármol blanco en los que están incrustados desordenados, en un armónico y alegre desorden, los más bellos minerales, topacios, amatistas, lapislázuli, cristal de roca, granate, pórfido de todos los matices, malaquitos, ágatas iridiscentes, jaspes, corales, ámbar y preciosos nácares, y fragmentos de estos minerales tan ricos en tonos que se encuentran en las profundidades de las minas, y madréporas extrañas, ónices, cornalinas, perlas. No terminaría de nombrarlo todo; por otra parte, probablemente no sé el nombre de muchas de estas materias. Imaginaos, por último, este envoltorio de la tierra y del mar, esparcido sobre todas las murallas, que cubre todos los pilares, y todo inteligentemente enredado y por fragmentos de forma natural y caprichosa, tallados lo suficiente para hacer disfrutar de todo su resplandor. A los dos extremos del salón, sobre pirámides de conchas raras, se colocan cuatro fuentes cuya

61 El tálero era una antigua moneda de plata de Alemania.

pila está formada por grandes conchas benditas; en medio del salón brillan, como dos diamantes de las *Mil y una Noches*, dos inmensos cortes de cristal de roca, regalo del emperador de Rusia a su amigo el rey de Prusia. ¡Ni el palacio de Anfitrita es más maravilloso, más brillante, más mágico que este espléndido salón! Sin embargo, hay algo más interesante que ver en Potsdam; me refiero al gabinete de trabajo del gran Federico.

La habitación, testigo de las fantasías del escritor conquistador y del rey filósofo, ha sido conservada con religioso respeto tal como la dejó; es muy estrecha, iluminada por una alta ventana, amueblada con sillones cubiertos de un satén de hoja muerta todo desgastado; cerca de la ventana hay un pequeño sofá cubierto con una tela blanca; allí se sentaba el rey. Delante del sofá, una mesa cubierta con terciopelo marchito; cerca de la mesa, un sillón de cuero, algunos libros encuadernados en piel roja sobre una tabla, un busto de Cicerón sobre la puerta; todo esto es triste, frío y seco como el espíritu filosófico. La biblioteca se comunica con el gabinete; es espaciosa y está desordenada, también se ha mantenido intacta. Sobre un pupitre vi un gran libro abierto, eran las obras francesas del héroe de Prusia; tiene por título:

> Cartas familiares, con el privilegio de Apolo.

Este volumen no tiene precio; está todo anotado de la mano de Voltaire. Leí en la primera página:

> ¡Les recomendaré para el futuro que eviten las repeticiones, y que poden así las ramas del árbol más bello del mundo!

Y más adelante:

> Demasiada abundancia es un defecto, pero también es la más fácil de corregir.
> Es imposible conciliar mejor la lección del crítico con los deberes del cortesano.

Este libro debe de ser muy curioso de leer; por desgracia no se me permitió darle una segunda mirada; la hora apremiaba, había que volver a Berlín, para no perderse la cena en la embajada de Francia. Así pues, corrí por los deliciosos jardines de Sans-Souci, hermosos incluso bajo la escarcha. Al caer el día, vislumbré las altas estatuas que adornan el patio de honor del gran castillo, y llegué al ferrocarril… Precisamente para ver el penacho blanco de vapor que llevaba el convoy. Deciros nuestra decepción es imposible; la conocéis sin duda; nos preocupaba pasar por groseros. Tuvimos que resignarnos: el ferrocarril tardó treinta y seis minutos en recorrer las ocho leguas que separan Potsdam de Berlín; un coche nos pedía cincuenta francos y tres horas; más valía esperar al siguiente convoy: eran dos horas que había que pasar allí. Quise aprovecharlas y, a pesar de la hora avanzada, hice que me abrieran la iglesia para ver la tumba del gran Federico. De la iglesia no os diré nada; la atravesé siguiendo el paso apresurado de un sacristán molesto por haber sido perturbado cuando iba a cenar. Así que vislumbré el edificio a la luz temblorosa de una luz. Me pareció vasta y hermosa, ganó sin duda al ser vista así: las iglesias protestantes están tan desnudas que la sombra las rodea.

La tumba del gran Federico responde bien a su gabinete: es una pequeña cripta que se abre de un solo pie sobre la iglesia por dos puertas de hierro; la cripta está abajo, abovedada, bien encalada, limpia y barrida como la despensa de un ama de casa; el ataúd, soportado por dos apoyos de mampostería, está cubierto de láminas de plomo; otro ataúd revestido de mármol negro está cerca de él; este segundo ataúd contiene los restos de Federico I, el padre de Federico II; el padre y el hijo duermen allí juntos y solos. Por lo demás, ni una inscripción, ni una de esas estatuas, frías hijas del arte, que al menos hacen pensar en el muerto y llaman a la oración; esto no tiene ni la grandeza de un monumento, ni el encanto triste que la naturaleza sabe difundir sobre una tumba, ni siquiera la poesía del abandono, la melancolía del olvido sobre un gran nombre. Es una cripta bien cuidada, con dos ataúdes en buen estado, eso es todo; es silenciosa, concreta y glacial.

La desnudez de esta tumba me recordó que no había visto en Berlín ninguna estatua de Federico II. Prusia parece mostrar indiferencia hacia su héroe, uno de los hombres más grandes del siglo XVIII. ¡No le corresponde a ella honrar en todas las formas al hombre que hizo del Principado de Brandeburgo el segundo reino de Alemania, y de algunos millones de hombres poco contados en Europa una nación fuerte, guerrera, poderosa y respetada! Sin embargo, no es costumbre de los pueblos mostrarse desagradecidos hacia sus grandes hombres muertos; vivos, es diferente.

Las dos horas pasaron finalmente, volvimos a Berlín. Fui a cenar con el traje de viaje y toda cubierta con el polvo de la prisa; se rieron de mi desventura; no sé si las mujeres no se rieron un poco también de mi atuendo: tenían derecho a ello. Producía un efecto muy extraño en medio de sus frescos vestidos de gasa, sus encajes y sus joyas. ¡Y pensar que había preparado un aseo digno de sostener la reputación de las parisinas! ¡El hombre propone y Dios dispone! Para aquella noche tuve que conformarme con mi papel de viajero; afortunadamente, si no tenía nada que mostrar, tenía mucho que decir. Todo salió muy bien.

Me iré mañana por la mañana. Haré bien, querido hermano, en terminar aquí esta larga narración de un viaje que habrá durado casi un año; mi regreso a Francia se efectuará por Dresde, Leipzig, Cassel, Maguncia y Mulhouse; todas estas ciudades son demasiado famosas para que yo pueda excitar vuestro interés. Un gran talento de escritor puede por sí solo realzar el mérito de pinturas a las que falta el encanto de la novedad; en cuanto a mí, simple y oscuro viajero[62], mi tarea está cumplida, si he podido daros una idea de las lejanas regiones de las que felizmente he vuelto. ¡Adiós, querido hermano, hasta pronto y hasta siempre![63]

Fin.

62 Léonie d'Aunet se refiere a sí misma como viajero, en la forma masculina.

63 En el momento en que Léonie d'Aunet publica esta obra, su hermano, Léon de Boynest, llevaba tres años muerto, lo que explica el tono definitivo de esta despedida.

www.ingramcontent.com/pod-product-compliance
Lightning Source LLC
Chambersburg PA
CBHW060756310726
48980CB00002B/120

9783631900857